老病忘时节，
穷愁晓尚眠。
儿童唤黄犬，
今日是新年。

人醉才七日，
離家已二年。
欠歸藏雁後，
思發在季前。

暮城霜霧不飛塞，

窗含東家翻柳絮。

日覺紛向傳蹈燭，

輕燭對人立寥家。

九月九日
忆山东兄弟

独在异乡为异客，
每逢佳节倍思亲。
遥知兄弟登高处，
遍插茱萸少一人。

腊八危家饱粥有感

藏在节日里的
古诗词

章雪峰 著

中国人民大学出版社
·北京·

图书在版编目（ＣＩＰ）数据

藏在节日里的古诗词 / 章雪峰著. -- 北京 ：中国
人民大学出版社，2019.3
ISBN 978-7-300-26697-8

Ⅰ．①藏… Ⅱ．①章… Ⅲ．①古典诗歌－诗歌欣赏－
中国－青少年读物 Ⅳ．①I207.22-49

中国版本图书馆CIP数据核字(2019)第024358号

藏在节日里的古诗词

章雪峰　著

Cangzai Jieri Li de Gushici

出版发行	中国人民大学出版社				
社　　址	北京中关村大街31号		**邮政编码**		100080
电　　话	010-62511242（总编室）		010-62511770（质管部）		
	010-82501766（邮购部）		010-62514148（门市部）		
	010-62515195（发行公司）		010-62515275（盗版举报）		
网　　址	http://www.crup.com.cn				
	http://www.ttrnet.com（人大教研网）				
经　　销	新华书店				
印　　刷	天津中印联印务有限公司				
规　　格	166mm×235mm 16开本		**版　　次**		2019年3月第1版
印　　张	14.5 插页1		**印　　次**		2019年3月第1版
字　　数	240 000		**定　　价**		39.00元

对于传统节日，今天的我们，既熟悉又陌生。

熟悉的是，年年节日年年过。有的传统节日，如清明、端午、中秋、春节被列入了政府年度公休放假安排，春节等节日还被列入了国家级非物质文化遗产保护名录。陌生的是，我们绝大多数人实际上已不太能精准地知道，这些不同的传统节日分别拥有哪些不同的节日风俗，应该怎样异彩纷呈地度过。

今天我们欢度节日，大多都是吃吃吃、喝喝喝。每过一个节日，人们都像苏轼在北宋熙宁九年（公元1076年）的中秋节，写下《水调歌头·明月几时有》之时那样："欢饮达旦，大醉"。

正是由于我们在每一个节日都"欢饮达旦，大醉"，所以每到春节，"年味儿越来越淡了""过年越来越没意思了"等等类似的感慨，就不绝于耳、甚嚣尘上了。

原来，今天的我们似乎已经忘记：任何一个传统节日的形成，两大要素不可或缺，一是相对固定的节日时间，二是约定俗成的节日风俗。换句话说，不是每一个节日都必须喝酒吃肉，都必须"欢饮达旦，大醉"的。我们不能只记得"相对固定的节日时间"，而忘记了"约定俗成的节日风俗"。

这个常常被我们遗忘的"约定俗成的节日风俗"，其实就是我们一再强调的"仪式感"，也是促使我动笔创作本书的主要动因。

借用百姓的语言，我所说的仪式感，就是除日的那一次"守岁"，就是元日的那一声"拜年"；就是上元节热腾腾的元宵，就是寒食节冷冰冰的熟食；就是清明节肃立祖先墓前那深深的一个鞠躬，就是端午节观看龙舟竞渡那香香的一只粽子；就是七夕节情人之间的深情相拥，就是中秋节亲人之间的团团圆圆；就是重阳节登高的那一杯醇醇的菊花酒，就是腊八节熬煮的那一碗浓浓的腊八粥。

借用诗人的语言，我所说的仪式感，还是王安石在除日的"总把新桃换旧符"，还是苏味道在上元节的"火树银花合"，还是韩翃在寒食节的"日暮汉宫传蜡烛"，还是张说在端午节的"画作飞凫艇，双双竞拂流"，还是秦观在七夕节的"柔情似水，佳期如梦"，还是韩滉在晦日的"万家攀折渡长桥"，还是杨万里在下元节的"自拈沈水祈天寿"。

这些仪式感，这些节日，这些诗词，这些诗人，都被我写进了这本书里。

节日入诗，由来已久。已知的节日入诗的代表最早可以追溯到汉朝那首《迢迢牵牛星》中写到的"七夕"。从那以后，无数诗人在度过一个又一个节日的同时，也留下了一首又一首诗词。

节日千年传承。本书写了16个节日，其中有传承至今的节日，如上元、清明、端午、七夕、中元、中秋、重阳、腊八、除日；也有传承至今但略有变化的节日，如元日；更有几乎已经消失不见的节日，如人日、晦节、中和、寒食、上巳、下元。

诗词千古吟唱。本书也对应地写了16首诗词，其中不乏名人名篇。如上巳诗词是"诗圣"杜甫的那首《丽人行》，上元诗词则是唐朝苏味道的那首《正月十五夜》；七夕诗词是秦观的那首《鹊桥仙·七夕》，中秋诗词则是苏轼的那首《水调歌头·明月几时有》；清明诗词是唐朝杜牧的那首《清明》，重阳诗词则是唐朝王维的那首《九月九日忆山东兄弟》。

这些传统节日，是我们中国人的独有记忆；这些节日诗词，是我们中国人的认知密码。作为中国人，我们身处于这个世界，应该记住中国的传统节日，记住中国的节日诗词。

读者诸君，特别是那些年轻的、年幼的读者诸君，如果能够在阅读本书之后，增强对传统节日的仪式感，增加对节日诗词的亲切感，则予事毕矣，予愿足矣。

是为序。

章雪峰

二〇一九年　上元夜

目录

元日
P001

《元日》

词坛飞将军辛弃疾，不只笔下有功夫

南宋人的大年初一很奇葩

人日
P015

《人日思归》

『一代文宗』薛道衡的死亡之谜

大年初七曾是『全民狂欢日』？

上元
P033

《正月十五夜》

宰相的荒诞，事出有因？

唐人的元宵节：真会玩儿！

晦节
P051

《晦日呈诸判官》

『大神』韩湜的『判官』生涯

『月亮节』来啦！大家一起送『穷鬼』！

中和
P063

《奉和圣制中和节曲江宴百僚》

谋士李泌的奇人奇遇

最不受待见的节日

寒食 P077

《寒食》

美诗一首，足够让你飞黄腾达

今天做饭不生火？任性的节日！

清明 P091

《清明》

身体是『牛党』，灵魂是『李党』的

酒鬼诗人杜牧

上巳 P103

《丽人行》

『安史之乱』的前奏

洗脚、踏青，也要配个节日！

端午 P117

《岳州观竞渡》

史上著名『中国好岳父』

端午节的起源真的是纪念屈原？

七夕 P131

《鹊桥仙·七夕》

这首千年情诗到底是写给谁的？

七夕——来自星星的节日

中元 P145

《中元日午》

杨万里真的不是『杠精』！

『鬼节』祭祖的正确姿势

中秋
P157

《水调歌头·明月几时有》
东坡先生的『出道』之路
中秋自古『吃吃吃喝喝喝』

重阳
P171

《九月九日忆山东兄弟》
九月九日，王维忆了几位山东兄弟？
快来瞅瞅重阳节的标配

下元
P183

《下元日诣会庆节所道场，呈余处恭尚书》
一场宫斗引发的南宋没落史
十月十五『送寒衣』

除日
P203

《除日》
王安石的『新』与『旧』
大年三十的宋朝人都在干嘛？

腊八
P193

《腊八危家馈粥有感》
襄阳亡，则南宋亡！
古人的腊八真热闹

低绮户

照无眠

不应有恨

何事长向别时圆

人有悲欢离合

月有阴晴圆缺

此事古难全

但愿人长久

元日

藏在节日里的古诗词

古诗词

《元日》

老病忘时节，
空斋晓尚眠。
儿童唤翁起，
今日是新年。

《元日》
老病忘时节，空斋晓尚眠。儿童唤翁起，今日是新年。

南宋嘉泰三年（公元1203年）元日，江西上饶，铅山瓢泉。

正月初一的早晨，一个沉浸在过年欢乐气氛中的小孩子快步跑进家中的"克己复礼斋"，把一位须鬓斑白、尚在睡梦中的老翁叫醒。小孩子兴奋地告诉这位老人："过年了！今天是元日，新年第一天。"

这位老人，虽然外貌看起来"红颊青眼""目光有棱""背胛有负""肤硕体胖"，但已明显年老多病，易倦嗜睡。他一边抹去口边流下的涎水，一边醒悟似地答应着，连忙起身陪着欢乐的晚辈，步出"克己复礼斋"，迎接他生命中第二个癸亥新年的元日佳节。

这位口角流涎、过年还在打瞌睡的老人，年轻时曾经英姿勃发，"射虎山横一骑，裂石响惊弦""年少万兜鍪，坐断东南战未休""金戈铁马，气吞万里如虎"。而到了这个癸亥新年的元日，他已是一位垂暮之年的老翁。

他，就是大名鼎鼎的辛弃疾。这首《元日》，虽然平白如话，但真的是出自辛弃疾的笔下，又名《癸亥元日题克己复礼斋》。

老病忘时节，空斋晓尚眠：我这样一个既年老又多病的人，到了今天早晨，还躺在空寂安静的斋房里睡觉。

儿童唤翁起，今日是新年：直到家里小孩子冲进斋房叫我起来，我才意识到：今天已经是新年元日，正月初一了。

诗题中的"克己复礼斋"，得名大有来历。为辛弃疾这间斋房命名的人，在今天同样大名鼎鼎：朱熹，那个理学大师朱熹。

朱熹和辛弃疾，一个是史上著名的理学家、教育家，一个是史上著名的军事家、文学家；一个被誉为"文中之龙"、一代儒宗，一个被誉为"文中之虎"、一世豪杰。

就是这样空前绝后的两个人，彼此居然还是交往甚深、相知甚深的终生好友。同时瑜亮，既生瑜，又生亮；不分轩轾，在一起，多完美。

《稼轩集》如是描述辛弃疾的交友

情况："先生交游虽广，但择友甚严。唯与朱晦翁、陈同甫二人交情最笃。"也就是说，辛弃疾只把朱熹和陈亮二人视为自己的朋友。

朱熹比辛弃疾大十岁，两人初次见面于今天的江西上饶，时为南宋淳熙五年（公元1178年）八月。从此，志趣相投、政见相投的两个人，一见如故。

淳熙七年（公元1180年）末，朱熹知南康军（今江西赣州），辛弃疾也在这一年知隆兴府（今江西南昌）兼江西安抚使。同地任职的两位好朋友，在救灾赈荒上相互借鉴，互相协助，友情也是突飞猛进。

但在这期间，两人的友情，还是在淳熙八年（公元1181年）春遭遇了一点小尴尬。这点小尴尬，朱熹事后在《与黄商伯书》中是这样说的："辛帅之客舟贩牛皮过此，挂新江西安抚占牌，以帘幕蒙蔽船窗甚密，而守卒仅三数辈，初不肯令搜检。既得此物，则持帅引来，云发赴浙东总所。见其不成行径，已令拘没入官。昨得辛书，却云军中收买，势不为己甚，当给还之。然亦殊不便也。"

好吧，朱熹这一大段是在说，爱国词人辛弃疾偶尔（注意，是偶尔啊！）用商船贩运牛皮以搞点灰色收入，不料却"大水冲了龙王庙"，意外地被好朋友、理学大师朱熹的手下搜检发现，并且公事公办地查扣了。

此事的最后处理是，爱国词人不得不走上前台，亲自给理学大师写来书信，解释了一下。于是，理学大师虽然觉得"殊不便"，仍然"世事洞明皆学问，人情练达即文章"地发还了查扣的牛皮，将此事轻轻放过了，丝毫没有影响爱国词人和理学大师之间的绝世友情。

为了不承受诋毁、抹黑伟大爱国词人光辉形象的骂名，特此贴心提供朱熹这段话的出处：《朱子全书：晦庵先生朱文公文集》，上海古籍出版社2002年版，第4962页。其实，朱熹说的这个事儿，也丝毫不影响辛弃疾在我们心目中的光辉形象啊。

小尴尬过去，大友情到来。同年冬天，辛弃疾在上饶的带湖新居，也就是他命名为"稼轩"的那个房子竣工落成。朱熹因人都奏事路过上饶，专程前往致贺，还带着对通过贩卖牛皮成为"人生赢家"的羡慕嫉妒恨，感叹辛弃疾的"稼轩"实为"耳目所未曾睹"的华丽丽花园大别墅。

次年九月，朱熹再至上饶，与辛弃疾、韩元吉、徐安国相约同游当地南岩风景区，又是喝酒又是赋诗，"辛帅倏然至，载酒俱肴膳。四人笑语处，识者知叹羡"，一起玩耍，很happy（开心）！

两个人还在政治上互相支持。在辛弃疾被朝廷罢免时，朱熹为之愤愤不平，对弟子们说："辛幼安亦是个人才，岂有使不得之理？"还在写给友人的信中对辛弃疾推崇备至："今日如此人物岂易可得？"辛弃疾则称朱熹为"帝王师"，赋诗说："历数唐尧千载下，如公仅有两三人。"朋友之间嘛，就是要表扬与自我表扬相结合。

绍熙四年（公元1193年）八月，辛弃疾调任福建安抚使。赴任途中，再访老友朱熹于建阳考亭，同游武夷山。为答谢老友来访的厚意，朱熹为辛弃疾"书'克己复礼''夙兴夜寐'，题其二斋室"。这就是辛弃疾家中"克己复礼斋"的由来。而且我们还可以知道，辛弃疾家中还有一个斋房，被朱熹命名曰"夙兴夜寐斋"。

两人的友情，因庆元六年（公元1200年）三月初九朱熹病逝而戛然而止。朱熹死时，是顶着"伪学魁首"的

骂名死的，甚至被朝廷公然下诏禁止送葬。辛弃疾对得起这个一生的好友，他不避朝廷诏令，亲往建阳，亲撰悼文，送了朱熹最后一程。《宋史》载："熹殁，伪学禁方严，门生故旧至无送葬者。弃疾为文往哭之曰：'所不朽者，垂万世名，孰谓公死，凛凛犹生！'"

这，才是辛弃疾作为一代豪杰，应该做的事；这，才是辛弃疾作为一生好友，应该说的话。

到了嘉泰三年（公元1203年），朱熹已经逝去近三年了。在这个癸亥元日里，辛弃疾在朱熹命名的"克己复礼斋"里，"空斋晓尚眠"之时，不知老友可曾入梦而来，再度共饮酒、同赋诗？

辛弃疾一生，三起三落。

辛弃疾写下这首《元日》诗的元日，是他生命中倒数第五个元日。同时，他也正处于人生中第三次起落的前夕。

当然，癸亥新年元日的辛弃疾，还不可能预知自己将在第五个年头之后就早早离世；而他更不可能预知的是，此时已经口角流涎、白日瞌睡的自己，还将在这一年，以垂暮之年迎来人生中的第三次起落，再一次应朝廷之征召，再一次奔赴抗金前线，参与自己人生中的

最后一次北伐——"开禧北伐"。

写下这首《元日》诗的几个月之后，嘉泰三年（公元1203年）夏，64岁的辛弃疾就接到了朝廷征召的诏令，出任知绍兴府兼浙东安抚使。

这是名副其实的重用了。特别是辛弃疾此时兼任的"安抚使"，是握有实权的封疆大吏，是有"便宜行事"之权的浙东路第一长官。《宋史·职官志》载：安抚使"掌一路兵民之事"。在主管军事之外，兼管司法、行政，"皆帅其属而听其狱讼，颁其禁令"；又兼管财政，"稽其钱谷、甲械出纳之名籍而行以法"，还可以"听以便宜裁断"。

六月十一日，辛弃疾到任，开始履职视事。在绍兴府，辛弃疾除了"疏奏州县害农六事""奏请于诸暨县增置县尉省罢税官"等日常政务，还留下了一首名篇，见到了一个"男儿"。

一首名篇就是《汉宫春·会稽秋风亭观雨》。最能体现辛弃疾此时心境的是这一句："故人书报，莫因循，忘却莼鲈。谁念我，新凉灯火，一编太史公书？"解释一下：故人写信来，劝我这把年纪莫再做官，应该回家养老，吃莼鲈美味了。可是，有谁会想到，我在夜雨凄凉、独对孤灯的时候，还在研读写满爱国英雄传记的太史公《史记》呢？

这辈子时日无多了，北伐还是没有成功，老爷子不甘心哪。辛弃疾此篇中的这一句，换个说法，就是"老骥伏枥，志在千里。烈士暮年，壮心不已"。

一个"男儿"，就是"亘古男儿一放翁"——陆游。在绍兴府，在鉴湖边，两个同样豪迈当世的"亘古男儿"、两个同样璀璨耀眼的文学巨星，79岁的"亘古男儿一放翁"陆游，和64岁的"亘古男儿一稼轩"辛弃疾，见面了。

说明一下："亘古男儿一放翁"，是梁启超梁公在《读陆放翁集》中的诗句；而"亘古男儿一稼轩"，是区区在下出于对辛弃疾的崇敬，对梁公的鹦鹉学舌。

这是他们此生的第一次见面，也是最后一次见面。虽然只见面一次，但同样的主战观点、同样的北伐主张，使两位"亘古男儿"从此成为心心相印的忘年之交。

在这次交往中，辛弃疾发现陆游的房子实在太简陋了，多次提出要为他另外修筑新房。但陆游不乐意，赋诗"幸有湖边旧草堂，敢烦地主筑林塘？"婉拒了辛弃疾的好意。

其实，辛弃疾也没有多少时间来关心陆游房子的事情了。短短半年之后的当年十二月二十八日，辛弃疾就卸任绍兴，应召赴临安了。为他送行的陆游，敏锐地意识到了辛弃疾此行的目的，高兴地写下《送辛幼安殿撰造朝》一诗，为他即将参与的北伐壮行："中原麟凤争自奋，残虏犬羊何足吓。"

嘉泰四年（公元1204年）的元日，辛弃疾是在临安度过的。作为资深主战派的他出现在临安，给正在熊熊燃烧的北伐烈火，浇上了一锅滚烫的热油。

事实上，此时北伐正是时机。一方面，北伐之议出自中枢权臣韩侂胄。这点很重要，因为殷鉴不远。岳飞主持的绍兴北伐，就是由于权臣秦桧的阻挠，在捷报频传、形势大好的情况下，功败垂成，痛失好局。而此时的韩侂胄，由于其以恩荫入仕、外戚掌权，急欲立下开疆拓土的大功，以巩固自身地位，所以其北伐之意坚决。权臣主持北伐，对于战事正式展开后协调各方，形成合力，有着巨大的好处。

另一方面，此时的金国，正处于综合国力的下降期。一是金国的北部边境为鞑靼等部所扰，"无岁不兴师讨伐，兵连祸结，士卒涂炭，府库空匮，国势日弱，群盗蜂起，民不堪命"。二是宋金边境传来好消息，"安丰守臣厉仲方言：'淮北流民咸愿归附'"。三是出使金国的使节邓友龙也带回了好消息，说"金有驿使夜半求见者，具言金国困弱，王师若来，势如拉朽"。

必须指出，金国当时的确国势日蹙，但厉仲方、邓友龙二人的报告，仍然是迎合上意的报喜不报忧，是仅凭一时一事的以偏概全，而且本身就存在着言过其实之处，特别是那句"王师若来，势如拉朽"，事后证明，完全是鬼扯。

与厉、邓二人相比，资深主战派辛弃疾就务实、稳重多了："数年来，稼轩屡次遣谍至金，侦察其兵骑之数、屯戍之地、将帅之姓名、帑虏之位置等。并欲于沿边招募土丁以应敌。"在知己知彼的情况下，辛弃疾对宋宁宗说："金国必亡，愿属大臣备兵，为仓卒应变之计。"

辛弃疾素以知兵见称。他都这样说，宋宁宗、韩侂胄皆大喜，"用师之意益决矣"，北伐就此决策。辛弃疾获赐金带，知镇江府，最后一次踏上抗金前线。

盼了一生的北伐机会，终于到来了。兴奋的辛弃疾马上驰往镇江，于三月到任，立即开始积极备战，"至镇江，先造红衲万领备用"。

在北伐的激情鼓舞下，辛弃疾的诗词创作也达到了人生巅峰。就是这次在镇江，在小小一个北固亭，辛弃疾就写下了两大名篇：《永遇乐·京口北固亭怀古》和《南乡子·登京口北固亭有怀》。其中，《永遇乐·京口北固亭怀古》被明朝杨慎誉为"辛词第一"。

在这首"辛词第一"中，辛弃疾以一句"四十三年，望中犹记，烽火扬州路"，回忆了四十三年前，自己年仅23岁时的一件得意之事。

那是在绍兴二十三年（公元1153年）正月，元日刚刚过去，时在金国统治区山东的辛弃疾，"奉耿京命，奉表南归"，于正月十八日到达建康，得到了宋高宗的召见。

连败之下的宋高宗，突然得知敌后还有心怀大宋正朔的义军来归，大喜过望，封耿京为天平军节度使、知东平府兼节制京东河北路忠义军马，辛弃疾为右承务郎、天平军掌书记，"其余统制官皆修武郎，将官皆成忠郎。凡补官者二百余人"，并且令枢密院派使臣二员前往接收耿京大军。

就在辛弃疾等人返回耿京军队驻地的途中，噩耗传来：耿京被叛徒张安国等人所杀，军队被金军接收。此时的辛弃疾，完全可以不必冒险，可以选择安全返程，回朝报告。这是因为，此次事变的责任并不在他，更何况他一介书生，也不必为事变负责。

但辛弃疾作了截然相反的选择。他毅然决定，在手中只有少量人马的情况下，直冲金营。"安国方与金将酣饮，即众中缚之以归，金将追之不及。"正在饮酒作乐的张安国绝对没有想到，一介书生的辛弃疾居然还有此武勇，把他从戒备森严的金营抓了出来，"献俘行在，斩安国于市"。

《容斋随笔》的作者洪迈，后来在《稼轩记》中如此描述辛弃疾这段英雄事迹："赤手领五十骑，缚取于五万众中……儒士为之兴起，圣天子一见三叹息，用是简深知。入登九卿，出节使二道，四立连率幕府。"

辛弃疾一生功业，即奠基于此。关羽曾以"于百万军中取上将之头，如探囊取物"来形容张飞的勇武，辛弃疾则是于五万军中生擒叛徒张安国，并且全身而退。要知，辛弃疾此等勇武，非寻常文人所及，已可与张飞比肩，张飞却无辛弃疾的盖世文才。

2014年春天，我自驾前往江苏镇江，在饱餐当地美食"锅盖面"之后，挈妇将雏登临北固山，虽然知道此"北固亭"早已不是彼"北固亭"，仍然向家人兴致勃勃地讲了辛弃疾的这段勇武往事。

直到那时，我才从当地人那里知道："北固亭"又名"北顾亭"。不禁遥想，辛弃疾当年，在此登临，极目北顾中原，展望北伐前景，设问"廉颇老矣，尚能饭否"之时，心中的那份壮怀激烈。

当时我就假设，如果这次北伐，辛弃疾真的像老廉颇一样上了前线，亲自率军攻击金国，一定会改变"开禧北伐"虎头蛇尾的结果。毕竟，辛弃疾的擒敌之勇、知兵之谋，远在前线诸将领之上。

可是，历史是不容假设的。就在写下《永遇乐·京口北固亭怀古》的一个月后，开禧元年（公元1205年）六月十九日，辛弃疾奉命由镇江府前线返回内地，改知隆兴府（今江西南昌）。原因是朝中"言者论列"，说他"好色贪财，淫刑聚敛"。

实事求是地说，有了前面朱熹留下的贩卖牛皮的证据，说辛弃疾"贪财""聚敛"，并不算特别冤枉他。但是，说他"好色"，无非是指责他和韦小宝一样，有一妻六妾共七个老婆，这就偏颇了。极有可能的是，当时指责辛弃疾的人，老婆数量比之辛弃疾，可能只多不少。

说辛弃疾"淫刑"，则更是深文周纳的欲加之罪了。辛弃疾长于北方，生性豪迈，同时又因为关注武事多，与武人相处多，所以为人处世颇有些武人粗豪气息。这导致他在担任地方长官的时候，执法行政的确有简单粗暴的现象。

比如，他在担任湖南安抚使时，写下的赈济榜文就只有简简单单的八个字："劫禾者斩！闭粜者配！"可以想象，他当时是真的把"劫禾者"都砍了头的。这在别人眼中，自然就是"淫刑"了。

这是辛弃疾在南宋官场的谢幕时刻。不管有没有冤枉，这次将辛弃疾由北伐前线调回，彻底摧毁了他的雄心壮志和身体健康。此后，他连续拒绝了知隆兴府、提举冲佑观、知绍兴府、两浙东路安抚使、知江陵府、试兵部侍郎、枢密都承旨等一系列任命，悲愤地回到了铅山瓢泉——这个两年前的元日他还在"克己复礼斋"打瞌睡的地方。

就这样，南宋的主和派在两军即将开战的关键时刻，成功临阵换将，干掉了一位知己知彼的资深主战派人士。他们，又赢了。与此同时，在辛弃疾离开后，北伐前线开始节节败退。

辛弃疾本人，则在回到铅山瓢泉、退任在京宫观闲职不到两年的时候，于开禧三年（公元1207年）九月初十，带着壮志未酬的遗憾离开了人世，年仅68岁。

两年之后的嘉定二年（公元1209年）十二月二十九日，另一位资深主战派人士——同样为这次北伐激动不已、比辛弃疾还要大上15岁的陆游，在耳闻目睹了"开禧北伐"失败的惨痛后果之后，在留下千古名篇《示儿》之后，也去了。

两个"亘古男儿"，一样壮志未酬。

正月初一，就是元日。

元日，还有元旦、岁日、岁旦、朔旦、岁朝、正岁、端月、年节、旦日、正旦、正日、元正、新年、新岁等多种称呼。其中最普遍的称呼还是元旦，虽然我们今天的元旦已是公元纪年的1月1日。

元为始，且为晨。元日不仅是新年的第一天，还是新月的第一天，还是新日的第一天，称为"三元之日"。所以"儿童唤翁起"，就直接告诉辛弃疾："今日是新年"。

元日为正月初一，源于西汉。西汉太初元年（公元前104年），汉武帝命司马迁等人重新修订历法，制定了以正月为岁首、正月初一为元日的太初历。至此，"元日"正式确立。

自古以来，元日就受到古人的空前重视。到了辛弃疾所在的南宋，元日已与寒食、冬至并列为三大节日。南宋吴自牧在《梦粱录》中说"一岁节序，此为之首"。除日是岁尾，元日是岁首，共同构成了"百节年为首"这个一年之中最为隆重盛大的节日。

由于元日有新年伊始的寓意，所以从汉至清，历朝历代都会在这天举行正旦朝会，向皇帝恭贺新年。

然而，这些朝代中，要把辛弃疾所在的南宋排除在外。因为，在整个南宋，正旦朝会只在绍兴十五年（公元1145年）举行过一次。仅仅一次而已。

南宋诸帝为什么这么低调？原因很简单。当时，宋徽宗、宋钦宗还是金国的俘虏，只怕元日当天连吃顿饱饭都难；而且南宋小朝廷偏安一隅，国力也颇为有限。为亲情计、为财力计，南宋小朝廷在元日的官方仪式不宜过分欢乐。

当然，南宋不举行正式的正旦朝会，但官方在元日当天，却也并不是冷冷清清，完全不过了。说起来，活动还是挺多的。

元日清晨，皇帝要"先诣福宁殿龙墀及圣堂炷香"，"为苍生祈百谷于上穹"；然后，皇帝"至天章阁祖宗神御殿行酌献礼，次诣东朝奉贺，复回福宁殿受皇后、太子、皇子、公主、贵妃，至郡夫人、内官、大内已下贺。贺毕，驾始过大庆殿御史台阁门，分引文武百僚追班称贺。大起居十六拜，致辞上寿。枢密宣答礼毕，放仗"。

礼仪活动之后，皇帝赐宴，"后苑排办御筵于清燕殿，用插食盘架。午后，修内司排办晚筵于庆瑞殿，用烟火，进市食，赏灯"。赐宴之外，为了烘托与百官同乐的气氛，皇帝还会赐钱、米面等物，甚至还会赐花。南宋诗人杨万里就享受过赐花的待遇："春色何须羯鼓催，君王元日领春回。牡丹芍药蔷薇朵，都向千官帽上开。"

在南宋与金国之间不打仗的那些新年元日，在临安城里，还可以见到金国派来的贺正旦使。他们是来向南宋皇帝拜年的。只是南宋小朝廷在接待这些来自敌国、有过深仇大恨的贺正旦使时，内心其实是五味杂陈的。

绍兴三年（公元1133年）十二月，"宰臣进呈金使李永寿等正旦入见。故事，百官俱入，上曰：'全盛之时，神京会同，朝廷之尊，百官之富，所以夸示。今暂驻于此，事从简便，旧日礼数，岂可尽行？无庸俱入。'使人见辞，并赐食于殿门处"。

元日之时，国与国之间都要拜年，人与人之间，就更要拜年了。吴自牧《梦粱录》载："细民男女亦皆鲜衣，往来拜节。"拜年的礼节，北宋那个砸缸的司马光，在《居家杂仪》中记录了："卑幼于尊长，正旦六拜；尊长减止，则从命。拜毕，男女长幼各为一列，以次共受卑幼拜。"

如果亲戚朋友多了，不能一一当面拜年，怎么办？说起来，宋人就是聪明，当时就发明出了类似我们今天短信、QQ、微信拜年的办法——"拜年飞帖"。

此俗从北宋元祐年间兴起。具体搞法是，需要拜年的人，将梅花笺纸裁成卡片，写上自己的姓名、地址，做成"拜年飞帖"，然后派仆人把这个"拜年飞帖"送到打算拜年的人家中去。被拜年的各家主人，也不必亲自站在门口接收，只需要在自己家门上粘一个当时被称为"门簿"的红纸袋，写上主人的姓名，就可以接收别人的"拜年飞帖"了。

宋人的"拜年飞帖"，当然要比我们今天的高科技手段拜年麻烦一些，但在那个年代，已是相当省事儿的拜年办法了。

拜完年，自然又是吃吃吃、喝喝喝、玩玩玩。

南宋人在元日的吃吃吃，要吃一种重要的节俗食物——"五辛盘"，又叫"春盘"。"五辛"，就是"五新"，由"葱、蒜、韭菜、芸苔、胡荽"五种辛味蔬菜组成。"芸苔"是现在的油白菜，"胡荽"就是现在的香菜。当然，限于各地特产不同，"五辛盘"并不总是这五种蔬菜，但必须是春天生长的新鲜蔬菜。

中医认为，食物和药物的性味属性，分为辛、甘、酸、苦、咸五味。其中的辛味，具有发散、行气、行血的功能。比如麻黄、薄荷、木香、红花、花椒、苍术、肉桂等，都属于辛味食物和药物。上述的"五辛"也是。

岁末年初，气候也由冬入春。在这个季节转换的时节，聪明的古人选用辛味食物，以运行气血、发散邪气，对于调动身体阳气、预防流感，保证身体健康，都是有益的。

喝喝喝，主要是喝椒柏酒和屠苏酒。其中，椒柏酒是元日家庭宴会时，晚辈向长辈敬献的寿酒。《汉官仪》说"正旦饮柏叶酒上寿"，柏是常青树，被视为长寿的象征，而柏叶可以入药作酒。椒就是花椒，古人取其性温、气香、多子的特点，与柏叶一起炮制椒柏酒，献给长辈，祝愿辟邪祛瘟、延年益寿，"愿持柏叶寿，长奉万年饮"。

屠苏酒，是元日家庭宴会时，同辈之间喝的时令药酒。屠苏酒的饮酒次序是由幼及长，从一座之中最年少者饮起。南宋赵彦卫所撰的《云麓漫钞》记录说："正月旦日，世俗皆饮屠苏酒，自幼及长。"

南宋人在元日的玩玩玩，主要就是上街游玩、购物。南宋人上街游玩，尤其喜欢玩"关扑"。这是一种以商品为诱饵，引人参与的赌博性游戏，"街坊以食物、动使、冠梳、领抹、缎匹、花朵、玩具等物沿门歌叫关扑"。至于"关扑"的具体玩法，大致类似于用针箭射击转盘上的图案，射中即可获得该

图案所绘物品作为奖品；射不中也不要紧，付点钱就行了。过节嘛，就是图一乐。

和我们今天一样，南宋人在元日当天，也会到寺庙求神拜佛，称为"烧香"或"岁忏"，以祈求新年吉祥如意。吴自牧《梦粱录》说临安城的百姓元日前往灵隐寺、净慈寺和天竺寺等寺庙，"不论贫富，游玩琳宫梵宇，竟日不绝"。

南宋人的元日，怎么少得了炮仗和烟花？

据南宋周密所著《武林旧事》记载，临安城中的元日钟声敲响之时，城里城外，鞭炮齐鸣，老百姓以此祈求"开门大吉"。

这已经类似我们现在元日零点到来之时，那个新年钟声倒计时了。

元

日

低绮户，

照无眠。

不应有恨，

何事长向别时圆。

人有悲欢离合，

月有阴晴圆缺，

此事古难全。

但愿人长久，

明月几时有　把酒问青天　不知天上宫阙　今夕是何年　我欲乘风归去　又恐琼楼玉宇　高处不胜寒　起舞弄清影

藏在节日里的古诗词

人日

《人日思归》

入春才七日，

离家已二年。

人归落雁后，

思发在花前。

《人日思归》
入春才七日，离家已二年。人归落雁后，思发在花前。

隋朝开皇五年、南朝陈国至德三年（公元585年），正月初七、"人日"佳节，陈国首都建康（今南京），台城宫殿。

陈后主陈叔宝正在这里，和自己有着"文学家"之称的宰相江总，加上陈暄、孔范、王瑳等一干大臣，举行正式宴会，宴请来自北方隋国的使臣——正使、内史舍人、散骑常侍薛道衡，副使、通直散骑常侍豆卢寔。

酒至半酣，一向自认对北方拥有文化自信的陈国大臣们，提议赋诗助兴，并请素有能诗之名的隋国正使薛道衡先来第一首。薛道衡也不推辞，开口吟道：

入春才七日，离家已二年：今天是正月初七"人日"，进入春天才七天，可是我离开家乡，已经有两年时间了。

薛道衡这里说的是实情。他和豆卢寔是去年十一月从长安受命出发的，长途跋涉到建康时，已经是十二月了。今天是"人日"，新年的正月初七，虽然离家总共只有两三个月，但就年头而言，身在异国、度日如年的他，可不是离家两个年头了吗？

实情自然是实情，可是，我们是在作诗好吗？这样平白如话地数日子、数年头，真的好吗？你这样作诗，居然还被称作北方的大诗人？当下，陈国大臣中就有人冲口而出："是底言？谁谓此虏解作诗？"——这是什么诗句？是谁说这个北虏会作诗来着？

当时，南方人称呼北方人为"北虏"，北方人也不示弱，称呼南方人为"南蛮"。此人"虏"字出口，早已见惯烟云、时年已46岁的薛道衡毫不介意，很有涵养地看了这个不懂礼貌的"南蛮"一眼，轻轻吟出了下面两句妙之极也的千古名句：

人归落雁后，思发在花前：看来，我回家的日子，要落在春暖北飞的大雁之后了，我回家的念头却在春花开放之前就有了。

据《礼记·月令》记载："孟春之月……东风解冻，蛰虫始振，鱼上冰，獭祭鱼，鸿雁来。"可见，最早在孟春之月，大雁就已开始北归。

而当时处于因公出差状态、在建康度过新年的薛道衡，却不能回家。所以，完全可以想象，他在耳闻目睹家家团圆之际，也曾经在思乡的寂寥中，目送过天边北飞的大雁，只恨自己不能像它们一样，早日振翅北归。

薛道衡的这两句诗妙在何处？清朝的诗论家张玉谷在他写的《古诗赏析》中，如是点评第三句："点醒迟归，恰又补点'人'字，与'雁'对剔。"又如是点评第四句："正点'思'字，'在花前'恰又抱转人日，流对极为巧切。"

果然，薛道衡当时这两句诗一出，陈国君臣都是识货的，这才惊喜地叹息道："名下固无虚士！"

这首《人日思归》，虽然不长，却是古代诗词中关于"人日"的名篇；这个"名下固无虚士"的薛道衡，其实在当时大名鼎鼎，被称为隋朝的"一代文宗"。

薛道衡出身名门。河东薛氏，这是一个与裴氏、柳氏齐名的"河东三姓"之一，也是我国中古时期最牛的世家大族之一，被称为"隋唐全期三百余年的宠儿"。

看看史上薛家那些赫赫有名的文臣武将，我们就可以知道，上天的确曾在隋唐那三百多年间，深深地宠爱了这个家族。

据《新唐书·宰相世系表》记载，薛家最早繁衍于蜀地，薛齐曾为蜀地太守。公元263年，刘备建立的蜀汉灭亡后，薛齐率领族人五千户降魏，被封为光禄大夫，并且举族迁徙至河东汾阴定居，被称为"蜀薛"。西晋时期，薛家分为北房、南房、西房三个房系，分别发展壮大。

薛家北房在隋朝，最有名的就是官至左御卫大将军、涿郡留守的名将薛世雄；薛世雄共有四子，其中三个都成为"以骁武知名"的唐朝名将：一个是官至右领军将军、梁郡公的薛万淑；一个是官至左屯卫大将军、潞国公的薛万均；尤其是幼子薛万彻，不仅得娶唐朝丹阳公主，官至右武卫大将军，而且被唐太宗李世民称为当世三大名将之一。

薛家南房最有名的人物，就是"将军三箭定天山，壮士长歌入汉关"的薛仁贵。薛仁贵建功立业于唐太宗、唐高宗时期，后来官至右威卫大将军、平阳郡公，以七十高龄善终；薛仁贵的儿子，并不是《薛家将》中那个把父亲薛仁贵误杀了的薛丁山，而是南房第一个出将入相的薛家子孙——薛讷，不仅在公元710年成为唐史上第一个被封为"节度使"的官员，而且在唐玄宗时期登上宰相之位。

直到唐末，薛家南房子孙都是以武功见长，这才有了那本演义小说《薛家将》流传到后世。遥想当年，笔者还是农家穷小子时，无限仰慕的薛仁贵、薛丁山、樊梨花、薛刚、薛姣……那些个虽然闪亮却大多属于虚构的名字，原来都是薛家南房一脉啊。

薛道衡，则属于薛家西房，是西房在隋唐时期第一个有名的人物。

薛道衡入仕，是在北齐。在北齐文宣帝天保八年（公元557年）前后，他就因才学出众，被北齐朝野的前辈们夸成了一朵花：一个将他比之东汉经学大师郑玄，"吏部尚书陇西辛术与语，叹曰：'郑公业不亡矣。'"一个将他比之拥有三千弟子的"关西孔子"杨震，"河东裴谳目之曰：'自鼎迁河朔，吾谓关西孔子罕值其人，今复遇薛君矣。'"这一年，薛道衡其实才刚刚年满18岁，真的还只是一个青葱少年。

薛道衡38岁那年北齐亡国，但他继续得到了隋文帝杨坚的赏识和重用，先后任仪同、摄邛州刺史等职。在出使陈国的前一年，薛道衡得除内史舍人，兼散骑常侍。

薛道衡所在的西房，是薛氏三房中最为显赫的一房。薛道衡之子薛收，是李世民当上皇帝之前的核心谋臣之一，官至天策府记室参军、汾阴县男。李世民登上帝位之后，仍然对英年早逝的薛收念念不忘，说："薛收若在，朕当以中书令处之。"可惜，薛收有宰相之才，却无宰相之命。

这个遗憾，在薛道衡之孙、薛收之子薛元超的身上，终于得到了弥补。薛元超是薛氏西房的第一位宰相，并且他担任的，就是父亲薛收没能担任的中书令一职，"独知国政者五年"。

薛氏西房的第二位宰相，是薛道衡的曾孙、薛元超的侄子薛稷。这位薛稷，不仅官至宰相，还是与褚遂良、欧阳询、虞世南并列的"初唐四大书法家"之一，更是一位大画家。他是中国画史上画鹤第一名家，人称"鹤样"。《历代名画记》说："屏风六扇鹤样，自稷始也。"

薛道衡不仅儿子、孙子猛，就连教出来的女儿也猛。他的一个女儿，嫁给唐高祖李渊为婕妤，因为才学出众，后来竟然当了唐高宗李治的老师。《大慈恩寺三藏法师传》载："有尼宝乘者，高祖神尧皇帝之婕妤，隋襄州总管临河公薛道衡之女也。"宝乘继承家学，"妙通经史，兼善文才。大帝幼时从其受学"。这位跟随宝乘学习的"大帝"，就是李治。李治后来继位，成为唐高宗之后，为了报答宝乘的师恩，"封河东郡夫人，礼敬甚重"。

与南房武将辈出、武略见长形成鲜明对比的是，薛道衡所在的西房，则是文人高产、文采见长。

薛道衡本人，就是西房这一系列出类拔萃文人的源头。史称他"专精好学""一代文宗，位望清显""世擅文宗，令望攸归"。对于现在出使的陈国，薛道衡早就已经是名震该国朝野的文化大咖，"江东雅好篇什，陈主尤好雕虫，道衡每有所作，南人无不吟诵焉"。

在当时，薛道衡能做到这一点，相当不易。就是从他开始，改变了南方文人看不起北方文人的被动局面。仅仅三十多年前，"七世举秀才""五代有文集"的南方著名文学家庾信，在初到北方时，被问及"北方文士如何"，庾信回答说"唯有韩陵山一片石堪共语。薛道衡、卢思道少解把笔，自余驴鸣犬吠，聒耳而已"。

而到了此时此刻，在庾信眼中只是"少解把笔"的薛道衡，在陈国宫廷宴会上随口吟出的这首《人日思归》，唐朝的大诗人李商隐后来还专门写诗点赞："独想道衡诗思苦，离家恨得二年中。"

在陈国至德三年（公元585年）的"人日"佳节，当着陈后主和一干大臣们吟诵《人日思归》的薛道衡，其实不仅仅是一个诗人，也不仅仅是一个使节，在我看来，他更是一个不怀好意的间谍。

堂堂正正的使臣，怎么就变成了偷偷摸摸的间谍了呢？

正使薛道衡、副使豆卢寔当时在陈国具体从事了哪些间谍活动，纸上的证据——史书上并没有记载，但地下的证据——发掘出土的《豆卢寔墓志》中却透露出了线索：

其年，兼通直散骑常侍，与薛道衡聘陈。于时，朝议将图江表。既欲取乱海亡，必须观风省俗。公之出使，义属于斯。既至于陈，待遇优厚……复命之日，具叙敌情，甚会帝心，号为称职。

可见，此次出使陈国，薛道衡与豆卢毖的身上，还负有"观风省俗"的间谍使命。等到他们在开皇五年（公元585年）七月以前"人归落雁后"，"复命之日，具叙敌情，甚会帝心，号为称职"，圆满完成了出使及间谍任务。

再说"不怀好意"。就在出使陈国之前，薛道衡向隋文帝杨坚呈奏了《因聘陈奏请陈主称藩》：

江东蕞尔一隅，僭擅遂久，实由永嘉已后，华夏分崩。刘、石、苻、姚、慕容、赫连之辈，妄窃名号，寻亦灭亡。魏氏自北徂南，未遑远略。周、齐两立，务在兼并。所以江表逋诛，积有年祀。陛下圣德天挺，光膺宝祚，比隆三代，平一九州，岂容使区区之陈久在天网之外？臣今奉使，请责以称藩。

可见，薛道衡想得很简单：此次出使，他要干干脆脆、直截了当地要求陈国臣服称藩，以一举实现东南部的统一大业。但杨坚知道，陈国不是这么容易对付的，所以他对此表的答复是："朕且含养，置之度外，勿以言辞相折，识朕意焉。"

在杨坚的统一计划中，陈国排在最后，当前要解决的是北方的突厥和江陵的萧梁。杨坚怕薛道衡此次出使，在言辞之中泄露天机，激怒陈国君臣，打乱了自己统一天下的次序，特地对他有此一番告诫。

现在大家知道为什么薛道衡吟出《人日思归》前两句、有人称他为"虏"时，他为什么那么有涵养了吧？因为他的大boss（老板）都说了"朕且含养"，要求他"勿以言辞相折"。于是，薛道衡只好"我忍我忍我再忍"。

这一忍，就是四个年头。

开皇八年（公元588年）十一月，49岁的薛道衡接到"淮南省行台尚书吏部郎、兼掌文翰"的任命，辅佐元帅、晋王杨广，元帅长史高颎，出兵五十万，以雷霆万钧之势，大举伐陈。薛道衡，终于盼来了这一天。

平陈之后，薛道衡因功升任吏部侍郎。那些在开皇五年（公元585年）"人日"佳节、在建康宫殿宴会现场听他吟出《人日思归》的陈国君臣们，已成阶下之囚：陈叔宝、江总被活捉到了长安，分别受封长城县公、上开府，当上了高级俘虏；至于孔范之流，因隋廷认为其"邪佞于其主，以致亡灭"，都被流放，"投之边裔"。

薛道衡在隋朝的高官之中是后来者，并不是一开始就和杨坚一起打天下

人

日

· 021 ·

的元从功臣。但他很快就融入以杨坚为首的隋朝创业团队，与其中的苏威、高颎、杨素等人建立了良好的私人关系。

或许，这种私人关系的良好程度，在某些时候，有些过分了。而且，这种过于亲密的私人关系，直接导致了薛道衡此后人生中几次大挫，甚至最后其还为此而丢了性命。

第一次是因为苏威。苏威当时兼任吏部尚书，是薛道衡这个吏部侍郎的直接领导。开皇十二年（公元592年），薛道衡就因为与苏威的良好同事关系而倒了霉。"坐抽擢人物，有言其党苏威，任人有意故者"，简单地说，就是有人未获重用，心怀不满，就向皇帝攻击组织部的正职和副职选人用人存在不正之风。结果，苏威被免职，一百多名官员受他牵连得罪，薛道衡也在其中，被"除名，配防岭表"，也就是流放岭南。

流放岭南走哪条道呢？薛道衡出现了选择困难。如果只考虑路程最近，其实他只有一种选择，就是从长安出发，途经汉水，走荆襄古道，水陆兼程，经过今天的湖北、湖南，再到广东。

但在当时，有人给他提供了另外一条路线：向东绕远一点，走扬州路，然后再去岭南。而且这个人承诺，如果他到了扬州路，这个人会为他出面，向皇帝请求将他留在扬州路算了，不必再去岭南了。

这个人是晋王杨广，当时驻节扬州路。显然，杨广此举，有拉拢薛道衡之意。几年前的平陈之战，杨广就当过薛道衡的直接领导，现下又出手相救，多好的事儿啊。

还是老领导会疼人。"晋王广时在扬州，阴令人讽道衡从扬州路，将奏留之"。可是薛道衡就是不领杨广这个情，"道衡不乐王府，用汉王谅之计，遂出江陵道而去"，弄得晋王杨广"由是衔之"。

说起来，薛道衡对于此事的处理极不明智：你不领杨广的情也就罢了，为什么非要听汉王杨谅的话？那可是一个后来杨广刚当皇帝就造反的人物啊。杨谅、杨广这两兄弟的关系，一直就不咋地啊。你听杨谅的，杨广自然要恨你了。

杨广后来赐死薛道衡，追根溯源，就在于此。

接替苏威的，是杨素。这是另一个出将入相的隋朝开国重臣，也是薛道衡的终生好友，没有之一。所以，杨素一接替苏威，薛道衡就"寻有诏征还，直内史省"。好朋友杨素执政，薛道衡自然要占便宜了。

杨素与薛道衡的友谊，史书中证据多多。《隋书·杨素传》中说，杨素为人倨傲，只跟薛道衡等三人有交情："颇推高颎，敬牛弘，厚接薛道衡。"《隋书·薛道衡传》也说杨素对薛道衡"雅相推重"。

杨素现存诗歌只有19首，其中17首属于唱和诗，而其唱和的对象，居然只有薛道衡一个人！实际上，二人唱和的诗篇远不止此。唐朝大诗人李商隐在所著《谢河东公和诗启》中说有数百篇之多："当时与之握手言情，披襟得侣者，惟薛道衡一人而已。及观其唱和，乃数百篇。"杨素于大业二年（公元606年）完成的绝笔诗，就是赠给薛道衡的十四章七百字五言组诗——《赠薛番州》。

这其间，在杨素和高颎的共同提携下，时任内史侍郎、时年58岁的薛道衡，在开皇十七年（公元597年）达到了一生仕途的顶峰。

这一年，皇帝杨坚主动说："道衡老矣，驱使勤劳，宜使其朱门陈戟。"于是进位上开府，赐物百段。道衡辞以无功，杨坚说："尔久劳阶陛，国家大事，皆尔宣行，岂非尔功也？"

杨坚在这里体贴地为薛道衡送上的"朱门"，比较好理解。杜甫有诗曰："朱门酒肉臭"，指的是高官贵族漆成红色的府第大门。那"陈戟"是怎么回事儿？

戟，最早是上古时期的实战兵器。到三国时期，名将吕布用的还是长戟。后来由于冷兵器作战模式的演进，戟逐渐不具备实战作用，而成为一种礼仪兵器。

最迟在北周时期，高官府门之前就有了设立门戟的制度："武贱时，奢侈好华饰。及居重位，不持威仪，行常单马，左右仆一两人而已。外门不施戟，恒昼掩一扉。"这条《周书·达奚武传》中的史料说明，达奚武是按照制度应该设立门戟的，只是由于他自己低调，才没有在外门设立门戟。

到了隋唐时期，制定了严格的门戟设立制度。隋制，"三品以上，门皆列戟"。薛道衡受封的"上开府"是从三品，正好有了门前列戟的资格。

然而，就在不久之后，此时此刻慷慨给予薛道衡"朱门陈戟"之荣的皇帝杨坚，也开始对杨素与薛道衡这二位中枢要臣的过于亲密的私人友情，感到不安。毕竟，政坛不是讲感情的地方，两个中枢要臣过于亲密，要是联起手来搞政变，可不是闹着玩的。

终于，在自己去世的前一年，杨坚作出了预防性安排：在当时杨素独掌朝政的情况下，杨坚把身处机密之任的薛道衡外调出京，"出检校襄州总管"。

杨坚与薛道衡是同龄人，都已六十出头，此番生离，等同死别，所以告别的一幕，显得极为悲情：薛道衡自己"不胜悲声，言之哽咽"；身为始作俑者的杨坚，也不禁"怆然改容"，表示自己其实也舍不得他离开："今尔之去，朕如断一臂。"

这真的就是君臣二人的最后一面了。第二年，即仁寿四年（公元604年）七月，杨坚死去。太子杨广继位，是为隋炀帝。此时，薛道衡已在转任的广州刺史任上。

不过，因为要避杨广的名讳，薛道衡所任职的"广州"，将被迫更名为"番州"，薛道衡由"广州刺史"变成了"番州刺史"。这似乎是上天提供的另一个暗示，暗示着薛道衡与杨广两人之间的关系，将会磕磕碰碰，很不平坦。毕竟，薛道衡是杨广早在十年前就"衔之"的人。

薛道衡当然也深知这一点，所以他在杨广当上皇帝的头一年，就"上表求致仕"，请求退休。可杨广不让，还将他上调中央任职："道衡将至，当以秘书监待之。"秘书监是秘书省的一把手，正经的三品大员。在此之前，杨广的秘书监是柳顾言，那是一个出自杨广潜邸晋王府的心腹学士。杨广让自己的心腹腾出高位，可见他对于薛道衡，一开始真的是想尊崇而且重用的。

可是，薛道衡再一次地没有领杨广这个情。大业二年（公元606年）一到长安，他就献上了长篇雄文《高祖文皇帝颂》。按常理来讲，杨坚刚死，薛道衡作为先朝老臣怀念先帝，并无不妥；同时，当着儿子的面赞美其父，本来就是极为讨好的事。可是，薛道衡硬是把马屁拍到了马腿上，"帝览之不悦，顾谓苏威曰：'道衡致美先朝，此《鱼藻》之义也'"。

杨广也是文化人啊，他这一句话，我还得帮他解释一下：《鱼藻》是《诗经·小雅》里的一篇。这首诗的创作目的，一直被权威解释为"刺幽王也。言万物失其性，王居镐京，将不能以自乐，故君子思古之武王也"。

杨广认为，像《鱼藻》"刺幽王也"一样，薛道衡的《高祖文皇帝颂》则是在讽刺自己。于是，他"不悦"了，三品的清要高官"秘书监"也不给了，只给了一个四品的事务官职"司隶大夫"，这是一个负责监察的事务繁杂、容易犯错的岗位。

杨广将薛道衡放到这样一个容易犯错的岗位，明显不怀好意。所以《隋书·薛道衡传》说杨广此举的用意："将置之罪。道衡不悟。"同事房彦谦也预感到了危险，"知必及祸，劝之杜绝宾客，卑辞下气，而道衡不能用"。

不听人劝、一意孤行的薛道衡，不久就在一个官员们开会讨论朝廷新令的公开场合，说出了那句致命的话，犯下了那个致命的错，"会议新令，久不能决，道衡谓朝士曰：'向使高颎不死，决当久行。'"得，一句话捅了个大大的马蜂窝。

其实，薛道衡这句话的本意，只是想简单地怀念一下当年高颎执政时的高效率，却在不经意间提及了皇帝杨广最大的政敌。

在杨广夺嫡道路上，高颎曾经是他最大的障碍。高颎是前太子杨勇的儿女亲家，曾坚决反对立杨广为太子。即使在杨广即位以后，其也曾公开批评"近来朝廷殊无纲纪"，这才被杨广怒而诛之的。这样一个人，薛道衡公开怀念，基本等同于找死。果然，"帝怒曰：'汝忆高颎邪？'付执法者勘之"。

在这件事上，薛道衡显然低估了事情的严重程度："道衡自以非大过，促宪司早断。暨于奏日，冀帝赦之，敕家人具馔，以备宾客来候者。"他还打算宽赦回家后请客吃饭呢。

杨广呢，则显然高估了事情的严重程度："及奏，帝令自尽。道衡殊不意，未能引诀。宪司重奏，缢而杀之，妻子徙且末。时年七十。"薛道衡被杨广视为高颎余党，下令勒死了。

一个年已七十、风烛残年的读书人，而且又为大隋立过功，也就是说错了一句话而已，难道就不能通过勒令致仕、罚俸、坐牢甚至流放等方式来进行惩罚？非要直接将其置之死地而后快？

杨广如此干法，相当不厚道，亡国之君的面目已初现端倪。我这个观点，很荣幸地和《剑桥中国隋唐史》的作者崔瑞德先生高度趋同。他在书中论及此事时评价说："609年，年迈的薛道衡因含蓄地批评时局而被蓄意判处死罪之事，也肯定使炀帝的执政由此进入了更黑暗的第二阶段。"对于薛道衡的死，在唐朝编撰《隋书》的魏徵等人，当然不肯错过这个黑杨广的良机了，重重地加了一句："天下冤之。"

从以上可见，杨广杀薛道衡，主要是因为政治原因，主要是因为薛道衡在政治上站错了队。

开皇十二年（公元592年）那次流放，在兄与弟之间，薛道衡选择了晋王杨广的对头汉王杨谅；大业二年（公元606年）那篇《高祖文皇帝颂》，在父与子之间，薛道衡选择了晚年与杨广抵牾颇多的杨坚；大业五年（公元609年）那句致命的话，在君与臣之间，薛道衡选择了杨广最大的政敌高颎。

连续三次都站错了队，难怪杨广急着要把年已古稀的薛道衡整死了。

可是，关于薛道衡的死因，从刘𫗒的《隋唐嘉话》开始，包括司马光的《资治通鉴》，都认为杨广杀薛道衡，是因为妒忌后者的诗才和名句：

炀帝善属文，而不欲人出其右。司隶薛道衡由是得罪，后因事诛之，曰："更能作'空梁落燕泥'否？"

其实，杨广在政治上固然不是个好鸟，但他本人的诗才还是过得去的，那首《饮马长城窟行》就写得相当不错，似乎不必去妒忌薛道衡那句"空梁落燕泥"。咱就不冤枉他了。

今天的我们，已经只知正月初七，不知"人日"佳节。

人日人日，人的生日。传说，盘古在开辟天地以后，前六日依次造出了鸡、狗、羊、猪、牛、马，第七日才创造出了人类。所以，正月初七是人的生日，简称"人日"。

"人日"，又称"人生节""人胜节""人庆节""人节""人气节""七元"。

从文献记录来看，最早记录"人日"的是西汉东方朔的《占书》："岁正月一日占鸡，二日占狗，三日占羊，四日占猪，五日占牛，六日占马，七日占人，八日占谷。"

我国古代的人，具体在什么时间开始过"人日"节，至今无定论，有西汉说、魏晋说，等等。反正，很久很久了。

对"人日"节俗最确切的记载，来自南朝梁时宗懔的《荆楚岁时记》："正月七日为人日，以七种菜为羹，剪彩为人，或镂金箔为人，以贴屏风，亦戴之于头鬓。又造华胜以相遗。登高赋诗。"

按照宗懔的说法，至少在南朝梁时，"人日"就已经是明确的节日，不仅有了确切的时间，还已经有了具体的民俗活动。薛道衡赋诗《人日思归》之时，已是南朝陈国和隋朝并立的时期，"人日"已是当时人们必须热闹度过的节日了。

到了薛道衡所在的隋朝，尤其是唐宋两代，"人日"开始进入兴盛期，受到朝廷的重视，被确定为官定节日。唐朝的《开元七年令》《元和令》《天圣令》《元丰令》《庆元令》等政府律令都规定"人日假一日"。宋朝则继承了唐朝的假日制度。

在隋唐宋，"人日"的火爆程度，用一句话概括，就是"全民狂欢日"。从留存到今天的隋诗唐诗宋词当中，我们可以看出"人日"的火爆程度。

这些诗可分为两类：一类是诗人自己想写的"人日"诗。比如张九龄《人日剪彩》、徐延寿《人日剪彩》、韩愈《人日城南登高》、宋之问《军中人日登高赠房明府》。

另一类就是薛道衡《人日思归》这种，是诗人们受到邀请或接到命令而写的"人日"诗。唐诗就更多了，以《奉和人日重宴大明宫恩赐彩缕人胜应制》类似诗题作诗的，就有崔日用、宗楚客、李峤、韦元旦、李适、苏颋、沈佺期、马怀素、李乂、郑愔等多位诗人。

宋诗宋词也一样。苏轼《人日猎城南会者十人以身轻一鸟过枪急万人呼为韵轼得鸟字》一诗，就直接描述了"人日"出游的盛况。陆游则在《人日游蟆颐山》诗中写道："玻璃江上柳如丝，行乐家家要及时。只怪今朝空巷出，使君人日宴蟆颐。"蟆颐山在四川眉山，这诗正是描写当时眉山人民在"人日""空巷出"游和官宦宴饮于此的盛况。

皇帝、官员、老百姓，都在"人日"这一天过节。可见，"人日"在当时，已是全民性盛大节日，也已是全国性法定假日。

见诸史籍的过"人日"节的地区，已遍及全国。隋朝有建康等地，唐朝有长安、洛阳等地；宋朝有开封、荆楚、巴蜀等地，甚至包括了当时与北宋同时并存的辽国这样并非由宋朝统治的异国地区。

"人日"的主要节俗，主要分为四大类：节日仪式、节日活动、节日忌讳、节日饮食。

（一）"人日"的节日仪式，主要有剪彩、点灯、禳鬼鸟。

剪彩，我们今天是这样的：鞭炮齐响，礼乐共鸣，领导们笑容可掬地上台，一群礼仪小姐用盘子端着一串连着大红花的红绸带，然后另一群礼仪小姐给领导们递上一个个镀金的剪刀，最后领导们正视前方，"咔咔咔"，把红绸带剪断，记者们的镜头"啪啪啪"，记录下珍贵的画面。OK，大礼告成，万事大吉。

不是这种剪彩。"人日"的剪彩，又叫剪彩胜、剪华胜、剪金胜、剪玉胜、剪人胜。这是"人日"的标志性节俗。

一大堆"胜"，先搞清楚"胜"是啥意思。"胜，妇人之首饰也，汉代谓之花胜"。

所以，剪彩就是用纸、玉、丝织品，甚至金箔，剪成花草燕雀人物形状的装饰品，然后人们尤其是女性，再把这种装饰物戴在头上，或者贴于屏风、窗户上。

剪成花形的彩胜就是花胜，又叫华胜；用金箔剪就是金胜；用玉来雕刻，就是玉胜。

特别值得一提的是人胜。人胜可不是拿人来用剪刀剪，大过节的，不带这么残忍的。将彩胜剪成人形即为人胜，俗称抓髻娃娃。

抓髻娃娃剪纸，现在也可以经常见到。它的主体形象是正面站立、头饰双髻的娃娃，双手上举或外撇，双腿分开站立，主要功能是招魂、辟邪、送病、驱鬼、镇宅、祈雨等。所以，李商隐在《人日即事》中写道："镂金作胜传荆俗，剪彩为人起晋风。"

剪彩胜，需要当时美女们的巧手。"闺妇持刀坐，自怜裁剪新。叶催情缀色，花寄手成春。帖燕留妆户，黏鸡待馅人。擎来问夫婿，何处不如真"（徐延寿《人日剪彩》）。为了维护安定团结的大好局面，识相的夫婿们，当然不敢说剪得不好、不真了。

第一个剪彩仪式，是白天的仪式。还有一个跟灯有关的仪式，得在晚上进行，这就是第二个仪式"点灯"。"人日"要点灯，因为"灯"的谐音是"丁"，象征人丁兴旺。"人日"点灯，就是借"人日"生人之吉兆，希望子孙繁衍，家族兴旺。

与点灯有关的，还有"偷灯求孕"这一习俗。传说夫妻无子的，在"人日"这天晚上同去一富人家里，偷一个灯盏回家，放在自己家床底下，这样就可以当月怀孕。现在放开"二孩"，有兴趣的朋友们可以在今天晚上试试，别只顾着和小情人吃大餐和逛街购物。

"人日"第三个仪式是"禳鬼鸟"。禳，是禳解、禳灾，即祈祷以消除灾殃；鬼鸟，又叫作鬼车鸟、姑获鸟，它还有一个大名鼎鼎的名字，叫"九头鸟"。

传说在"人日"这天夜晚，鬼鸟会从空中飞过，它还会把自己的血滴在小孩子的衣物上作为标记，然后让孩子患病，从而把孩子的魂魄偷走。所以，这晚只要听到鸟的鸣叫声，家家户户都要马上灭灯、槌床、打门、捩狗耳让狗吠叫、放爆竹，等等，用来驱赶和恫吓鬼鸟，以保护家里的小宝贝们。

可见，"人日"禳鬼鸟的习俗，主要目的是保护生命，消除危害家人尤其是儿童生命安全的因素。

（二）"人日"的节日活动，主要是登高、踏青、赋诗。

"人日"登高自魏晋以来一直颇受人们喜爱。每逢"人日"，上自帝王将相，下至平民百姓，纷纷走出家门，或登楼阁亭台，或登山寺高峰，极目远眺，喜迎新春。唐朝乔侃《人日登高》诗，将此俗写得最直白："登高一游目，始觉柳条新。"

至于踏青，与登高本就是一码事。宋朝苏辙在《踏青诗序》留有当时人们在"人日"踏青的直接证据："每正月人日，士女相与游嬉饮酒于其上，谓之踏青。"

人们在这天"登高""踏青"之际，往往也会思念亲人、友人和家乡。同样，孟浩然也有一首登高怀友的诗——《人日登南阳驿门亭子，怀汉川诸友》："朝来登陟处，不似艳阳时。异县殊风物，羁怀多所思。剪花惊岁早，看柳讶春迟。未有南飞雁，裁书欲寄谁。"

话说隋唐宋时期的人，也真是狠，

人日

随便登个高、踏个青，都可以写诗。如果改在今天来过这个"人日"，我本人登高、踏青是行家，赋诗就只好将就着背一背薛道衡这首《人日思归》，也就罢了。

（三）"人日"的节日忌讳，主要是忌做针线活，忌阴天雨雪，忌用刑，忌出门。

古人很讲究在"人日"这一天守忌讳，卜吉凶。

忌讳做针线活，是防备对眼睛造成伤害，俗语说得好："人日做针线，专扎婆婆眼。"当然，跟婆婆不对付的儿媳妇除外，你们尽兴。

这天也不能对犯人用刑，以防冲了人气。

这一天还忌出门，"七不出门八不归家"，如果有事出门，一定要避开正月初七，归家也要在初八以后。

人们还根据"人日"这天天气的阴晴雨雪，来预卜一年的运气。如果天气晴好，则一年顺利如意；如果阴雨风雪，则预示着病灾坎坷，需要时时留意。

最后还有一条："人日"这一天，因为人为大，所以各位家里的小宝贝儿也为大，家长们可不能在这一天教训他们、打他们的小屁屁哟。

（四）"人日"这一天，吃啥菜喝啥酒？

宴会是"人日"一项重要的活动，正如薛道衡所参加的陈国宫廷宴会一样。"人日"当天，由皇帝出面，赐宴百官，君臣同乐。这种宴会，有音乐，有美女，有吃的，吃完还有拿的。拿什么？皇帝赐的彩缕人胜。

崔日用等诸多唐朝官员，都享受过这等高级待遇。他写下的《奉和人日重宴大明宫恩赐彩缕人胜应制》，虽是奉命之作，但仍可以从中一窥皇帝"人日"在大明宫赐宴的热闹场面："新年宴乐坐东朝，钟鼓铿锵大乐调。金屋瑶筐开宝胜，花笺彩笔颂春椒。曲池苔色冰前液，上苑梅香雪里娇。宸极此时飞圣藻，微臣窃抃预闻韶。"

作为"人日"的标志性节日食物，这一天，南方人应吃七菜羹，北方人则应吃煎饼。不出意外的话，在南朝陈国至德三年（公元585年）的"人日"，薛道衡是一边吃着七菜羹，一边吟出《人日思归》的。虽然此时此刻，他心中最为想念的，还是北方家乡的煎饼。

七菜羹，就是用七种蔬菜做成的菜羹。但是具体是哪七种蔬菜，已不可考。可能在不同地域，蔬菜的种类也不一样。

为什么要吃七菜羹？因为不吃没办法。隋朝杜公瞻注《荆楚岁时记》云："今日一日不杀鸡，二日不杀狗，三日不杀羊，四日不杀猪，五日不杀牛，六日不杀马，七日不行刑。"从初一到初六，鸡、狗、羊、猪、牛、马都不能杀，那到了初七吃什么？只能吃蔬菜羹了。

关于煎饼，《辽史·礼志》记载："人日……俗煎饼食于庭中，谓之'薰天'。"据说之所以要在庭院这样的户外吃煎饼，是为了让煎饼的圆对着天空的圆，以示对女娲补天的纪念。

除了蔬菜羹、煎饼以外，民间还有在"人日"吞吃红豆禳灾祛病的风俗。《太平御览》说："正月七日男吞赤豆七颗，女吞二七颗，竟年无病。"不知是什么赤豆，也不知其依据何在，有兴趣的可以自己试试。反正吞吃赤豆也不是个啥有碍身体健康的坏事。

"人日"这么大个节日，岂能无酒？"人日"的专用酒，叫酴醿酒。这有唐朝阎朝隐的《奉和圣制春日幸望春宫应制》一诗为证："彩胜年年逢七日，酴醿岁岁满千钟。"

酴醿酒，也叫"酴醾酒"。其得名来由有两种说法：一是指经过几次复酿而形成的甜米酒，也称重酿酒。二是指用酴醿花薰香或浸渍的酒。酴醿，又叫山蔷薇，是一种春天开花的蔷薇科落叶小灌木。如今此酒已经绝迹，酒徒们只能干咽口水了。

至于薛道衡在"人日"当天，是不是在酴醿酒的微醺之中，写出《人日思归》如此佳篇绝构的，史无明载。

人日

低绮户

照无眠

不应有恨

何事长向别时圆

人有悲欢离合

月有阴晴圆缺

此事古难全

但愿人长久

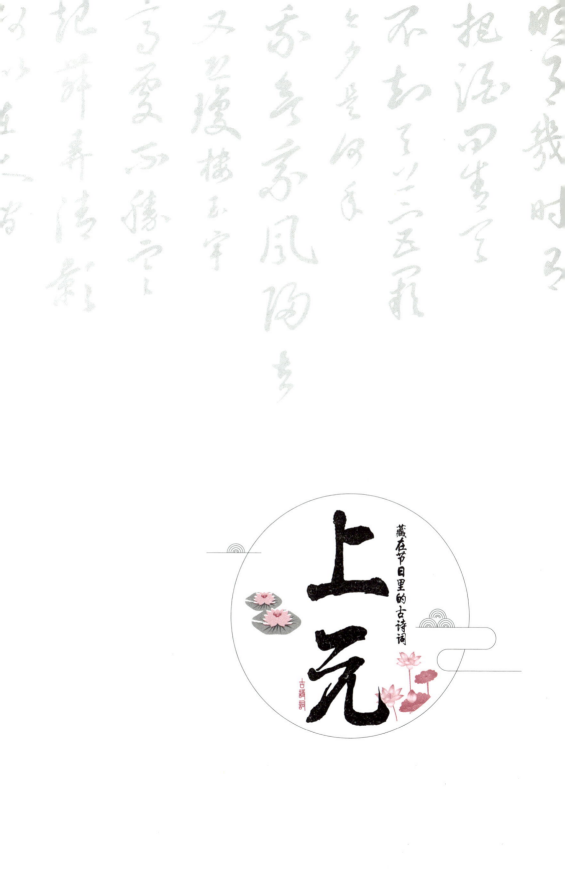

上元

藏在节日里的古诗词

《正月十五夜》

火树银花合，星桥铁锁开。

暗尘随马去，明月逐人来。

游伎皆秾李，行歌尽落梅。

金吾不禁夜，玉漏莫相催。

《正月十五夜》
火树银花合，星桥铁锁开。暗尘随马去，明月逐人来。
游伎皆秾李，行歌尽落梅。金吾不禁夜，玉漏莫相催。

武周大足元年（公元701年），正月十五、上元佳节的夜晚，神都洛阳。

时任凤阁侍郎、同凤阁鸾台平章事的苏味道，便服乘马，陪着坐在马车上的夫人等家眷，怀着夜晚难得出趟门的兴奋心情，离开位于宣风坊的府邸，准备去看元宵节的花灯。

苏府出门左拐，向北经过观德坊，从积善坊和尚善坊之间穿过，在定鼎门大街的最北端，正是直通皇城端门的洛水三桥——星津桥、天津桥、黄道桥。同时，这三桥也将是今晚元宵花灯最为集中的地方。

置身"盛饰灯影之会"的星津桥上，亲历"贵游戚属，及下隶工贾，无不夜游，车马骈阗，人不得顾"的热闹景象，目睹灯光、月光、星光交相辉映于水天之际，苏味道写下"古今元宵诗第一"的《正月十五夜》：

火树银花合，星桥铁锁开：元宵佳节，洛水河边，树上、桥上挂满了花灯，倒映水中，摇曳生姿，与天上的星月之光交相辉映，平日夜晚不让通行的星津桥、天津桥、黄道桥三座桥上的铁锁也打开了。

唐朝的洛阳城，被洛水自西而东穿城而过，分为两半。仅就洛阳城的西半部而言，洛水的北岸，就是皇城、宫城，南岸则是百官及百姓居住的里坊区。里坊区的第一排，就是雒滨坊、积善坊、尚善坊、旌善坊，这四坊隔着洛河与皇城端门遥遥相望。连接南北两岸的，就是洛水之上的星津桥、天津桥、黄道桥。

就在这次苏味道观灯的三四十年前，和苏味道一样担任宰相之职的上官仪，曾经在同一地点，写过一首被同僚们"望之犹神仙焉"的《入朝洛堤步月》。他那首诗中的"脉脉广川流"，就是指洛河；他那首诗中的"驱马历长洲"，就是指洛水河堤；而他入朝要经过的路线，正是此时苏味道的目的地——洛水三桥和皇城端门。

换句话说，上官仪的《入朝洛堤步月》和苏味道的《正月十五夜》是在同一个地点创作的；不同的是，上官仪创作于工作日上班的清晨，苏味道则创作于元宵节观灯的夜晚。

暗尘随马去，明月逐人来：街上人潮涌动，马蹄掀起的尘土飞扬；元宵之夜的月光洒遍了灯市的每一个角落，好像在追逐着人们一样。

苏味道此时的官职，是帝国宰相。一般理解，这么大个官儿出来看灯，不搞鸣锣开道、肃静回避也就罢了，至少也要搞一搞前呼后拥吧？怎么一开始就被我写成了"便服乘马"了呢？这有依据吗？有的。

首先，唐朝宰相在都城之中的日常出行，就是骑马而行，当然，不会骑马可以乘车，身边呢，往往只有三五随从。轻车简从，不搞前呼后拥，那是常态。宰相们要搞前呼后拥，享用公派卫队的排场，还要等到元和十年（公元815年）六月初三宰相武元衡遇刺身亡之后呢。

其次，苏味道这次便服观灯，也有依据。这是因为，隋唐时期，不仅宰相们元宵观灯穿便服，就是皇帝在这天观灯，也穿便服。隋炀帝杨广在大业六年正月元宵节，"角抵大戏于端门街，天下奇伎异艺毕集，终月而罢。帝数微服往观之"。身穿便服的杨广，去了一次还不够，还去过数次。这个闷骚的杨广啊。

唐中宗和韦皇后，"及皇后微行以观灯，遂幸萧至忠第。丁卯，微行以观灯，幸韦安石、长宁公主第"。很明显，这俩是看灯饿了，身边又没带人又没带吃的，只好就近去大臣们家里，找地方吃个夜宵。

据元稹《灯影》诗还可以知道，唐玄宗和杨贵妃两人也曾身穿便服在洛阳城观灯："见说平时灯影里，玄宗潜伴太真游。"想不到啊，隆基和环环还真有如此浪漫的时候呢！

皇帝宰相观灯穿便服这个事儿，其实仔细一想就明白了。此时穿便服，既是方便自己，也是方便别人。本来嘛，大家都是观灯去的，你把官服一穿，人家一看，哟，皇帝来了、宰相来了，无论如何得打个招呼，所有的招呼一遍打下来，你还看灯不看？

元宵佳节，重在看灯。皇帝夫妻看皇帝夫妻的灯，宰相夫妻看宰相夫妻的灯，咱老百姓看咱老百姓的灯，大家各看各的，各得其所，各得其便，只看灯，不装蒜，多好。

可是，即便皇帝宰相不搞前呼后拥，元宵节观灯的人还是太多了，导致城中的交通经常出现拥堵。"倾城出宝骑，匝路转香车"，"车马骈阗，人不得顾"，"香车宝辇隘通衢"。

游伎皆秾李，行歌尽落梅：街上的歌妓们都打扮得花枝招展，一边观灯，一边踏歌而行，唱着"落梅"这样的流行曲调。

这里的"秾李"，指"色彩鲜艳的桃李花"，此处借以形容游伎服饰容颜之美丽。苏味道在这句诗里，把视线由灯转到了人身上，他开始看人了。过分的是，他居然开始看女人了！不过，苏味道这年已经53岁，已到了对美女有想法没办法的年龄，就是偶尔看看美女，想来也不会影响他家安定团结的大好局面了。

不看白不看呐。在这样热闹的元宵灯节，"无问贵贱，男女混杂，缁素不分""充街塞陌，聚戏朋游"，正是看人的绝好时机。

三百多年后，也是在洛阳，也是过元宵节，北宋大文人司马光的夫人也想出去看灯。司马光不大乐意夫人出去浪，很没情调地说："家中点灯，何必出看？"夫人说："兼欲看游人。"司马光更不乐意了，醋醋地问："那我是鬼耶？"好吧，司马光先生，你不是鬼，你只是宅男一枚而已。

金吾不禁夜，玉漏莫相催：今晚的洛阳城取消了宵禁，所以计时的玉漏你也就不要催人回家了，就让他们尽情享受这元宵佳节的夜晚吧。

金吾，就是"金乌"，也就是我国古代神话中太阳里的那个三足乌鸦。那这只乌鸦咋就成了官名了呢？唐朝的颜师古有解释："金吾，鸟名也，主辟不祥。天子出行，职主先道，以御非常，故执此鸟之象，因以名官。"

金吾作为官名，始于秦，汉朝叫作"执金吾"。汉光武帝刘秀在自己还是一个小老百姓时，曾立下人生两大理想："仕宦当作执金吾，娶妻当得阴丽华。"从后来的情况看，刘秀真是人生赢家啊，不仅抱得美人归，还当上了执金吾的领导的领导。

金吾的职责，就是负责昼夜巡逻，负责都城的安全，尤其是负责执行秦汉以来，直到隋唐都还存在的城市宵禁制度。所谓宵禁制度，大致就是：从每天日落时开始，以八百鼓声为信号，关闭所有城门、坊门，开始实行宵禁。

宵禁开始后，城门、坊门不许打开，街道上不许有行人走动，"六街鼓歇行人绝，九衢茫茫空有月"。居民只能在自己居住的坊内活动，不能走出坊门。夜晚的街道上，由金吾卫的士兵负责夜间巡逻。如遇"犯夜"的行人，金吾卫先是厉声质问，行人若不及时回答，士兵则先弹响弓弦警告，再旁射一箭示威，第三次则可以直接射杀行人。

苏味道这里说的"金吾不禁夜"，就是经过皇帝特许，正月十四、正月十五、正月十六这三天，不执行宵禁，大家可以在夜晚随便出门观灯、游玩。

上元夜解除宵禁，打造不眠之夜，自隋而始。隋开皇三年（公元583年），有一个不识相的治书侍御史柳彧出头反对正月十五开放宵禁，认为老百姓又是观灯、又是夜游，"秽行因此而生，盗贼由斯而起，因循弊风，会无先觉。无益于化，实损于民"，要求禁绝此等不正之风。史称，隋文帝杨坚"诏从之"。

但是，历史事实是，这个逆历史潮流而动，不以满足广大老百姓日益增长的出去浪的需求为己任的柳彧，在正月十五开放宵禁的问题上，只是螳臂挡车了一阵子。在他之前和之后，正月十五开放宵禁，已成浩荡之势，不可阻挡了。

苏味道这首《正月十五夜》，历朝历代评价颇高："古今元宵诗少，五言好者殆无出此篇矣"，"极写太平盛事，元宵诗少有过此者"。

而写这首诗的苏味道，更是大有来头。他先与另一个诗人李峤齐名，号为"苏李"；后又与李峤、崔融、杜审言一起，并称"文章四友"。

不仅如此，这个苏味道，细品起来，其实很有味道。他给今天的我们，留下了两个耳熟能详的成语、三个大名鼎鼎的儿孙。

第一个成语就是这首《正月十五夜》中的"火树银花"。要说这个成语也是概括得真好，害得时至今日的我，漫步在元宵灯会上，打算整几句比较有文化的词儿，在妻儿面前显摆显摆时，脱口而出的，还是苏味道的那四个字——火树银花。

第二个成语，则是出自《旧唐书·苏味道传》中的"模棱两可"：

圣历初，迁凤阁侍郎、同凤阁鸾台三品。味道善敷奏，多识台阁故事，然而前后居相位数载，竟不能有所发明，但脂韦其间，苟度取容而已。尝谓人曰"处事不欲决断明白，若有错误，必贻咎谴，但模棱以持两端可矣。"时人由是号为"苏模棱"。

当然，和苏味道留下的第一个成语相比，第二个成语的味道，稍微差了那么一点点。

这位"模棱宰相"，最后在眉州（今四川眉山）刺史任上去世。去世时，四子中的第二子苏份随侍在侧，遂留居于眉州，终生未仕，是为眉州苏氏之祖。自苏份起，历十世而入北宋，天上的文曲星再次钟情苏氏，诞生了苏味道的第十世孙苏洵，第十一世孙苏轼苏东坡、苏辙。

原来大名鼎鼎的"三苏"，是苏味道有据可查的直系子孙。

苏味道写下《正月十五夜》的公元701年，拥有由同一个皇帝武则天命名的三个年号：久视、大足、长安。

这年的正月初一、初二，还是久视二年；从这年的正月初三起，包括苏味道写诗的正月十五，再到这年的十月二十一日，叫作大足元年；从这年十月二十二日开始，直到年末，又叫长安元年了。

武则天这是怎么啦？虽然改元是皇帝的权力，但同一年改来改去搞三次干吗？很好玩儿吗？

要知道，这一年的武则天，已是78岁高龄。即使是君临天下的女皇帝，到了要死的时候，想法其实也是很简单的：第一个想法，我真的还想再活五百年；第二个想法，万一活不了，死后谁来继承我的皇位？

久视、大足，这两个年号，就是武则天第一个想法的产物。"久视"源出《老子》："有国之母，可以长久……是谓深根固柢，长生久视之道。"换句话说，"久视"就是"长生不老"的意思。

公元700年五月，"太后使洪州僧胡超合长生药，三年而成，所费巨万。太后服之，疾小愈。癸丑，赦天下，改元久视"。可见，武则天正是基于"长生不老"的愿望，而改元"久视"的。

"久视"是来自道教典籍的年号，"大足"则是来自佛教影响的年号。公元701年，"春，正月，丁丑，以成州言佛迹见，改元大足"。

到了苏味道写《正月十五夜》时，才刚刚是改元"大足"的第十三天而已。仅就《资治通鉴》上述记载的字面意思看，应该是成州出现了一个绝非人类所能有的大脚印（姑且不论其真假），于是被尊为佛迹，武则天闻报后才将年号改成奇奇怪怪的"大足"的。

作为一个女皇帝，武则天的继承人问题，比男皇帝更加纠结。武则天的纠结是，自己的皇位，是传给儿子呢，还是传给侄子呢？

传给儿子吧，儿子姓李，将来肯定得恢复李唐天下，更何况自己这武周本来就是劫自李唐天下。传给侄子吧，侄子倒是姓武，武周没问题了，可是武则天自己出问题了。

武则天出啥问题了呢？因为武则天是后一任皇帝的姑姑，那么按照封建礼法，后一任皇帝的祭祀对象，只能是自己的父母、祖父母，肯定不会包括自己的姑姑。虽然在短时期内有可能出于政治需要而祭祀姑姑，但时间一长肯定是要把姑姑赶出太庙的。

这样一来，武周的开国皇帝武则天可就亏大发了：自己辛辛苦苦创业，为武氏打下大好江山，最后却连跟着吃块冷猪肉的资格都没有，那我图个什么？这在讲究封建迷信的年代，对于武则天而言，是一个巨大而又现实的问题。

以上这个算盘，那个喜欢问"元芳，你怎么看"的狄仁杰，在史上跟武则天一句话就说清楚了："姑侄与母子孰亲？陛下立庐陵王，则千秋万岁后常享宗庙；三思立，庙不祔姑。"武则天可是明白人，这个算盘她略一拨拉，就明白了。

"长安"这个年号，就是她明白过来之后的产物。就在公元701年十月，武则天率领百官离开洛阳，在离别十九年之后第一次回到了长安。抵达长安的当天，也就是十月二十二日，武则天下令改元"长安"。

武则天的这一政治举动，意味深长。这表明，到了这一年，武则天终于下定决心，放弃坚持以神都洛阳为中心的武周政治体系，逐步回归以京师长安为中心的李唐政治体系。通俗点说，她将放弃武氏女儿的身份，逐步回归李氏儿媳的角色了。

虽然这对于武则天而言，并不容易；虽然这对于武氏家族及拥武官员集团而言，更是艰难；虽然这对于李氏家族及拥李官员集团而言，还有变数，但她毕竟还是勇敢地迈出了回归的第一步。

从政治立场来看，苏味道大致上属于拥武官员集团。而他也是在这样一个政治背景下，就任武则天的宰相的。可以想见，苏味道在这年元宵节写下《正月十五夜》时，心情未必就如花灯一样美好，他应该也品出了一些味道来了。

写下《正月十五夜》整整三年后的长安四年（公元704年）清明节前，身在凤阁侍郎、同凤阁鸾台三品任上的苏味道，突然请求返回位于赵州栾城（今河北石家庄）的家乡，改葬其父苏荣。宰相回乡葬父，朝廷专门给予优待，"优制令州县供其葬事"。

不料，苏味道在这次回乡时，干了一件出人意外的事："味道因此侵毁乡人墓田，役使过度，为宪司所劾，左授坊州刺史。"

也就是说，苏味道在朝廷已经明令其父改葬费用由公费买单的情况下，仍然干出了"侵毁乡人墓田""役使过度"这两件出格的事情，导致自己被御史萧至忠弹劾，由中央宰相之尊而被贬往地方，担任坊州（今陕西延安）刺史。

"侵毁乡人墓田"，就是苏味道父亲的墓园占地过大，以至于侵毁了附近乡人的墓田；"役使过度"，就是苏味道为了改葬其父，而征用了过多的劳动力。苏味道犯了错，自然应该处罚他。

可是问题来了：我怎么咋看咋觉得这事儿透着邪呢？咋看咋觉得这事儿完全不像是苏味道应该犯的低级错误呢？

先来看一个例子。就在写下《正月十五夜》的当年三月，苏味道因小事得罪，被下刑狱。为了表明认罪态度，苏味道"步至系所，席地而卧，蔬食而已"。

当时，与他同时下狱的还有罪行比他严重得多的另一个宰相——因"坐知选漏泄禁中语，赃满数万"的凤阁侍郎、同平章事张锡。形成鲜明对比的是，张锡的谱儿，比苏味道大多了，"锡乘马，意气自若，舍于三品院，帷屏食饮，无异平居"。武则天听说后，把张锡流放岭南，原谅了苏味道，让他复位。

这样一个"席地而卧，蔬食而已"的谨慎小心的人，怎么会犯下"侵毁乡人墓田""役使过度"这样的低级错误？

再来看一个例子。苏味道有一个弟弟叫苏味玄，"味道与其弟太子洗马味玄甚相友爱，味玄若请托不谐，辄面加凌折，味道对之怡然，不以为忤，论者称焉"。

这样一个面对"甚相友爱"亲弟弟的请托，有时都会出现搞不定情况的宰相，可见不是一个有权任性的人，怎么会犯下"侵毁乡人墓田""役使过度"这样的低级错误？

苏味道为官的武则天时代，政治环境其实异常严酷："太后垂拱以来，任用酷吏，先诛唐室贵戚数百人，次及大臣数百家，其刺史、郎将以下，不可胜数"，"其时朝士人人自危，相见莫敢交谈，官员入朝，常密遭逮捕，家中再也不知道消息，因此官员入朝，即与家人作别：'不知复相见否？'"

就是在这样的环境下，苏味道自从咸亨元年（公元670年）22岁进士及第以来，仕途顺利，先后历咸阳县尉、定襄道行军大总管掌书记、监察御史、春官员外郎、考功郎中、凤阁舍人，在延载元年（公元694年）46岁时第一次拜相，迁检校凤阁侍郎、同凤阁鸾台平章事。

第一次拜相后，苏味道因小事贬谪集州刺史，不久又于圣历元年（公元698年）50岁时第二次拜相，任凤阁侍郎、同凤阁鸾台平章事。写下《正月十五夜》的时候，苏味道正处于第二次拜相期间。五年后的长安三年（公元703年），55岁的苏味道进位凤阁侍郎、同凤阁鸾台三品。

在一代雄猜之主武则天的俯瞰之下，苏味道历任中外，出将入相，二十四年到达宰相高位，三十三年圣眷不衰。说苏味道深谙那个年代的明哲保身之道，不算是离谱的判断吧？而凭他在史上留下的"模棱两可"这个成语，说苏味道是一个做官做人都十分小心谨慎的人，也不算是离谱的判断吧？

这样一个小心谨慎、明哲保身的人，怎么会犯下"侵毁乡人墓田""役使过度"这样的低级错误？

要知道，登上宰相之位，是唐朝读书人的终极梦想。才高如白乐天，奋斗了一辈子，也没有这个命当上宰相。苏味道可是在宰相位置上先后待了五年零四个月的人，就因为这样的低级错误，轻易地把这宰相高位说丢就丢了？

我百思不得其解。

直到我看到了苏味道于长安四年（公元704年）三月被贬一年后，爆发于神龙元年（公元705年）正月二十二日的"神龙政变"。所谓"神龙政变"，就是以张柬之为首的拥李官员集团发动政变，逼迫武则天下台，扶持唐中宗李显上台。

政变的结果是，武则天时代权势熏天的张易之、张昌宗兄弟被杀。依附于他们的官员们，包括苏味道的宰相同事，虽然因为张柬之等人的克制止杀，幸运地保住了脑袋，却被一一降职，贬窜远方：凤阁侍郎、同平章事韦承庆贬高要尉，正谏大夫、同平章事房融除名、流高州，司礼卿崔神庆流钦州。

此事，当然也要连累到苏味道，他"以亲附张易之、昌宗，贬授眉州刺史"。于他而言，基本上算是最好的结果了。至此，我恍然大悟。

以下，就是我恍然大悟的内容，也就是我关于苏味道犯下低级错误的结论。但是，这个结论并无直接的史料支撑，是我个人逻辑判断的结果，请读者诸君注意鉴别。

原来，苏味道是故意的，是早有预谋的。基于武则天年老体衰必须下台、李唐皇室必然复辟的总体形势判断，加之苏味道又从个人与张柬之等人的日常交往中，品出了一些山雨欲来风满楼的强烈味道，苏味道敏锐地意识到：即将到来的暴风雨，必然会出现对依附张易之兄弟和武氏家族的官员群体的清算。这种清算，轻则撤职流放，重则杀头抄家。

所以，他决定提前采取措施，远离避祸。即离开中央，离开暴风雨的中心，去地方任职，争取少受一些影响、少受一些震动。

于是，他主动申请了一个正当理由：回家改葬其父。然后合理利用官场规则，犯下了低级错误，然后被弹劾，降职调任坊州刺史。暴风雨到来之后，鉴于他本人并不在京城，而且已经受到了降职处理，所以他只是受到了再一次贬任更远的眉州刺史的处分。他就这样，不着痕迹地避免了本人及家族的最坏的结果。

这总比张易之、张昌宗杀头掉脑袋的结果，要好很多；也比韦承庆、房融、崔神庆等人一撸到底再贬窜远方的结果，要好很多。

被贬为眉州刺史的第二年，神龙二年（公元706年），58岁的苏味道在眉州默默离世。

直到两千多年后，我才通过史料读懂了他：原来，他是一个在人生的舞台上知道自己应该何时离开的人。

在人生的舞台上，知道自己应该何

时上台，并不难；而能够知道自己应该何时离开，不仅非常困难，而且
需要真正的大智慧。

正月十五，是"上元节"，又叫"元宵节""元夕节""元夜
节"。

正月十五，是新年中的第一次月圆之夜，也是一个道教极为重视
的节日。道教把正月十五称为"上元"，七月十五称为"中元"，十月
十五称为"下元"，合称"三元"。于是，正月十五就被称为"上元
节"。上元节的夜晚，就是"元宵节"。

在隋唐以前，元宵节的张灯活动主要是供皇帝及后宫观赏，时间不
固定，节俗也不固定，并没有形成固定的节日。

记录表明，我们今天能过上元宵节，得感谢传说中的那位昏君——
隋炀帝杨广。正是他以折腾至死的折腾精神，折腾修洛阳城，折腾挖大
运河，折腾打高丽，捎带手的，他还折腾出了一个元宵节来。

记录来自《资治通鉴》：隋大业六年（公元610年）正月丁丑日，
"于端门街盛称百戏，戏场周围五千步，执丝竹者万八千人，声闻数
十里，自昏至旦，灯火光烛天地；终月而罢，所费巨万。自是岁以为
常"。

这个正月丁丑日，就是正月十五日。宋元之际的史学家胡三省在此
处注释说："今人元宵行乐，盖始盛于此。"

胡三省的"盖始盛于此"，再加上司马光的那句"自是岁以为
常"，非常关键。这说明元宵节的节俗形成，我们应归功于隋炀帝杨
广。

但元宵节得到进一步提倡和兴盛，并最终形成国家级的公众节日，
那就要感谢另外几位唐朝皇帝了，特别是唐玄宗李隆基。哦，还包括他
的三伯父唐中宗李显和他的亲爹唐睿宗李旦。

隋唐的皇帝们，还真会玩儿。

唐朝元宵节看花灯有多热闹，从苏味道的这首《正月十五夜》可见一斑。其实，白居易也有描述："灯火家家市，笙歌处处楼。"

与我们现在看的花灯全是电灯不同，古代的花灯都是点燃火把或点燃蜡烛来制作花灯的。

那么，古人为什么要选择在正月十五这一天燃灯呢？

还在原始社会时，最早的夜间照明工具是火把。火，不仅给人们带来了光明和温暖，还帮助人们告别了茹毛饮血的生食年代。所以，从远古以来，人们一直保持着对火的敬畏和崇拜。

到了春秋时期，天子或诸侯在讨论国家大事或接待重要使节时，就要在宫廷之中点燃火炬，谓之"燃庭燎"。这在当时是最高规格的礼仪，《诗经》里就有"庭燎"一篇。

到了东汉佛教传入中国以后，燃灯更是以其供养佛祖的功用而得到朝野上下的欢迎。此时，燃灯已是四项重要的佛事活动之一："佛言，有四事。一常喜布施，二修身慎行，三奉戒不犯，四燃灯于佛寺。"可见燃灯的重要程度。

唐朝元宵节的大规模燃灯，正是来自佛僧的请求。《旧唐书》记载，唐先天二年（公元713年）"正月望，胡僧婆陀请夜开门燃百千灯，睿宗御延喜门观乐，凡经四日"。

要感谢这位胡僧，正是出自他的请求，得到了唐睿宗李旦的许可，从而开了唐朝官方正月十五燃灯的先河，也带动了元宵节灯会的节日气氛。

其实，这个胡僧的请求是两项。一项是燃灯，另一项是"夜开门"。后者对于元宵节习俗的形成，则显得更为关键。这里的"夜开门"，就是指苏味道诗中的"金吾不禁夜"。

当时的灯会，分为官方灯会和民间灯会两种。

唐朝官方灯会极为奢侈盛大，"昼夜不息，阅月未止""白鹭转花，黄龙吐水，金凫，银燕，浮光洞，攒星阁，皆灯也"，可见灯型繁多，各具特色。

当时，还出现了利用热动力学催动花灯转动的"影灯"："五色蜡纸，菩提叶，若沙戏影灯马骑人物，旋转如飞。又有深闺巧娃，剪纸而成，尤为精妙。"

先天二年（公元713年）的宫廷灯会更为大手笔："上元灯节正月十五、十六夜，于京师安福门外作灯轮高二十丈，衣以锦绮，饰以金玉，燃五万盏灯，簇之如花树。宫女千数，衣罗绮，曳锦绣，耀珠翠，施香粉。一花冠、一巾帔皆万钱，装束一妓女皆至三百贯。妙简长安、万年少女妇千余人，花服花钗媚子亦称是，于灯轮下踏歌三日夜，欢乐之极，未始有之。"

三日两夜，20丈高的灯轮，50000盏灯，1000名宫女，1000名长安和万年两县的少女和少妇，10000钱/花冠的服装费用，300贯/妓女的装束费用。那场面，那家伙，那是相当宏大。

这样奢侈，不怕大臣们劝谏？果然，右拾遗严挺之站了出来，他不解风情地要求唐睿宗李旦，"昼则欢娱，暮令休息"，不要太过分，不要日以继夜地折腾。

史称"上纳其言而止"。其实，哪儿止了？根本没止。真要止了，哪儿还有下面李旦儿子李隆基更加豪华的折腾？哪儿还有我们今天的元宵节？

到了唐玄宗李隆基时期，20丈高的灯轮、灯树已经不够用了，直接上"灯楼"！

李隆基"大陈影灯，设庭燎，自禁中至于殿庭，皆设蜡烛，连属不绝。时有匠毛顺，巧思结创缯彩，为灯楼三十间，高一百五十尺，悬珠玉金银，微风一至，锵然成韵。乃以灯为龙凤虎腾豹跃之状，似非人力"。

上行下效。杨贵妃的姐姐韩国夫人"置百枝灯树，高达八十尺，竖之高山，上元夜点之，百里皆见，光明夺月色也"；宰相杨国忠家"每至上元夜，各有千炬红烛，围于左右"。

民间灯会的热闹程度，也丝毫不逊色于宫廷和高官家的花灯："灯明如昼，山棚高百余尺，神龙以后，复加俨饰，士女无不夜游，车马塞路。"

大街上的人多到了什么程度？有的人甚至被人潮挤得双脚悬空而走，"有足不蹑地浮行数十步者"。

唐朝的元宵佳节，可不止长安一个城市在狂欢。在苏味道写诗的东都洛阳，"月光三五夜，灯焰一重春。烟云迷北阙，箫管识南邻。洛城终不闭，更出小平津"，可见洛阳连城门都没有关；在扬州，"灯烛华丽，百戏陈设，士女争妍，粉黛相染"；在偏远的甘肃凉州，"灯影连旦数十里，车马骈阗，士女纷杂"。

可见全国人民都动起来了，都在看花灯，过元宵佳节。

（二）唐朝元宵节，还有"踏歌"、拔河的节俗。

李白在《赠汪伦》中写道："李白乘舟将欲行，忽闻岸上踏歌声。桃花潭水深千尺，不及汪伦送我情。"这里面，李白提到的友人汪伦，是"踏歌"而来。按照我们的简单理解，汪伦那是边走边唱，是汪伦心情愉悦、随性而为的一种偶然行为而已。

然而，史料显示，汪伦在此处的"踏歌"，正如苏味道在《正月十五夜》中提及的游伎们"行歌尽落梅"一样，并不是简单、随意地边走边唱。

踏歌，其实是我国原始歌舞的一种。《吕氏春秋》卷五《古乐》载："昔葛天氏之乐，三人操牛尾，投足以歌八阕。"这其中的"投足以歌"，就是按照音乐的节奏，用脚踏地为节拍，边歌边舞。

史书上关于踏歌的最早记载，见于刘歆的《西京杂记》：汉朝的宫女曾"相与连臂，踏地为节，歌'赤凤凰来'"。在这里，宫女们是上身连臂，踏足而歌。

唐朝的踏歌，又叫踏谣，是由官方组织宫女或教坊女集体参与表演的大型歌舞活动，并且唐朝首创将这种踏歌运用于元宵节的节日助兴。

在宫廷中，唐玄宗李隆基作为喜爱音乐的人，自然要率先垂范了，他在元宵节"即遣宫女于楼前缚架，出跳歌舞以娱乐之"。他还曾于东都洛阳，召见方圆三百里以内的县令刺史，命他们携带歌舞队前来比赛，大搞文艺会演，并对优胜者予以奖励。

为了让元宵节的踏歌更加丰富多彩，李隆基还让自己手下的大才子、宰相张说亲自出马撰写歌词——"玄宗尝命张说撰元夕御前踏歌词"，也就是现在留下来的张说《十五日夜御前口号踏歌词二首》。

老百姓的节日活动，也充满了踏歌的欢乐。诗人王諲在《十五夜观灯》描写"妓杂歌偏胜，场移舞更新"，诗人崔知贤在《上元夜效小庾体》中写"欢乐无穷已，歌舞达明晨"。可见，"踏歌"是当时元宵节节俗的重要内容之一。

"踏歌"之外，还有百戏。所谓百

戏，类似于现在的杂技表演，也就是耍猴、吞铁剑啥的。还有角觝，我们现在叫"相扑"，当然，我们从古到今一直是正常型相扑，不是变态型相扑。

最叫人惊奇的是，他们还拔河！

唐人封演写的《封氏闻见记》记录："玄宗数御楼设此戏，挽着至千余人，喧呼动地，蕃客士庶观者，莫不震骇。"而且"进士河东薛胜为拔河赋，其辞甚美，时人竞传之"。当时，就已经出现了"拔河"这个名称。而直到2016年春节前，笔者所在的单位还在组织精壮人士参加拔河比赛，由此可见文化习俗的传承威力，着实惊人。

这个拔河，怎么算，也有一千多年的历史了。

（三）唐朝元宵节，还有今天已经消失的"迎紫姑"节俗。

唐会昌五年（公元845年），李商隐在山西蒲州，听说京城有灯会，想看热闹又已来不及了，恨而作诗："月色灯光满帝都，香车宝辇隘通衢。身闲不睹中兴盛，羞逐乡人赛紫姑。"

此诗的最后一句，提到了当时元宵节"迎紫姑"这一风俗。今天，我们已没有了这个风俗。

那么，紫姑是个什么神仙姐姐？

按照《太平广记》，紫姑生前很命苦。作为小妾，她经常被主妇欺凌，后于正月十五日"感激而死"。人们同情这个苦命的女人："以其日作其形，夜于厕间或猪栏边迎之，祝曰：'子婿不在，曹姑亦归去，小姑可出戏。'"如果觉得手上变重，那就是紫姑来了。

上面祭祀紫姑的祝词，很好玩儿："你老公不在，大老婆也回娘家了，你可以出来玩一下了。"呵呵。

需要注意的是，上述文字中的"感激"，不是我们今天"感激"的意思，这里理解为"愤激"就好了。

可见，紫姑因为生前身份是小妾，被正房大老婆欺负，总让她干些倒马桶这样的脏活累活，所以她在愤激而死之后被尊为厕神，祭祀的地点为厕间或猪栏。

需要指出的是，这样的祭祀活动，在官方并不举行，主要在民间举行，而且，只限女性参加。紫姑信仰的主要功用，是卜蚕桑之事。

今天来看紫姑信仰，实际上是古代社会女性群体意识的一种体现。古代女性们祭祀紫姑，既是对紫姑做妾的同情，也是对自身命运的哀叹。毕竟，在一夫多妻的时代，哪个女性也无法保证自己一定当上正房大老婆。

哪像现在的美女们，不但个个笃定是正房大老婆，而且在家里还一个比一个狠。现在哪里还有命运悲惨的美女呢，只有一肚子苦水倒不出的已婚男人。

（四）唐朝元宵节，吃什么节日食物？

元宵节吃什么？吃元宵啊。现在是，古代不是，至少苏味道所在的唐朝就不是。

事实上，在唐朝以前，元宵节没有专用的节日食物。到了唐朝才有的，但也不是我们今天所吃的元宵。

排在第一位的，不是元宵，而是白粥或肉粥。《唐六典》记载："又有节日食料……正月十五日、晦日膏糜。""膏糜"就是肉粥。

第二是面茧。《开元天宝遗事》："都中每至正月十五日造面茧"。面茧，是一种用糯米做成的蚕茧形食品，也可以用于祭祀蚕神。这当然也不是元宵。

第三是丝笼。《文昌杂录》："唐代岁时节物……上元则有丝笼。"据考证，丝笼不是竹子做的竹笼，而是一种用麦面制作的饼状食品。饼状的食品，当然不是元宵。

第四是火蛾儿、玉梁糕。《云仙杂记》："洛阳岁节正月十五日，造火蛾儿，食玉梁糕。"据考证，火蛾儿应该是一种油炸食品，玉梁糕可能是由米粉或麦粉制成的糕点。这两个食品与元宵的距离，也不小。

第五是焦䭔。《膳夫录》："汴中节食，上元油䭔。"从《太平广记》所记的这种食品的制作方法来看，它的造型是圆形的，主要用面制成，而且面中有南枣做成的馅儿，经油炸之后，"其味脆美，不可名状"，像不像我们今天的油炸元宵？反正，这个焦䭔，是唐朝最像元宵的食品。

焦䭔，到了宋朝还是元宵节的当家食品，只是当时已出现了"煮糯为丸，糖为臛，谓之圆子"的"汤圆"雏形。不过，这种"圆子"肯定没有馅儿，因为它还要蘸上糖臛（糖浆）才好吃。

低绮户

照无眠

不应有恨

何事长向别时圆

人有悲欢离合

月有阴晴圆缺

此事古难全

但愿人长久

明月几时有，把酒问青天。不知天上宫阙，今夕是何年。我欲乘风归去，又恐琼楼玉宇，高处不胜寒。起舞弄清影，

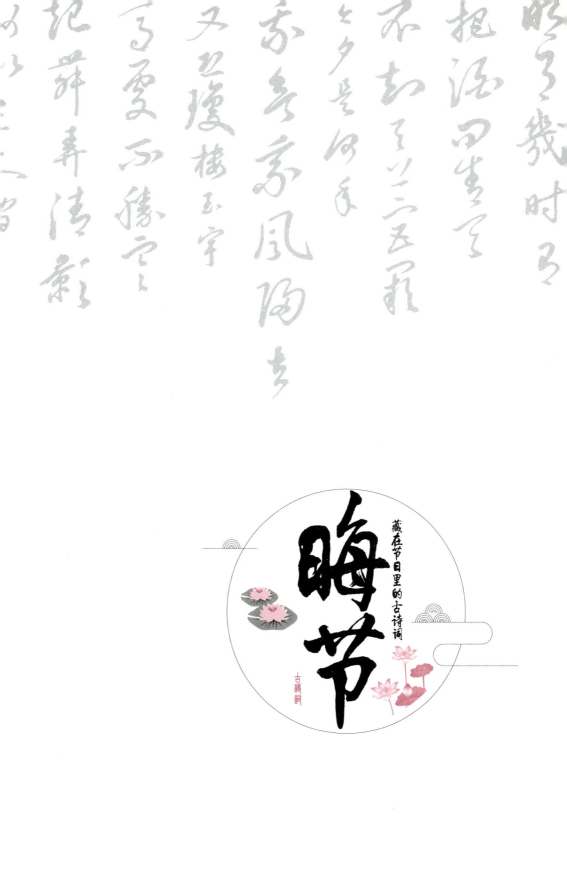

藏在节日里的古诗词

晦节

《晦日呈诸判官》

晦日新晴春色娇，

万家攀折渡长桥。

年年老向江城寺，

不觉春风换柳条。

《晦日呈诸判官》
晦日新晴春色娇，万家攀折渡长桥。
年年老向江城寺，不觉春风换柳条。

唐贞元二年（公元786年）正月三十日，驻节润州（今江苏镇江），爵封晋国公，身兼检校尚书左仆射、同中书门下平章事、江淮转运使、镇海军节度使、浙江东西道观察使等职的韩滉，正和自己的部下——节度判官顾况等人一起，饮酒赋诗，欢度一年一度的"晦日节"。

"然而大伙都在，笑话正是精彩"之时，韩滉却"平白无故地，难过起来"，他先看眼前春光美好，再看自己年华已老。感慨万千的他，提笔写下了这首《晦日呈诸判官》：

晦日新晴春色娇，万家攀折渡长桥：今年的"晦日节"恰逢天晴，春色娇艳；人们纷纷出来春游过节，穿过长桥，攀折翠绿的柳枝。

年年老向江城寺，不觉春风换柳条：只有我这个年年前往江城寺庙的老人，才一直没有发现，在新一年春风的吹拂下，眼前的柳条早已换了新绿。

当时和韩滉一起欢度"晦日节"的节度判官顾况，写有一首《奉和韩晋公晦日呈诸判官》："江南无处不闻歌，晦日中军乐更多。不是风光催柳色，却缘威令动阳和。"别看他这首诗写得不咋地，且有拍韩滉的马屁之嫌。但是，正如我们今天跟领导打牌要输给领导一样，顾况在这里学习的也是我们今天的套路，他是故意把个和诗写得一般的，免得超过了领导的水准。

要知道，顾况可也是唐诗史上著名的诗人之一。否则，他怎么可能成为白居易科举考试的"行卷"对象？据唐人张固的《幽闲鼓吹》载：

白尚书应举，初至京，以诗谒著作顾况。况睹姓名，熟视白公曰："米价方贵，居亦弗易。"乃披卷，首篇曰："离离原上草，一岁一枯荣。野火烧不尽，春风吹又生。"却嗟赏曰："道得个语，居即易矣。"因为之延誉，声名大振。

这位后来成为白居易大恩人的顾况，就是诗题中《晦日呈诸判官》中的"诸判官"之一。令人费解的是，韩滉在这里说"诸判官"，难道他的手下还有为数众多的判官？否则，怎么还用得上一个"诸"字？

晦日节

"判官"，是一个从隋朝才开始设置的官职。其最初，就是作为地方长官的中级僚佐，接受地方长官的指令，辅理政事、处理政务的官职。

到了唐朝，"判官"多出现在"使职"幕府之中。所谓"使职"，是指由朝廷临时特派大臣，执行军事、财经、行政监察等系统的临时任务的官职。由于中唐以后，"使职"在唐朝职官体系中越来越多，并且这些临时"使职"不断转为常设官职的也越来越多，所以"判官"也就越来越多。

执行军事系统临时任务的使职，就是节度使、团练使、招讨使、防御使；执行财经系统临时任务的使职，就是度支使、盐铁使、转运使、户部使；执行行政监察系统临时任务的使职，就是巡察使、采访使、观察使、黜陟使。

而每设置一个使职，就要相应为之配备办事机构和人员，包括副使、判官、推官、巡官等，组成所谓的"幕府"。这些幕府僚佐，全部由本使直接选任，不由朝廷任命，故非正式的朝廷命官。

如果追随的本使完成任务，使命解除、幕府解散，那么包括"判官"在内的所有人员都需另谋高就。当然，本使由临时变成常设或者本使另有高升，则其幕府僚佐也可随之飞黄腾达。一般情况下，后者的可能性很大。

举一个幕府僚佐飞黄腾达的例子，顺便透露一个和韩滉同姓的韩姓名人的小秘密：比韩滉稍晚出现在历史舞台之上，号称"文起八代之衰"的韩愈，在贞元三年、四年、五年，三次参加科举考试，均告失败。直到贞元八年（公元792年），第四次方才登进士第。

可是，"登进士第"只是通过了礼部的"省试"，有了做官资格而已；下一步还要参加吏部的"关试"，方可决定授何官职。然后，在贞元九年、十年、十一年，韩愈三次参考，又均告失败。没办法，会学不会考的韩愈，只好先后于贞元十二年出任宣武节度使董晋幕府的观察推官，于元和十二年出任淮西宣慰处置使兼彰义军节度使裴度幕府的行军司马，这才一步一步地出人头地。

韩愈先后在幕府出任过的"观察推官"和"行军司马"，和前面说的"判官"一样，都是性质相同、地位相等的幕府僚佐。换句话说，韩愈虽然没有任过"判官"一职，却曾经是"判官"的同事。

而韩滉拥有"诸判官"的原因就在于，他在贞元二年，已是位高权重，兼职众多。上述三个系统的"使职"，他都有。那么在他的手下，至少就有三套幕府僚佐：

"镇海军节度使"，是军事系统的使职，此时早已变为常设官职，顾况的"节度判官"一职就隶属于节度使幕府；"江淮转运使""浙江东西道观察使"，分别是财经系统、行政监察系统的使职，也都是早已常设的官职，也各有自己的一套幕府办事班子。

按照一套幕府只设一个判官来计算，韩滉至少应该有包括顾况在内的三个判官。而事实上，韩滉手下的判官，可能远远不止此数。

原因很简单：韩滉担任节度使的镇海军，下辖"润、常、湖、苏、杭、睦、越、明、台、温、衢、处、婺、宣、歙"十五州，囊括了江东最富庶的所有州郡，是大唐帝国此时管辖范围最庞大、财政收入最富饶的地区。上述十五州，横跨我们今天的江苏、浙江、安徽、江西四个省。唐末的钱镠，就是以此地区为根据地，建立吴越国的。

这样的牛人，是不是应该拥有"诸判官"？

韩滉在《晦日呈诸判官》诗里，伤春叹老，预感超级准确。因为，无论是他伤春的"晦日节"，还是他叹老的自己，时间都不多了。

贞元五年（公元789年）正月十一日，唐德宗李适下诏："自今宜以二月一日为中和节，以代正月晦日。备三令节之数，内外官司休假一日。"换句话说，自贞元五年起，正月三十日的"晦日节"取消，由第二天的二月初一"中和节"代替。

这样算起来，韩滉写下《晦日呈诸判官》时的贞元二年"晦日节"，已是史上倒数第三个"晦日节"了。等到过了贞元三年、贞元四年的两个"晦日节"之后，韩滉就再也没有"晦日节"可过了。

更可惜的是，韩滉也老了，他等不到贞元四年的那最后一个"晦日节"了。就在贞元三年（公元787年）"晦日节"过后的二月二十五日，他在位于京师长安城昌化里的官邸中去世，享年65岁。

韩滉出身名门，是盛唐名相韩休之子。韩休当宰相，以犯颜直谏著名。唐玄宗李隆基那个著名的"吾瘦天下肥"

典故，就是因为韩休。

左右曰："自韩休入朝，陛下无一日欢，何自戚戚，不逐去之？"帝曰："吾虽瘠，天下肥矣。且萧嵩每启事，必顺旨，我退而思天下，不安寝。韩休敷陈治道，多讦直，我退而思天下，寝必安。吾用休，社稷计耳。"

这样的父亲生出的儿子，当然也很优秀，可不仅仅是"官二代"。韩滉在开元年间以门荫入仕，先是在殿中侍御史、考功员外郎、尚书右丞等这样的职位上历练。直到大历六年（公元771年），韩滉出任户部侍郎、判度支。这才是韩滉入仕以来，最重要的任职资历。

从此，他与唐朝著名经济改革家、理财专家、吏部尚书刘晏一起，分掌天下财赋，时间长达九年之久。他自己也逐步成长为一位以财经见长的官员，奠定了自己一生的事业基础。

史书记载，韩滉在担任"户部侍郎、判度支"这一重要职务时，为当时中央财政的好转做出了巨大贡献："属国计空耗，上难其人，服勤九年，出利百倍，左藏之钱至七百万贯，太仓之粟至数百万斛，其边储或五六万，或十余万。"他因此而深受当时皇帝唐代宗李豫的赏识，仕途前景一片光明。

可惜，一朝天子一朝臣是古今通理。唐代宗李豫不久去世，在大历十四年（公元779年）五月继位的唐德宗李适，"恶滉掊刻，徙太常卿""议未息，又出为晋州刺史"。

新皇帝不仅不喜欢韩滉，还把他从手握重权、条件优渥的京官岗位调离，远远地打发到了晋州。更重要的是，这位新皇帝唐德宗李适，上任时才37岁，还有二十多年的皇帝要当。这样年轻的皇帝不喜欢韩滉，韩滉的前途由此岌岌可危。

神奇的是，不受新皇帝待见的韩滉，在晋州刺史任上只郁闷了不到一年时间，他的人生逆袭就开始了。

大历十四年（公元779年）十一月，他就调任苏州刺史、浙江东西观察使。此后，他再次受到重用，成为朝廷新设立的管辖范围庞大的镇海军节度使，下辖十五个州，成为大唐帝国当时最大最富的封疆大吏。

唐德宗李适是不是吃错药了？怎么对韩滉的态度前后区别这么大？韩滉是不是跑官要官了，要不他的人生逆袭咋来得这么快、这么好？

事实是，唐德宗李适没有吃错药，韩滉也没有跑官要官。以上的原因，用一句话就可以概括：唐德宗李适要打仗，需要具有财政任职经验的官员坐镇江东富庶地区为他筹集军费，而韩滉，恰恰是最合适的人选。他此前那九年的"户部侍郎、判度支"经历，在此时此刻，凸显了无与伦比的重要性。

唐德宗李适要打的仗，是唐史上仅次于"安史之乱"的"四镇之乱"。起因在于他改变了其父唐代宗李豫对两河藩镇的姑息政策，激起了成德、魏博、淄青、山南东道四镇联兵反唐。叛军规模太大，这一次，他非常需要钱，需要很多很多钱。

当时，"两河有事，职税所办者，惟在江东"，是朝野上下的共识。这样一来，就给了极富财政经验的韩滉人生逆袭的机会。形势比人强啊。

等到了逆袭机会的韩滉在镇海军，只做了三件事。一是维稳，保证了江东地区的一方安宁。二是强兵。他所训练出来的精兵，元稹后来评价"润之师，故南阳韩晋公之所教训，弩劲剑利，号为难当"。三是征税，为唐德宗李适的中央政府提供战争经费。

在第三件事上，韩滉之功，独一无二、无与伦比。唐德宗李适几次命悬一线，都是依靠韩滉及时送到的钱粮，才得以绝处逢生。

第一次：兴元元年（公元784年）二月，唐德宗李适由于李怀光叛乱，仓促出逃梁州，物资供应极为匮乏，"六军从官，扈跸千里，时属维夏，未颁春衣"。正在狼狈之际，镇海军节度使韩滉"命判官何士干领健步七百，负绞练十万匹，上献天子"。

如此紧急的时刻，细心的韩滉居然还能考虑到唐德宗李适爱喝茶，为之做了特别的安排——"以夹练囊缄盛茶末，遣健步以进御"，让正在逃难的唐德宗李适一下子觉得好温暖，实在是贴心得不要不要的。

功高莫过救驾，救驾还如此细心。估计当时唐德宗李适一边喝茶，一边在想：嗯，韩滉这人，我看行。

唐德宗李适马上就给了韩滉丰厚的回报：加封江淮转运使，不久又进封国公。那句俗话怎么说来着？"每一个成功男人的背后，都和领导贴过心。"

在给唐德宗李适送茶的同时，韩滉

还"运米百艘以饷李晟",而后者正率领神策军准备收复京师。

史书如此记录韩滉此时的巨大功绩:"时滉以中国多难,翠华不守。淮西、幽燕并为敌国,公虑敖仓之粟不继,忧王师之绝粮,遂于浙江东西市米六百万石,表奏御史四十员,以充纲署。淮汴之间,楼船万计。中原百万之师,馈粮不竭者,韩公之力焉"。

第二次:同年九月,逃难的唐德宗李适终于返回了长安。但是祸不单行,叛乱刚过,又遇旱灾、蝗灾,贵为皇帝的他仍然缺钱,"米斗千钱,仓廪耗竭"。还好,他还有贴心的韩滉,"运江、淮粟帛入贡府,无虚月"。

这一次,韩滉不仅自己贡米,还感动中国,哦不,感动了淮南节度使陈少游:韩滉"自临水滨发米百万斛……既而陈少游闻滉贡米,亦贡二十万斛。上谓李泌曰:'韩滉乃能化陈少游贡米矣!'对曰:'岂惟少游,诸道将争入贡矣!'"

如果"诸道争入贡"真的实现的话,那韩滉应该算是史上第一个感动中国的人物了吧?

第三次:就在韩滉写下《晦日呈诸判官》的贞元二年(公元786年)春天,关中的饥荒进一步加剧,以至于连禁军的粮食都成了问题,军队已有了哗变的苗头:"禁军或自脱巾呼于道曰:'拘吾于军而不给粮,吾罪人也!'上忧之甚,会韩滉运米三万斛至陕,李泌即奏之。上喜,遽至东宫,谓太子曰:'米已至陕,吾父子得生矣!'"韩滉又一次救了命悬一线的唐德宗李适。

这一次,韩滉由江淮运米至关中约二百万石,由此开创了有唐一代南粮北运的最高纪录;韩滉如此卖力,苦兮兮等米下锅的唐德宗李适当然也不会亏待他,"德宗嘉其功,以滉专领度支、诸道盐铁转运等使",也由此开创了有唐一代地方藩帅兼领盐铁转运使的最早纪录。

这样贴心又能干的干部,不调中央工作怎么行?写完这首《晦日呈诸判官》的十个月之后,贞元二年(公元786年)十一月初九,韩滉被召入长安,当上了实职宰相,任检校尚书左仆射、同中书门下平章事、江淮转运使，仍兼镇海军节度使。

史称"韩滉自浙西入觐，朝廷委政待之"。韩滉深得唐德宗李适的信任，后者将朝廷的日常政务都交由他负责。每次他上朝奏事的时间都很长，其余的宰相均唯他马首是瞻。此时此刻的韩滉，不仅是首相，而且是权相。

这是韩滉一生的巅峰时刻，也是韩滉一生的最后时刻。四个月之后，韩滉去世，追赠太傅，谥曰忠肃，就此善终。

韩滉的重要性，在他刚刚死后，就体现了出来。他死后，朝廷将镇海军划分成三个部分：浙西以润州为治所，浙东以越州为治所，宣、歙、池以宣州为治所，三处分别设置观察使，以便统领其地。换句话说，就是韩滉生前一个人管的地儿、干的活儿，现在分给三个人管，分给三个人干。

更神奇的是，韩滉的重要性，在他死后千年，也体现了出来：人称"镇国之宝"、现藏北京故宫博物院、我国目前可见的最早的纸画——《五牛图》，就是他画的。

有学者考证说，韩滉画《五牛图》就在他写《晦日呈诸判官》的前一年——贞元元年（公元785年）。那么，这幅纸画的《五牛图》距今已经一千二百多年了。

"晦日"能够作为一个节日，是因为月亮。《说文》："晦，月尽也。"《论衡》："三十日日月合宿，谓之晦。"

在阴历每个月的月末，月亮都会变得阴晦不明，所以人们把阴历每个月的最后一天称为"晦日"。正月是每年的第一个月，因此正月晦日也就格外受到重视，被人们当成了一个节日，称为"晦日节"或"晦节"。

人们过"晦日节"，最早起源于魏晋南北朝，此后兴盛于唐朝，最后又终结于唐朝。

"晦日节"的最早记录，出现在北魏末年。据《魏书·裴粲传》载："前废帝初……复为中书令，后正月晦，帝出临河滨，粲起于御前再拜曰：'今年还节美，圣驾出游，臣幸参陪从，豫奉宴乐，不胜忻戴，敢上寿酒'。"

从这段记录可见，从北魏时起，正月晦日就被人们当作节日来对待，安排有出游、宴饮等节日活动。

泛舟宴乐，是"晦日节"的第一个节日风俗。

梁朝宗懔《荆楚岁时记》的记录是"晦日酺聚，士女泛舟""元日至于月晦，并为酺聚饮食。士女泛舟，或临水宴乐"。《隋书》也载："正晦泛舟，则皇帝乘舆，鼓吹至行殿，升御坐，乘版舆，以与王公登舟，置酒，非预泛者，坐于便幕。"

同时，南北朝时期也出现了大量以"晦日泛舟"为名的诗：如东魏卢元明的《晦日泛舟应诏诗》和北齐魏收的《晦日泛舟应诏》等。直到唐朝，欢度"晦日节"，仍然需到水边，仍然需要泛舟，比如宗楚客的诗《正月晦日侍宴浐水应制赋得长字》，又比如宋之问的诗《奉和晦日幸昆明池应制》。

说到宋之问这首《奉和晦日幸昆明池应制》，还有一个典故。宋之问与沈佺期一直并称"沈宋"。但"沈"与"宋"的诗，到底谁更高明一些？

唐中宗曾搞过一次诗词比赛，当时群臣赋诗共有一百多篇，请上官婉儿评判高下。其他大臣们的诗，上官婉儿都没看上，唯独对沈佺期与宋之问的两首诗难定优劣。过了好长时间，上官婉儿才作出定评："二诗工力悉敌。沈落句云：微臣雕朽质，羞睹豫章材，盖词气已竭；宋诗云：不愁明月尽，自有夜珠来，犹陟健举。"于是，沈佺期服了，宋之问获得了第一名。

沈佺期在"晦日节"比较晦气，被宋之问抢了风头。

晦日送穷，是"晦日节"的第二个节日风俗。所谓"送穷"，是指在"晦日节"这一天，举行祭祀和送行仪式，欢送穷鬼（穷神）从自己家中或身边离开。

"送穷"之俗，至少在汉朝，即已有之。西汉扬雄曾经写有一篇《逐贫赋》。到了唐朝，大文学家韩愈曾写过一篇《送穷文》："元和六年正月乙丑晦，主人使奴星结柳作车，缚草为船，载糗舆粮，牛系轭下，引帆上樯。三揖穷鬼而告之曰：'闻子行有日矣……子无底滞之尤，我有资送之恩，子等有意于行乎？'"唐朝诗人姚合还写有诗《晦日送穷三首》，其中第一首写道："年年到此日，沥酒拜街中。万户千门看，无人不送穷。"是的，送走穷鬼，变成富人，当然是万户千门，谁都乐意。

"送穷"这一风俗的来源，陈元靓《岁时广记》记载甚详："颛顼高辛时，宫中生一子，不着完衣，宫中号称'穷子'。其后正月晦死，宫中葬之，相谓曰'今日送穷子'。"

这段记载表明，"穷子"或称"穷鬼"，是颛顼之子。他身材羸弱矮小，性喜穿破衣烂衫，喝稀饭。即使将新衣服给他，他也扯破或用火烧出洞以后才穿，因此"宫中号为穷子"。他死于正月晦日，因为在这一天为他送葬，所以相沿成俗，形成了"晦日节"里"送穷"的节日风俗。

在唐朝中前期，"晦日节"一直深受唐人重视，是朝廷规定的全国三令节（晦日节、上巳节、重阳节）之一。然而好景不长，这样一个官方承认、传承久远的"晦日节"，还是不幸地在唐朝遭遇了它的终结者——唐德宗李适和他的宰相李泌。

据李繁《邺侯家传》记载，"晦日节"被"中和节"所取代的过程，是这样的：

德宗曰："前代三、九皆有公会，而上巳日与寒食往往同时。来年合是三月二日，寒食乃春无公会矣。欲以二月创置一节，何日而可？"泌曰："二月十五日以后虽是花时，与寒食相值。二月一日正是桃李时，又近晦日。以晦为节非佳名也，臣请以二月一日为中和节，其日赐大臣方镇勋戚尺，谓之裁度。令人家以青囊盛百谷果实相问遗，谓之献生子；酝酒，谓之宜春酒。村间祭勾芒神，祈谷。百僚进农书以示务本。"上大悦，即令行之，并与上巳、重阳谓之三令节，中外皆赐钱寻胜宴会。

就这样，"晦日节"被两个姓李的合谋暗算了。其根本原因，还是唐德宗李适"皇心不向晦，改节号中和"。当然，这也怪不得别人，只怪"晦"字的确"非佳名也"。直到今天，"晦"仍然有"倒霉、运气不好"的意思。其不太受欢迎，也是必然的。

于是，就在韩滉写下《晦日呈诸判官》三年之后的贞元五年（公元789年），"晦日节"正式被"中和节"取代，从此在历史舞台上消失。虽然，其"送穷"等节日风俗并未完全消失，仍然在神州大地上的某些地区得到了传承，但今天的我们，已经很少有人知道"晦日节"为何物了。

转朱阁

低绮户

照无眠

不应有恨

何事长向别时圆

人有悲欢离合

月有阴晴圆缺

此事古难全

但愿人长久

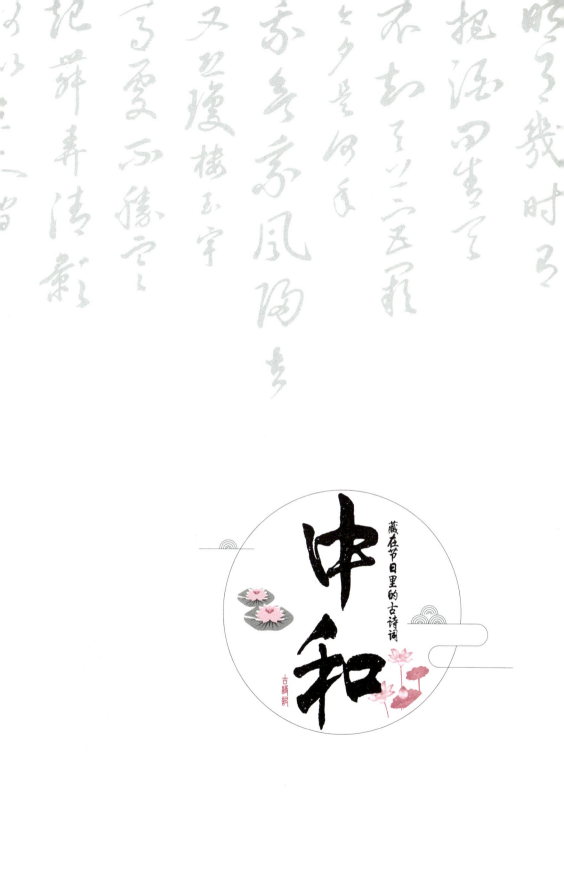

明月几时有　把酒问青天　不知天上宫阙　今夕是何年　我欲乘风归去　又恐琼楼玉宇　高处不胜寒　起舞弄清影　何似在人间

藏在节日里的古诗词

冲和

《奉和圣制中和节曲江宴百僚》

风俗时有变，中和节惟新。

轩车双阙下，宴会曲江滨。

金石何铿锵，簪缨亦纷纶。

皇恩降自天，品物感知春。

慈恩匝寰瀛，歌咏同君臣。

《奉和圣制中和节曲江宴百僚》
风俗时有变，中和节惟新。轩车双阙下，宴会曲江滨。
金石何铿锵，簪缨亦纷纶。皇恩降自天，品物感知春。
慈恩匝寰瀛，歌咏同君臣。

唐朝贞元五年（公元789年）二月初一，长安城美丽的曲江池畔。此时的大唐帝国天子——唐德宗李适，正在这里宴请文武百官，举行史上第一次中和节宴会。

之所以说这是史上第一次中和节宴会，言之有据，史有明载。据《册府元龟》载，就在这年的正月十一日，唐德宗李适下诏："自今宜以二月一日为中和节，以代正月晦日。备三令节之数，内外官司休假一日。"

以皇帝圣旨的形式来规定一个节日，在今天的我们看来，感觉怪怪的。总觉着唐德宗李适这事儿，干得有点儿任性。当然，他有权，可以任性。

自己定的节日自己过，必须的。下诏半个多月之后，二月初一转眼就到了。唐德宗李适决定，为了过好这个自己规定的史上第一个中和节，他要开个大Party（聚会），要请客；不仅要请客，他还要作诗，好好地庆祝一把。

在唐德宗李适的授意下，朝廷在长安城著名的旅游胜地——曲江池，大摆宴席，宴请在京的文武百官。席间，为了烘托节日气氛，唐德宗李适带头作诗，写下《中和节日宴百僚赐诗》，并用"肇兹中和节，式庆天地春"这一句诗，宣布了自己首创中和节，"自我为古"。

唐德宗李适在唐朝诸帝中，有"好为诗"之名。清人赵翼在他的《廿二史劄记》中，权威评判说："唐诸帝能诗者甚多，如太宗、玄宗、文宗、宣宗，皆有御制流传于后，而尤以德宗为最。"

唐德宗李适此诗一出，宴会上的文武百官们，就时间紧、任务重了，也顾不上吃喝了。于是，化鸡鸭为思考力，化鱼肉为执行力，化美酒为颂圣诗，化美景为节日诗，针对皇帝的"圣制"，纷纷献上和诗。

时任中书侍郎、平章事、集贤崇文馆学士、修国史，身为百官之首的宰相李泌，当然也不甘人后，写下了上面的这首和诗——《奉和圣制中和节曲江宴百僚》：

风俗时有变，中和节惟新：节日风俗是随着时代变化的，今天这个全新的第一次君臣欢度的中和节，正是顺应时代之变的产物。

轩车双阙下，宴会曲江滨：今天，京城里轩车云集，朝廷在曲江池之滨举行盛大的节日宴会。

金石何铿锵，簪缨亦纷纶：在铿锵悦耳的宴会音乐伴奏下，参加宴会的官员们正在忙着互相应酬。

皇恩降自天，品物感知春：皇帝的恩典自天而降，万物都感受到了春天的到来。

慈恩匝寰瀛，歌咏同君臣：今天的宴会上，君臣一起吟诗作赋，歌舞升平，普天下都感受到了皇帝的仁慈之心。

必须指出，李泌的这首《奉和圣制中和节曲江宴百僚》水平不高。而李泌还是一个被《旧唐书》称作"尤工于诗"的才子型诗人。

事实上，唐诗中的这类奉和诗、颂圣诗，整体水平都不高。其原因呢，也好理解，不是诗人们的水平不高，实在是皇帝在场的庄严性、题材内容的狭隘性、创作环境的局限性、时间有限的紧迫性，决定了这类诗作只能是好话、套话，只能是千口同声的模式，只能是雍容平缓的风格。

此类诗，一般都是"破题+写景+颂圣"的程式化写法。具体从李泌这首诗来看，也是这样写的：第一、二句，是"破题"，点出写诗的缘由；第三至六句，是"写景"，写出诗人眼前的情景；第七至十句，就是"颂圣"了。李泌在这里，不惜重复，连续用了两个"恩"字，以表达自己的感恩戴德之情。

《奉和圣制中和节曲江宴百僚》，一首典型的奉和诗、颂圣诗。

贞元五年（公元789年）的中和节，是李泌此生中的第一个中和节，也是最后一个中和节。

其实，在写下《奉和圣制中和节曲江宴百僚》之时，李泌的生命就已经进入了倒计时。中和节后整整一个月后，贞元五年（公元789年）三月二日，李泌与世长辞，结束了自己的传奇一生。

他的一生，的确堪称传奇。大唐王朝，从来不缺少才子佳人，也不缺少高官宰相，但有一样事物一直相对稀缺，那就是奇人。李泌，不仅是大唐王朝为数不多的奇人之一，而且堪称大唐王朝第一奇人。

一是家庭出身奇

李泌的六世祖李弼，是西魏司徒，也是崛起于南北朝时期，创造了我国史上西魏北周隋唐四个王朝，纵横中国近二百年的关陇军事贵族集团——"八柱国"之一；不仅如此，李泌还拥有一个可称为大隋王朝掘墓人、隋朝最猛造反派级别的曾叔祖父——李密。

李泌能够荣幸地拥有这么一正一反两位猛人级祖宗，也算传奇了吧？

二是少年成名奇

李泌少时，被盛唐名相张说视为"奇童"，还被盛唐名相张九龄目为"小友"。《新唐书·李泌传》记录了他年方七岁左右时的两件奇事：

一件奇事是，李泌因人推荐，受到唐玄宗李隆基的召见。召见时，唐玄宗李隆基让曾中过状元的张说考考这个可爱的小家伙。张说让李泌以"方圆动静"为题作诗，并且示范说："方

若棋局，圆若棋子，动若棋生，静若棋死。"李泌张口就来："方若行义，圆若用智，动若骋材，静若得意。"张说大为激赏，"因贺帝得奇童"。唐玄宗李隆基为此赐李泌束帛，并且下敕其家，要求"善视养之"。天子亲自关心一个少年儿童的成长，可谓唐朝前所未有的奇事一件了。

另一件奇事是，李泌少年时也曾深受盛唐名相张九龄的喜爱。一次张九龄因事欲在严挺之、萧诚二人中择一个人召见，他一边自言自语地说"严太苦劲，然萧软美可喜"，一边打算命人去召"软美可喜"的萧诚。这时，他身边的李泌说话了："公起布衣，以直道至宰相，而喜软美者乎？"张九龄为之大惊，改容谢之，因呼"小友"。

三是君相际遇奇

李泌一生，经历四个皇帝。在唐玄宗李隆基眼中，李泌不过是小小一个神童。但到了唐玄宗的儿子唐肃宗李亨、孙子唐代宗李豫、重孙子唐德宗李适那里，李泌就是亦师亦友的角色了。

李亨还是太子时，李泌就"供奉东宫，皇太子遇之厚"，两人从儿时起，就是好朋友；李亨在灵武即位不久，李泌看到儿时好友有难，赶来相助，"出则联辔，寝则对榻"；在当时灵武众臣的眼中，李亨是"著黄者圣人"，李泌是"著白者山人"。

李亨对李泌情逾兄弟。《邺侯外传》记载了一个李泌享受皇帝李亨亲自为他烧梨的高级待遇的故事：

> 肃宗尝夜坐，召颍、信、益三王，同就地炉食。以泌多绝粒，帝自烧二梨赐之。颍王固求，不与；请三弟共乞一颗，亦不与；别命他果赐之。王曰："先生恩渥如此，臣等请联句，以为他日故事。""先生年几许，颜色似童儿"（颍王），"夜抱九仙骨，朝披一品衣"（信王），"不食千钟粟，唯餐两颗梨"（益王），"天生此间气，助我化无为"（肃宗）。

这个故事，信息量好大：一是李泌在李亨的心目中，是"助我化无为"的良师益友，地位高于亲兄弟。李亨可以亲自烧梨给李泌吃，亲兄弟怎么要也不给。二是李泌信奉道教，绝粒养生。三是唐时吃梨，主流吃法居然是烧烤之后再吃，而不是今天的削皮后生吃。也许这种吃法别具风味？有兴趣的可以自己去试下。

李亨比李泌年龄大了12岁，对于二人之间的交情，他曾经非常动情地说："卿侍上皇，中为朕师，今下判广平行军，朕父子资卿道义。"

这一句话里的"下判广平行军"，是指此时李泌受唐肃宗李亨指派，担任了现在的皇太子、天下兵马大元帅，并且是未来的唐代宗李豫的直接下属——元帅府行军司马。需要特别指出的是，在当时军事作战就是灵武小朝廷全部工作内容的状态下，李泌的这个职务已经相当于宰相了。换句话说，李泌只比李豫大6岁，两个人不仅是同龄人，也是一起扛过枪的好朋友。

但李豫当上皇帝之后，对好朋友不太够意思。这样的交情，他居然听信权臣元载、常衮的谗言，先后外放李泌为澧、朗、峡团练使和杭州刺史，让一个具备经天纬地之才的好朋友长期屈处下僚。

等到唐德宗李适继位，在他因为操之过急的削藩战争，而弄得自己出逃奉天（今陕西乾县）、危在旦夕之时，李泌又像神一样，不避风险，再次从天而降，进入危城，被李适授为左散骑常侍。李泌陪着李适，度过了一段生死与共的患难时光。

贞元三年（公元787年），自感已离不开李泌的唐德宗，拜年已66岁的李泌为中书侍郎、同平章事，封邺县侯。到了写下《奉和圣制中和节曲江宴百僚》的贞元五年（公元789年）时，李泌已担任大唐宰相几个年头了。

但这已是李泌最后一次为大唐皇室贡献自己的心力了。

四是发挥作用奇

李泌一生，历四朝，事三君，三为帝师，一为宰相，出则联翩，寝则对榻，上护太子，下庇群臣，立下了扶危定倾、再造唐室之功，发挥了独一无二、无可替代的作用。可以说，没有李泌，中唐的历史，特别是唐玄宗、唐肃宗、唐代宗、唐德宗四个朝代的历史，都得改写。

李泌，是平定"安史之乱"的总设计师。

还是在安史叛军攻占长安、进攻灵武的势头正炽之时，李泌就经过观察得出了"天下无贼"的结论："臣观贼所获子女金帛，皆输之范阳，此岂有雄据四海之志邪！……以臣料之，不过二年，天下无寇矣。"可谓眼光毒辣之至。

在此基础上，李泌设计的唐军平叛战略思路是："愿敕子仪勿取华阴，使两京之道常通，陛下以所征之兵军于扶风，与子仪、光弼互出击之，彼救首

则击其尾，救尾则击其首，使贼往来数千里，疲于奔命，我常以逸待劳，贼至则避其锋，去则乘其弊，不攻城，不遏路。来春复命建宁为范阳节度大使，并塞北出，与光弼南北掎角以取范阳，覆其巢穴。贼退则无所归、留则不获安，然后大军四合而功之，必成擒矣。"

简言之，李泌总设计师的战略，总共分为两步：一是"疲敌"。即不以攻取长安、洛阳为目标，而以疲惫敌军为目标，保证"我军以逸待劳，敌军疲于奔命"的状态。二是"歼敌"。即在"疲敌"的基础上，不以长安、洛阳一线为主攻方向，而是从山西、河北一线东出，直接攻取敌军巢穴范阳，再从东向西攻击长安、洛阳一线，形成战略包围态势，从而全歼敌军。

犁庭扫穴，斩草除根。如果唐朝按此战略平叛，则安史叛军将被全歼，范阳等河朔之地将被唐军占领。如此一来，与唐廷中央离心离德、事实割据的河朔藩镇，至少可以延迟几年再出现。

可惜的是，后来唐肃宗单方面顾虑长安、洛阳这两个都城的政治意义，采取从长安、洛阳一线进攻，首先收复都城的战法，与叛军打成了势均力敌的相持局面，并最终造成了叛军残余势力未能全歼的被动局面，从而形成了导致大唐帝国灭亡的三大毒瘤之一——藩镇割据。

李泌，是李唐皇室三代父子关系的协调人。

第一代父子：唐玄宗李隆基、唐肃宗李亨

在"安史之乱"平定过程之中，唐玄宗李隆基在成都避难，唐肃宗李亨在灵武领导平叛。此时的大唐帝国，实际上存在着两个皇帝。在唐肃宗李亨看来，要体面地结束这样的二元政治格局，只有当自己和父亲李隆基同在长安时，才有可能。

于是，就在至德二载（公元757年）唐军收复长安的当天，心急的唐肃宗李亨，就"遣中使啖庭瑶入蜀奏上皇"，并且附上奏表，请求父亲还京。可是，急不择言、慌不择言，他把奏表中一句关键的话写错了。他是这样写的：在李隆基返回长安后，自己"当还东宫复修臣子之职"。

就是这句话坏了事。因为这是一句人所共知的假话。很显然，唐肃宗李亨现在的灵武小朝廷，已形成了自己的政治和军事班底。在"一朝天子一朝臣"的潜规则之下，就算唐肃宗李亨自己肯让位，他手下那些心腹大臣肯吗？

当然，李亨写这句话的本意是对李隆基的政治试探。但这个试探显然吓着李隆基了。李隆基的反应是，"上皇初得上请归东宫表，彷徨不能食，欲不归"，并且马上就回复了，"当与我剑南一道自奉，不复来矣"。这就意味着，李隆基将在剑南道割据，独立于唐朝中央政治格局之外了。

这是李亨最害怕出现的局面。如果李隆基真的赖在成都，就是不回长安，李亨也不能派兵去把他押回来啊；而李隆基如果一直在成都，就仍然是两个皇帝并存的二元政治格局，李亨这个皇帝就没法干了，那还费那么大的老劲、死那么多人打下长安干吗？

还好，李亨手下有高人李泌。李泌一听说就欲追回前表，在知道无法追回之后马上亲自提笔，代李亨重新起草了一份奏表，火速送到了成都。在这第二份奏表中，那句关键的话，改成了"思恋晨昏，请速还京以就孝养"。这就对啦，说人话，就对啦。

李隆基看到李亨的这句人话，"喜曰：'吾方得为天子父'！""乃大喜，命食作乐，下诰定行日"。这才有了唐肃宗李亨结束二元政

治格局的机会，也才有了唐玄宗李隆基、唐肃宗李亨父子在长安重新见面的机会。

第二代父子：唐肃宗李亨、唐代宗李豫

唐肃宗李亨的皇太子，是广平王李豫。而当时在灵武后宫给唐肃宗李亨当家的张良娣，并非李豫生母。正所谓"有后妈就有后爹"，在"后妈"张良娣的枕头风吹拂之下，身为亲爹的唐肃宗李亨，还真就赐死了李豫的兄弟、"英毅有才略、善骑射"的建宁王李倓。

正当枕头风凌厉地吹向李豫的时候，李泌敏锐地意识到了李豫的危险，为了保护李豫，避免他重蹈李倓被赐死的覆辙，在至德二载（公元757年），李泌给唐肃宗李亨讲了一段往事，还念了一首诗。

这段往事是：七十六年前，也就是永隆二年（公元681年），武则天正策划着自己上台当皇帝的时候，她毒杀了大儿子李弘，立二儿子李贤为皇太子。

李贤是个聪明人，在与两个弟弟李显、李旦一起侍奉父母的时候，不久就发现了亲爹唐高宗李治不顶事、亲妈武则天有企图。

李贤知道，自己也必将是李弘的下场，同时又担忧两个幼弟的命运，"每日忧惕"，但又无法直说，只好作诗一首——《黄台瓜辞》："种瓜黄台下，瓜熟子离离。一摘使瓜好，再摘使瓜稀。三摘犹自可，摘绝抱蔓归。"

这首经过李泌转述的由李贤所作的《黄台瓜辞》，并未能保护李贤自己；但是，李泌当时对唐肃宗李亨指出："今陛下已一摘矣，慎勿再摘！"唐肃宗李亨听了之后，受到了极大的触动，皇太子李豫因此而免遭迫害。

正是在李泌的多方保护下，李豫没有被摘瓜，而是成功继位，成为唐代宗。

第三代父子：唐德宗李适、唐顺宗李诵

唐德宗李适的皇太子，是李诵。有一次，李诵的太子妃之母，因"坐蛊媚，幽禁中"。本是丈母娘犯罪，但唐德宗李适迁怒于李诵，怒责太子，并有废李诵太子之位而改立侄儿舒王为太子的意思。

李泌坚决地表示异议。唐德宗李适大怒之下，威胁道："卿违朕意，不顾家族邪？"李泌坦然答道："臣衰老，位宰相，以谏而诛，分也。使太子废，它日陛下悔曰：'我惟一子杀之，泌不吾谏，吾亦杀尔子'，则臣绝祀矣。""若太子得罪，请亦废之而立皇孙，千秋万岁后，天下犹陛下子孙有也。"

正是在李泌的据理力争下，唐德宗李适才没有使出"废亲子立侄子"的昏招，李诵才得以成功继位，是为唐顺宗。

中和

071

李泌，还是多名朝廷重臣的庇护者。

郭子仪、李光弼、李晟、马燧、浑瑊等中兴名将，都曾先后在自己的关键时刻或者倒霉时刻，受到过李泌的庇护。其中，最典型的，是李泌对于《五牛图》作者、时任镇海军节度使韩滉的庇护。

兴元元年（公元784年），有人以韩滉"聚兵修石头城，阴蓄异志"向唐德宗李适进谗言。在韩滉远隔千里无法自辩的情况下，李泌出头为他辩解说："滉公忠清俭，自车驾在外，滉贡献不绝。且镇江东十五州，盗贼不起，皆滉之力也。所以修石头城者，滉见中原板荡，谓陛下将有永嘉之行，为迎扈之备耳。此乃人臣忠笃之虑，奈何更以为罪乎！滉性刚严，不附权贵，故多谤毁，愿陛下察之，臣敢保其无他。"并以全家百口性命担保韩滉绝无异志。

最后，铁的事实证明，韩滉确实是忠于朝廷的忠臣。唐德宗李适也不得不佩服李泌的眼光："滉不惟安江东，又能安淮南，真大臣之器，卿可谓知人！"

五是个人生活奇

李泌的个人生活，与唐朝一般的读书人不太一样，颇有些仙风道骨。他"善治《易》，常游嵩、华、终南间，慕神仙不死术"。不在朝廷任职的时候，他就"潜遁名山，以习隐自适"。

从历史的记载中，还可以看出，李泌在日常生活中不吃五谷，"遂隐衡岳，绝粒栖神"。而且，他不吃荤肉，不近女色："初，泌无妻，不食肉，帝乃赐光福里第，强诏食肉，为娶朔方故留后李甿甥。"

南宋诗人徐钧，曾以《李泌》为题，赋诗一首，正可作为李泌一生的概括和总结："衣白山人再造唐，谋家议国虑深长。功成拂袖还归去，高节依稀汉子房。"

李泌，也是"中和节"的首创者之一。

唐德宗李适正是接受李泌的建议，"自我为古"，决定下诏创始"中和节"的。

李泌当时的建议是这样的："废正月晦，以二月朔为中和节，因赐大臣戚里尺，谓之裁度。民间以青囊盛百谷瓜果种相问遗，号为献生子。里闾酿宜春酒，以祭勾芒神，祈丰年。百官进农书，以示务本。"

李泌上述的一番话，实际是确定了"中和节"的四项节日风俗。

一是"赐尺"

这是一个令人费解的节日风俗。"中和节"当天，皇帝为什么要赐给大臣们测量长短的工具——"尺"呢？

原来，古人在《礼记》中认为，仲春二月"日夜分则同度量，均衡石，角斗甬，正权概"。而在仲春二月，由于昼夜平分、阴阳平和、燥湿均等，有利于对"尺"这样的度量衡工具进行精准的校正。

自古以来，对度量衡进行校正、调校，那可都是人君、皇帝的天职："人君于昼夜分等之时而平正此当平之物。"所以，"中和节"皇帝"赐尺"的节俗，意思就是：皇帝在"中和节"这样一个"昼夜分等之时"，亲自"平正"，校正、调校了这些"尺"，现在可以赐给大臣们使用了。

白居易在《中和日谢恩赐尺状》一文中写道："伏以中和届节，庆赐申恩，当昼夜平分之时，颁度量合同之令。"正是"中和节"皇帝"赐尺"这一节俗的证据。

二是"献生子""进农书"

"中和节"时，"献生子"通常与"进农书"一起进行。《旧唐书》载："百官进农书，司农献穜稑之种。""农书"是指当时有关农业技术的图书，经进献皇帝后再颁给农民，以提高农业生产率；"穜稑之种"就是所谓的"献生子"，是指人们在"中和节"这一天，以青囊盛装果物、五谷的种子，互相赠送。

就在李泌写下《奉和圣制中和节曲江宴百僚》的下一年，虽然李泌已经去世，但贞元六年（公元790年）的"中和节"，仍然一样地热闹，仍然按照他生前拟定的节俗进行："贞元六年二月戊辰朔，百僚进《兆人本业记》三卷，司农献黍粟一斗。"就是三四十年之后，唐文宗李昂太和二年（公元828年）的"中和节"，还是这本《兆人本业记》，还被朝廷下令"宜令所在州县，写本散配乡村"。

直到明朝，虽然"中和节"已经消失，但"献生子"的节俗，却顽强地存了下来。明田汝成《西湖游览志馀》载："二月朔日，唐宋时谓之中和节，今虽不举，而民间犹以青囊盛五谷瓜果之种相遗，谓之献生子。"

三是"酿宜春酒祭勾芒神"

《礼记·月令》载："（仲春之月）其神句芒。"所谓"勾芒""句芒"，都是一个神仙，又称"春神""青帝"，是主管农事的神仙。祭祀"勾芒"，为的是祈祷这一年风调雨顺、五谷丰登。

在农耕社会，对于春神"勾芒"最为隆重和正式的祭祀，一般是在立春节气当天。不过，到了"中和节"，以新酿的春酒再祭一遍，也不打紧。一来礼多神不怪；二来多向神仙强调几遍丰收愿望也好，免得他事多忘了。

四是吃吃吃、玩玩玩

要说唐德宗李适，实在是个好领导。他想群众之所想，急群众之所急。怕群众工作太累，他就自己定个大节日，放假一天；怕群众嘴里太淡，他公费请客吃饭，主持开大Party；怕群众兜里没钱，他还按级别不同，大发过节费：

每节宰相及常参官共赐钱五百贯文，翰林学士一百贯文，左右神威、神策等军每厢共赐钱五百贯文，金吾、英武、威远诸卫将军共赐钱二百贯文，客省奏事共赐钱一百贯文，委度支每节前五日支付，永为常式。

看看，看看，不仅具体规定了过节费的发放金额，还规定了过节费的发放部门和发放时间，并且要求"永为常式"，永远发下去！真是：会发钱的领导，才是真的好领导。

领完了过节费，就是公费吃喝玩乐、饮酒作诗了。贞元年间的"中和节"，唐德宗年年都在曲江亭、麟德殿等地宴请文武百官，兴致高时，还会自己赋诗纪盛。

但是，这种歌舞升平的"中和节"，在唐德宗李适于公元805年去世后，就由唐宪宗李纯于公元807年正月下令停止："停中和、重阳二节赐宴，其上巳宴，仍旧赐之。"从此，"中和节"风光不再，不复昔日盛况。

北宋仍有"中和节"。有庞元英在《文昌杂录》中的记录为证："祠部休假，岁凡七十有六日……中和节……各一日。"这说明，北宋时的"中和节"，仍然是官方法定假日，休假一天。

南宋关于"中和节"的记录更多一些。吴自牧《梦粱录》载："二月朔，谓之'中和节'，民间尚以青囊盛百谷瓜果子种互相遗送，为献生子。禁中宫女以百草斗戏，百官进农书以示务本。"周密《武林旧事》载："二月一日，谓之'中和节'。唐人最重，今惟作假，及进单罗御服，百民服单罗公裳而已。"

周密的记载是对的。这个由唐朝皇帝创设的"中和节"，的确是"唐人最重"；到宋人时，已不大看重这个节日了，这时的"中和节"，其节日风俗，已经简化为换穿春装了。

元明清之后，虽然"中和节"的某些节俗如"献生子"等尚有遗存，但"中和节"作为一个传统节日，已经完全从我们的生活中消失了。

而要探讨"中和节"消失的原因，恐怕最主要的，还在于这个节日从一开始就没有群众基础。

在"中和节"的四大节俗中，"赐尺"——那是皇帝向大臣们自上而下地"赐尺"，基本上没有咱老百姓什么事儿。

"进农书"，则是大臣们向皇帝献上农书，再颁给老百姓使用。问题在于，这种自上而下的农业理论书籍，有多少符合农村的生产实际，又有多少老百姓发自内心地认同？"献生子"吧，倒还有一点实际意义，有利于促进农业生产，但也就是互相赠送个种子而已，感觉相当地缺乏节日的仪式感。

"酿宜春酒祭勾芒神"，也是由皇帝带领或官方主持的大型祭祀仪式，老百姓只有敬而远之、顶礼膜拜的份，缺乏参与的主动性。

最后就是皇帝亲自主持的节日大Party了。可这种官方宴会，老百姓更是无福躬逢其盛了。

所以说，由唐德宗李适亲自创设的这个"中和节"，基本上都是他和大臣们在自娱自乐，在达官贵人的朋友圈里自嗨。其最缺乏的，就是广大老百姓的广泛参与。而拥有广大老百姓的广泛参与，是节日定型、流传的命根子，是决定其寿命的关键因素。这是中国传统节日的客观规律。皇帝再有权，也规定不了，更强制不了，只能主动或被动地尊重。

换句话说，就算是贵为皇帝，你也不能强迫老百姓去过一个节日，或者不过一个节日。"中和节"，就是这样。

中和

低绮户

照无眠

不应有恨

何事长向别时圆

人有悲欢离合

月有阴晴圆缺

此事古难全

但愿人长久

明月几时有，把酒问青天。不知天上宫阙，今夕是何年。我欲乘风归去，又恐琼楼玉宇，高处不胜寒。起舞弄清影，何似在人间。

藏在节日里的古诗词

寒食

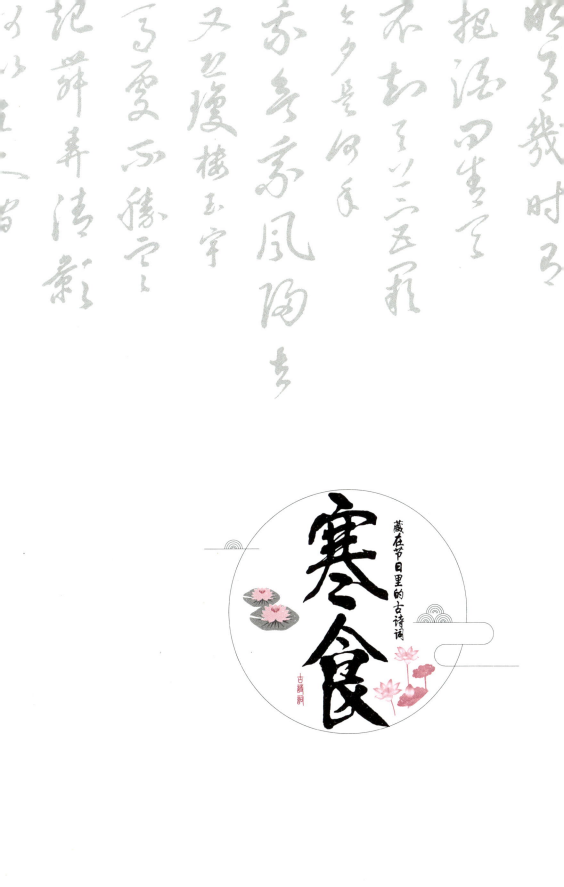

《寒食》

春城无处不飞花，

寒食东风御柳斜。

日暮汉宫传蜡烛，

轻烟散入五侯家。

《寒食》
春城无处不飞花，寒食东风御柳斜。
日暮汉宫传蜡烛，轻烟散入五侯家。

唐建中初年，刚刚登上皇位不久的唐德宗李适得知，自己手下的"知制诰"缺人了。

"知制诰"的"知"，是"知道、负责、主管"的意思；"制诰"，简单说就是"圣旨"的意思。"知制诰"就是负责给皇帝起草圣旨的官职，在唐朝可是一个相当重要的岗位。

当然，这也是一个查遍《唐六典》《旧唐书》和《新唐书》百官志，也查不到其官名、官品和职责的官职。这就有点诡异了：常识告诉我们，但凡遇到这样"没有品从"的官职，要么是"大之极也"，要么是"小之极也"。

先说"没有品从"而"小之极也"的官职，比如孙悟空的终生之耻——弼马温。孙悟空在自己新官上任的接风宴上，曾很关切地问及所担任的弼马温"此官是个几品？"手下回答："没有品从。"孙悟空刚刚从乡下来，不知道官场的规矩，凡事尽往好处想，说道："没品，想是大之极也。"只是很遗憾，这一次，他错了。

但其实孙悟空也是颇有官场常识的："没有品从"而"大之极也"的官职，多得是。上文的"知制诰"就是了。但显然，弼马温并不是。

"知制诰""没有品从"而"大之极也"的原因在于：一是此官职责重要。起草圣旨是"代天立意，代帝作文"，多一字、少一字，既可让人升官发财，也可让人倾家荡产。二是此官工作地点优越。主要的工作地点是在皇宫之中，负责陪伴皇帝，参与政务讨论与决策。三是此官前途远大。唐朝宰相由此官升迁者，不计其数。

我们知道的多位大诗人，如张九龄、元稹、白居易都曾先后担任此职。担任此职也极为荣耀，既代表朝廷对任职者政治才能的承认，也代表社会对任职者文学才华的承认。总之，双重承认，王者荣耀。

所以，对于这样一个重要岗位的任职人选，唐德宗李适很慎重。中书省两次呈上多位人选，"御笔不点出"。犯了难的中书省再次请示时，唐德宗李适批示："与韩翃。"按说领导如此明确地指示，应该好办了吧？可是，中书省还是再次犯了难。

寒食

079

为啥？因为干部档案显示，当时有两个韩翃：一个现任江淮刺史；一个现在汴宋节度使李勉的幕府，担任一个默默无闻的中级僚佐。从干部履历看呢，似乎前者更优。但这一次，碰壁多次的中书省学乖了，决定把两个韩翃，都报给这位刚刚即位、还不大摸得准脾气和喜好的新皇帝。

新皇帝这次的批示很长，是一首诗："春城无处不飞花，寒食东风御柳斜。日暮汉宫传蜡烛，轻烟散入五侯家。"写完诗后，新皇帝又批了四个字："与此韩翃。"

就这样，已进入人生晚年、多年屈处下僚、辗转数个幕府的诗人韩翃，从开封调到长安，由节度使幕府僚佐摇身一变，一步登天，升官为朝廷驾部郎中、知制诰。

这一切，都是因为唐德宗李适早就知道了他的那首《寒食》诗：

春城无处不飞花，寒食东风御柳斜：在寒食节这天的东风吹拂下，皇宫御柳的柳絮纷飞，飘洒在长安城的每一个角落。

此处的"花"，指的是柳絮。寒食节所在的阴历二月中下旬，长安城是无论如何也不可能处处开满鲜花的。类似的寒食节柳絮飞的情景，诗人武元衡在《寒食下第》里也写过："柳挂九衢丝，花飘万家雪。"看看，也是一句"柳"、一句"花"，所描写的，也是柳絮。

日暮汉宫传蜡烛，轻烟散入五侯家：到了日暮时分，皇宫里正在挨门挨户传递蜡烛以便照明；在皇帝特旨的恩典之下，蜡烛缭绕的轻烟，也破例散入了京城权贵豪门之家。

跟白居易"汉皇重色思倾国"中"汉皇"实指"唐明皇"一样，这里的"汉宫"就是实指"唐宫"。至于"五侯"，则并非实指，而是泛指唐德宗李适之时，居住于京城长安的权贵豪门之家。

在李白《流夜郎赠辛判官》"昔在长安醉花柳，五侯七贵同杯酒"中的"五侯"，在罗邺《长安春雨》"半夜五侯池馆里，美人惊起为花愁"中的"五侯"，其实都是无法实指的。在韩翃自己的诗句中，也多处出现"五侯"，如"饭尔五侯鲭""五侯焦石烹江笋""五侯客舍偏留宿"等，也是无法一一实指的。我们把"五侯"当作泛指的权贵豪门，就好了。

唐朝一年一度的改火、赐火，一般在清明节进行。但有时为了显示皇权和皇恩，也破例于寒食节赐火。比如武元衡的《寒食谢赐新火及春衣表》、窦叔向的《寒食日恩赐火》。这些文字表明，"轻烟散入五侯家"之后，这些五侯之家还要向皇帝呈上谢表，以书面形式正式地谢主隆恩的。

这首诗的作者韩翃，出身名门。他的祖父，就是那位被李白仰慕，表示"生不用封万户侯，但愿一识韩荆州"的荆州刺史韩朝宗。他的父亲韩质，也做过京兆少尹、中书舍人。虽然韩翃后来，并没有沾父祖多少光。

韩翃还是"大历十才子"之一。在《全唐诗》中，与寒食节相关的至少有四百多首，韩翃的这首《寒食》独占鳌头。这也是他因为这首诗而飞黄腾达的原因。

细究起来，韩翃因为一首诗而飞黄腾达的奇遇，居然还源于唐德宗李适对于另一个人的伤心失望。那个人是杨炎，那个为中国历史贡献了"两税法"的杨炎。

在唐德宗李适那里，韩翃并不是第一个因为文学才华而飞黄腾达的幸运儿，杨炎才是。

对于韩翃，唐德宗李适喜欢的，是他的诗；对于杨炎，唐德宗李适喜欢的，则是他的书法："德宗在东宫，雅知其名，又尝得炎所为《李楷洛碑》，寘于壁，日讽玩之。"

也就是说，李适还是太子的时候，就喜欢上了杨炎的书法。这样的人才，等到自己即位时，还不赶紧重用？

大历十四年（公元779年）八月，刚刚即皇帝位、还没有来得及改元的唐德宗李适，调整充实自己的宰相班子：崔祐甫任中书侍郎，杨炎任门下侍郎，乔琳任御史大夫，并"同平章事"。

而此前，杨炎的职务，是几乎和韩翃幕府僚佐同一地位的道州司马。道州（今湖南道县），在唐朝是中州。道州司马，是正六品上的级别。门下侍郎，则是唐朝中央三省之一的门下省的副长官，正三品。关键在于，任命诏书中还给他加了一个耀眼的后缀——"同平章事"。这就意味着，杨炎坐着直升机，直接由正六品上的道州司马变成了正三品的当朝宰相。

比之韩翃，杨炎更为幸运。此前的杨炎，之所以任职道州司马，只是因为他是一个遭到贬斥的罪人。

在去道州之前的大历九年（公元774年），作为唐代宗时期权相元载的好友，杨炎早已是副部级的高官吏部侍郎了。然而好景不长，到大历十二年（公元777年）三月，好朋友元载出事了，唐代宗李豫"遣左金吾大将军吴凑收载及王缙，系政事堂，分捕亲吏、诸子下狱"。这时受到牵连倒霉的"亲吏"，就有杨炎。

对于元载的处理极重，不仅杀了他本人，杀了他的妻与子，还罪及死人——"遣中官于万年县界黄台乡毁载祖及父母坟墓，斫棺弃柩，及私庙木主"。对于杨炎这样的元载党羽，唐代宗李豫本来也是打算下狠手一杀了之的。幸亏，当时主审的吏部尚书刘晏仗义执言："法有首从""不容俱死"，杨炎这才被贬为道州司马。

杨炎在道州，由于是中央贬谪下来的官员，所以人身自由受到严格限制，"如擅离州县，具名闻奏"。这样的日子，实在是生不如死。

身处人生低谷的杨炎，当然不可能知道，刘晏在皇帝那里保下了他的脑袋。恰恰相反的是，他由于不敢恨皇帝，所以在心里把这笔账记在了本案的主审官刘晏身上，惦记上了刘晏的脑袋。

他希望自己有朝一日能够咸鱼翻身，拿刘晏的脑袋，为自己、为元载报仇雪恨。这样的误会，在刘晏和杨炎之间存在了一辈子；而且在以后的日子里，铸就了刘晏与杨炎两个人的人生悲剧。

杨炎报复的机会，由于唐德宗李适对于他书法的赏识，在大历十四年（公元779年）八月到来。更圆满的是，同时担任宰相的三个人，崔祐甫因多病常不视事，乔琳则因年老昏聩不久即被罢为工部尚书，仅仅留下了杨炎一个人。于是，杨炎成了唐朝集体宰相体制下极为罕见的独相，也造成了当时杨炎权倾天下的局面。

权倾天下的杨炎，在担任宰相的两年零十一个月里，基本上只干了两件大事：一是推行"两税法"，二是冤杀刘晏。

两件大事，对比鲜明："两税法"，是杨炎为唐朝贡献的最牛政绩，也是他为中国历史贡献的最牛智慧；冤杀刘晏，则是杨炎一生中最大的败笔、最黑的污点、最丑的劣迹，更是他一生悲惨结局的主因。

刘晏，是唐朝著名的经济改革家和理财家，也是后来受到历史肯定，并得以名列《三字经》的人物。可惜，他得罪了杨炎，"及炎入相，追怒前事，且以晏与元载隙陷，时人言载之得罪，晏有力焉。炎将为载复仇"。

杨炎复仇的办法，说白了就是诬陷。一是诬陷刘晏参与皇室内部另立太子的家务事，引起唐德宗李适反感，罢了刘晏的官；二是诬陷刘晏谋反，从而置他于死地——被皇帝赐死。

当时因病在家休养、同样是宰相的崔祐甫，作为冷眼旁观的第三方，劝唐德宗李适"此事暧昧，陛下以廓然大赦，不当究寻虚语"。可惜未被采纳。建中元年（公元780年）七月，刘晏以"谋反"罪名被赐死于忠州，家属被流放岭南。这是唐德宗李适即位以来，处死的第一位重量级大臣。

一个为国为民立下了大功的理财重臣，横遭诬陷，无端赐死，史称"天下以为冤"。而杨炎整死了刘晏，也让朝野上下对他"为之侧目"。就连地方藩镇如平卢淄青节度观察使李正己之流，都别有用心地上书，要求公布刘晏的罪名："李正己上表请杀晏之罪，指斥朝廷。"

如此一来，"恐天下以杀刘晏之罪归己"的杨炎，"惧，乃遣腹心分往诸道：裴冀，东都、河阳、魏博；孙成，泽潞、磁邢、幽州；卢东美，河南、淄青；李舟，山南、湖南；王定，淮西"。

裴冀、孙成、卢东美、李舟、王定五人，名为代表朝廷宣慰地方，实则代表杨炎造谣诿过，把冤杀刘晏的责任推给唐德宗李适："声言宣慰，而意实说谤。且言：'晏之得罪，以昔年附会奸邪，谋立独孤妃为皇后，上自恶之，非他过也。'"

杨炎的脑袋，当时应该是被门夹了，或者被驴踢了。他如此公开地诬陷皇帝，不怕事机不密，有人把这些话传到唐德宗李适的耳中？果然，"或有密奏：'炎遣五使往诸镇者，恐天下以杀刘晏之罪归己，推过于上耳。'"

古往今来，只听说过下级为上级当"背锅侠"的，没听说过下级让上级"背黑锅"的。刚刚即位、志得意满的唐德宗李适，岂是代人受过的人？从此"有意诛炎矣，待事而发"。

主意已定之后，唐德宗李适于建中二年（公元781年）二月，对杨炎明升暗降、明恩宠实牵制：以杨炎为中书侍郎，以御史中丞卢杞为门下侍郎，并"同平章事"。换句话说，杨炎不再是独相了，此时的朝廷有两个宰相了。

特别是这个卢杞，唐朝的奸相除了李林甫、杨国忠，就是他了。杨炎在整人这个问题上，给他当学生都不配。卢杞的上下其手，再加上唐德宗李适早就有意下手，八个月之后的建中二年（公元781年）十月，杨炎霉运到来了，他被贬为崖州司马同正。然后，在离崖州不到百里的驿路上，杨炎被直接赐死。

从史书中长达180字的贬斥杨炎诏书里，可以看出唐德宗李适对杨炎的愤怒程度。他先是回忆了自己因为赏识杨炎的文学才能而提拔他的过程："尚书左仆射杨炎，托以文艺，累登清贯。虽谪居荒服，而虚称犹存。朕初临万邦，思弘大化，务擢非次，招纳时髦。拔自郡佐，登于鼎司，独委心膂，信任无疑。"

然后，他用了76个字——接近一半的篇幅——愤怒地罗列了杨炎的罪状，主要有："而乃不思竭诚，敢为奸蠹，进邪丑正，既伪且坚，党援因依，动涉情故。隳法败度，罔上行私，苟利其身，不顾于国。加以内无训诫，外有交通，纵恣诈欺，以成赃贿。询其事迹，本末乖谬，蔑恩弃德，负我何深！"

"负我何深"四个字，道尽了唐德宗李适的愤怒与失望。所以，在杨炎罢相赐死事件之后，正是朝廷中枢部门的"知制诰"缺人之时，唐德宗李适感到：光是书法好、诗才好还不行，还要对朝廷忠心、对自己忠心才行，还要知道尊崇皇权、感念皇恩才行。

正好，韩翃在这首《寒食》诗中，所写出的那种"柳絮飘洒长安全城""轻烟散入权贵之家"的感觉，正是皇权至上、皇恩浩荡的象征，正是刚刚遭到"负我何深"的杨炎打击之后的唐德宗李适所希望的状态，也正是他所追求的统治局面。

于是，在被杨炎伤透了心之后，韩翃这首《寒食》二十八个字，字字句句打动了唐德宗李适的心弦，使得韩翃也像杨炎一样，由地方调到京城，由一个无人待见的幕府僚佐提拔为位贵权重的"知制诰"。

值得庆幸的是，韩翃的人生结局，比杨炎要好得多。他到京城担任"知制诰"，在七八年的时间里，一直颇得唐德宗李适的赏识，累迁至中书舍人之后，约于贞元四年（公元788年）去世。而且，诗比人长寿，他留下的这首《寒食》，千古传诵。

寒食节，是指冬至后的第一百零五日，一般是在清明节前的一两日。所以，寒食节又称为"百五节""一百五""禁烟节""冷节""熟食节"。

据陆翙《邺中记》记载："邺俗，冬一百五日为介之推断火冷食三日。"宗懔《荆楚岁时记》也记载："去冬节一百五日，即有疾风甚雨，谓之寒食，禁火三日。"南宋孟元老《东京梦华录》记载："冬至后一百五日为大寒食""寒食第三日即清明节矣"。

寒食节的起源，有多种说法。正如陆翙《邺中记》的记载，民间认为，寒食节起源于对介子推的纪念。最早把介子推与寒食节联系在一起的是东汉桓谭。他在《新论》中谈道："太原郡民以隆冬不火食五日，虽有疾病缓急，犹不敢犯，为介子推故也。"

介子推是晋国公子重耳出逃时的功臣。等到公子重耳变身为晋文公时，介子推不愿受赏，进入绵山隐居。晋文公在前往寻访之际，因急于见面，遂下令三面放火烧山，想把介子推逼出山来。不料，介子推淡泊名利，宁死不屈，抱树而死。晋文公在大错铸成之后，愧疚之余，改绵山为介山，并立庙祭祀。民间传说，寒食节即由此而产生。

应该看到，介子推的身上体现出了古人所推崇的"忠孝节义"的传统美德。经历朝历代流传下来，介子推成了完美的道德典型。这样的完美人物，一旦与寒食节联系到一起，也特别容易被广大人民所接受，于是寒食节起源于对介子推的纪念就成为民间解释寒食节起源的主流说法。

事实上，寒食节的起源，比介子推还要早——起源于我国先秦时期的"改火"习俗。所谓"改火"，就是因为古人相信：如果不灭掉长时间使用的旧火、重新生新火，仍然用旧火来烹煮食物，可能会引发瘟疫等恶疾。因此，"《周书·月令》有更火之文。春取榆柳之火，夏取枣杏之火，季夏取桑柘之火，秋取柞楢之火，冬取槐檀之火。一年之中，钻火各异木，故曰改火也"。

在《论语·阳货篇》中，孔子和他的弟子宰我之间，围绕丧礼应服几年的问题展开争论。宰我在说到"钻燧改火"时，是把这件事当作日常生活习俗来举例的，可见"改火"早在孔子的时代就已经存在了。

因为寒食节"改火冷食"易伤肠胃，历史上的皇帝还曾出于爱民的考虑，对民间的寒食节采取过禁止措施。据《魏书·高祖孝文帝纪》记载："（延兴四年）辛未，禁断寒食。"又："（太和二十年二月）癸丑，诏介山之邑，听为寒食，自余禁断。"也就是，介山所在之邑可以过寒食节，其余地区的人就不许过寒食节了。

传承到隋唐时期，也是这样。《隋书·王劭传》载："臣谨案《周官》，四时变火，以救时疾。明火不数变，时疾必兴。"唐朝李涪在《刊误》中记录最详细：

《论语》曰："钻燧改火。"春榆、夏枣、秋柞、冬槐，则是四时皆改其火。自秦汉以降，渐至简易。唯以春是一岁之首，止一钻燧。而适当改火之时，是为寒食节之后。既曰就新，即去其旧。今人持新火者曰勿与旧火相见，即其事也。

从以上文字中可以看出，我国的先民们，在每一年的四季，都要按照"春榆、夏枣、秋柞、冬槐"的原则，选用不同的木材，钻木取火。在改旧火为新火时，还要举行隆重的仪式，并用冷食代替日常饮食充饥，由此产生了寒食节冷食的习俗。

只是到了韩翃所在的时期，"改火"就没有搞得那么复杂了，规定一年只在寒食清明之时"改火"一次即可。据《辇下岁时记》载："至清明，尚食内园宫小儿于殿前钻火，先得火者进上，赐绢三匹，金碗一口。"然后，皇帝将这从"榆柳"之上钻木取火而得到的新火，赐给大臣们，谓之"赐新火"，也就是"轻烟散入五侯家"的浩荡皇恩了。

寒食禁火这种特殊的风俗造就了独特的饮食习惯。古代的寒食食品主要包括寒食粥、寒食饼、寒食面、寒食浆、青精饭及饧，供品有面燕、蛇盘、枣饼、细稞，饮料则有春酒、新茶、泉水等。

《荆楚岁时记》："禁火三日，造饧大麦粥。"唐人冯贽《云仙杂记》："洛阳人家寒食节装万花舆，煮杨花粥。"宋朝《金门岁节录》："洛阳人家，寒食节食桃花粥。"古代寒食粥种类繁多，较常食用的有杨花粥、梅花粥、杏酪、冬凌、桃花粥、干粥、大麦粥等。

所以，"禁火冷食"，是寒食节的第一个节日风俗。

"春游宴乐"，是寒食节的第二个节日风俗。

寒食节处于春暖花开的大好季节。从古至今，人们都在这个节日前后，奔向野外，投入自然的怀抱，使得寒食节春游、踏青成为习俗。

据《论语》载，孔子问及弟子曾皙的志向，曾皙答："暮春者，春服既成，冠者五六人，童子六七人，浴乎沂，风乎舞雩，咏而归。"曾皙的回答说明，暮春时节春游、踏青，是从上古就开始存在的习俗。

唐朝寒食节春游更是兴盛。唐诗中留下了很多记载春游的诗句，如元稹在《使东川·清明日》中说"常年寒食好风轻，触处相随取次行"，记录了他在寒食节和好友白居易等人一起到长安曲江池春游的情景。其中一个"常"字，更透露出了当时人们在寒食节春游已是常态。

张籍留下的《寒食内宴二首》一诗显示，唐朝寒食节时，朝廷或官员也会在这一天举行宴会。而且，这天的节日宴会是吃冷食，类似于我们今天的"冷餐会"："廊下御厨分冷食"；宴会上还有玩杂技、打马球等娱乐活动："千官尽醉犹教坐，百戏皆呈未放休""殿前香骑逐飞球"。这样的宴会往往深夜方才结束，打破了当时的宵禁规定"共喜拜恩侵夜出，金吾不敢问行由"。

大约从南北朝时期开始，寒食节的节日风俗，开始从肃穆性的仪式，转向娱乐性的活动，主要有蹴鞠、荡秋千、镂鸡子、斗鸡等。

这些寒食节娱乐活动，在唐诗中也有记录。白居易《和春深》："何处春深好，春深寒食家。玲珑镂鸡子，宛转彩球花。碧草追游骑，红尘拜扫车。秋千细腰女，摇曳逐风斜。"王维《寒食城东即事》："蹴鞠屡过飞鸟上，秋千竞出垂杨里。"

唐朝寒食节，斗鸡成风。唐太宗李世民还是秦王时，府中斗鸡，手下文人杜淹凑趣，写了一篇《咏寒食斗鸡应秦王教》："寒食东郊道，扬鞲竞出笼。花冠初照日，芥羽正生风。顾敌知心勇，先鸣觉气雄。长翘频扫阵，利爪屡通中。飞毛遍绿野，洒血渍芳丛。虽然百战胜，会自不论功。"大大地得了个彩头。

可鸡跟鸡相同，人跟人不一样。同样是为斗鸡写文作诗，"初唐四杰"之一的王勃就大大地触了霉头。乾封年间，沛王李贤与英王李哲斗鸡，时为沛王府修撰的王勃，也是为了凑趣，戏作《檄英王鸡》一文，帮沛王讨伐英王的斗鸡，不料被唐高宗李治认为是挑拨自己儿子之间的感情，唐高宗一怒之下，把王勃逐出了京城。

"扫墓祭祖"，是寒食节的第三个节日风俗。

从唐朝起，兴起于民间的寒食节扫墓祭祖、祭奠先人，已成习俗，并且得到了官方的认可。永徽二年（公元651年），唐高宗李治首先带头，于清明寒食时"上食如献陵"。

唐玄宗李隆基开元二十年（公元

732年）四月二十四日的敕旨，更是把这一习俗的来龙去脉，说得清清楚楚。

寒食上墓，礼经无文。近世相传，浸以成俗。士庶有不合庙享，何以用展孝思？宜许上墓，用拜埽礼，於茔南门外奠祭撤馔讫，泣辞，食余于他所，不得作乐。仍编入礼典，永为常式。

官方不仅承认，还专门放了假，让大家有时间去扫墓祭祖。开元二十四年（公元736年）二月十一日敕："寒食、清明，四日为假。"大历十三年（公元778年）二月十五日敕："自今已后，寒食通清明休假五日。"贞元六年（公元790年）三月九日敕："寒食清明，宜准元日节，前后各给三日。"假期给得越来越长了。

白居易在《寒食野望吟》中写道："乌啼鹊噪昏乔木，清明寒食谁家哭。风吹旷野纸钱飞，古墓垒垒春草绿。棠梨花映白杨树，尽是死生离别处。冥冥重泉哭不闻，萧萧暮雨人归去。"这首诗揭示了唐人在寒食节，在墓前祭扫、撒纸钱、哭泣落泪的场景，为我们留下了唐人寒食节"扫墓祭祖"习俗的绝好记录。

可是，时至今日，"春游宴乐"也好，"扫墓祭祖"也好，这些习俗依然存在；"禁火冷食"和寒食节却消失了。寒食节消失的原因，众说纷纭，人类学、文化学、历史学各有解释。

仅从历史上看，寒食节曾经有过因政府禁令而短期消失的记录。曹操就曾专门下令，禁止老百姓过寒食节。曹操下此禁令的主要原因，是针对寒食节的节日风俗"禁火冷食"而来的。要知道，在寒食节到来的早春时节，在我国北方，气候还是比较寒冷的。在寒冷的气候中，如果整天只吃冰冷的食物，极易引起消化不良、身体不适，在古代卫生、健康条件都不太好的情况下，甚至可能会引发生命危险。曹操有此禁令，自然不会是他已经贴心到了关心老百姓身体健康的地步，只是因为他作为一国的统治者，必须关心自己国家的长治久安，而因为区区一个节日就导致老百姓频频病倒甚至减员的国家，显然是不能长治久安的，也是不符合曹操的利益的。

当然，曹操的禁令被此后晋朝的统治者取消了。寒食节在曹操之后，仍在传承。所以，历史上的政府禁令，并非寒食节消失的真正原因。

我的解释则很简单，寒食节消失的重要原因，就是它的节日时间不好记。寒食节的时间，为冬至后的第一百零五日。距离冬至长达三个月以上，而且还不是第一百日的整数，这可是一个相当考验记忆力的日子。在老百姓的实际生活中，记不住或者记错了，应该也是可以原谅的常态。

再加上，与寒食节间隔只有一两天的时间，就是清明节。长此以往，老百姓自然更容易记住由二十四节气而来的、有着自己固定日子的清明节，并将自己所熟悉的寒食节的节日风俗，并入了清明节的节日风俗之中。

一言以蔽之，寒食节被清明节"吃"了。

低绮户

照无眠

不应有恨

何事长向别时圆

人有悲欢离合

月有阴晴圆缺

此事古难全

但愿人长久

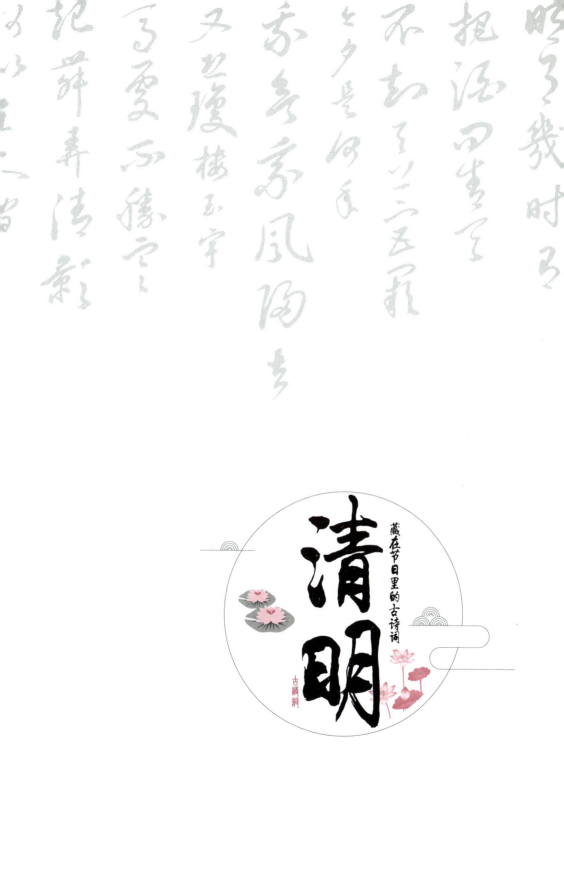

明月几时有，把酒问青天。不知天上宫阙，今夕是何年。我欲乘风归去，又恐琼楼玉宇，高处不胜寒。起舞弄清影，何似在人间。

藏在节日里的古诗词

清明

《 清明 》

清明时节雨纷纷，

路上行人欲断魂。

借问酒家何处有？

牧童遥指杏花村。

《清明》

清明时节雨纷纷，路上行人欲断魂。

借问酒家何处有？牧童遥指杏花村。

唐会昌二年（公元842年）四月，整整40岁的大诗人杜牧，来到"孤城大泽畔，人疏烟火微"的黄州（今湖北黄冈），出任黄州刺史。正是在黄州度过清时节的时候，杜牧写下了这首千古绝唱：

清明时节雨纷纷，路上行人欲断魂：清明节这天，春雨连绵，细雨飘洒。走在路上的行人也无精打采，好像失魂落魄一样。

借问酒家何处有？牧童遥指杏花村：我问路边的小牧童，哪里有酒家可以借酒浇愁？牧童扬起鞭来，遥遥指向远处的杏花村。

这首诗的作者杜牧，是与李商隐并称"小李杜"中的那个"小杜"。有趣的是，"小杜"与"老杜"杜甫还颇有渊源，他们同是西晋当阳侯、镇南大将军、荆州刺史杜预的后人。不同的是，杜甫源出杜预的儿子杜耽，杜牧则源出杜预的儿子杜尹。

"小杜"的诗，并不比"老杜"差。时到今日，我们在度过一年又一年的清明节时，在袅袅青烟中为逝去亲人

扫墓时，仍然会不由自主地吟诵"小杜"杜牧的这首《清明》，可见其诗的普及程度。

只是，很遗憾之一，这首《清明》很可能不是杜牧写的。

杜牧身后，其诗文的最早结集，是由其外甥裴延翰完成的，"得诗赋、传录、论辩、碑志、序记、书启、表制，离为二十编，合为四百五十首，题曰《樊川文集》"。这个《樊川文集》二十卷，曾经著录于《新唐书·艺文志》。但是，《樊川文集》之中，没有这首《清明》。

到了北宋时期，出现了搜集《樊川文集》以外的遗诗而编成的《樊川别集》《樊川续别集》《樊川外集》。这些北宋文人编辑的杜牧文集中，由于编辑者甄别不严，混入了大量李白、王建等人的诗。但是，《樊川别集》《樊川续别集》《樊川外集》之中，也没有这首《清明》。

这首《清明》在史上第一次出现，是在南宋。在南宋谢枋得的《重订千家诗》中，《清明》不仅赫然在列，而且

署名杜牧。

谢枋得如此著录的依据是什么？除了他本人，没有人知道。现在会穿越的成功人士多，麻烦哪位下次穿越南宋时，记得帮我问问谢老爷子；甚或更有高人，可以直接穿越唐朝，记得帮我直接问问杜老爷子是否写过这首《清明》。予有厚望及重谢焉。

只是，很遗憾之二，至今我们也无法确认，这首《清明》中的"杏花村"在哪里。

有人说"杏花村"在山西汾阳。此说最大的问题是，杜牧一生，从未踏足山西。这一点，我们可以从杜牧自己的著作及晚唐、五代及宋朝的文献之中得出结论。

还有人指出，杜牧写有一首《并州道中》，并州就是太原。既然杜牧到过太原，也很有可能到过距离太原只有一百公里的汾阳。可是，一来毕竟隔了一百公里，杜牧到过汾阳只是假设；二来据杜牧研究权威缪钺先生考证，《并州道中》这首诗极有可能也并非杜牧所写。

有人说"杏花村"在安徽贵池，因为杜牧曾经担任过池州刺史。此说最大的问题是，其依据均为明清时期的地方志。目前，引用最早的依据，是明朝嘉靖二十四年（公元1545年）的《池州府志》，距离杜牧已有七百年；引用最多的依据，是清朝道光九年（公元1829年）的《江南通志》，距离杜牧更是接近千年。未见于正史，只见于杜牧身后几百上千年之久的地方志，恐难取信。

有人说"杏花村"在湖北黄冈，因为杜牧曾经担任过黄州刺史。

湖北黄冈有"杏花村"的依据之一：南宋胡仔《苕溪渔隐丛话》后集引《复斋漫录》："无逸尝于黄州关山杏花村馆驿题《江城子》词。"这其中的"无逸"，是指北宋著名文学家谢无逸。这条记录表明，谢无逸曾经到过黄州一个名叫"杏花村"的驿站，并且写了一首《江城子》。

湖北黄冈有"杏花村"的依据之二：北宋年间，黄冈属县麻城县歧亭镇确有"杏花村"，而且是苏东坡好友陈慥陈季常的隐居地。苏轼在《歧亭五首》的序中说："元丰三年正月，余始谪黄州，至歧亭二十五里山上，有白马青盖来迎者，则余故人陈慥也，为留五日赋诗一篇而去。……凡余在黄四年，三往见季常，而季常七来见余，盖相从百余日也。"

苏东坡在黄州的这个好朋友陈慥，如果大家不熟，那么他的老婆柳月娥，女性读者们肯定很熟。对，柳月娥发出的吼声，一直就有一个让如今广大女性艳羡的专有名称——"河东狮吼"。

到了清朝，名臣于成龙在陈慥的墓侧修建宋贤祠，在《建宋贤祠引》中写道："由来人以地传者十一二，地以人传者十八九……追东坡一过杏花村，坐萧然环堵中，依依有故人情。"

比较起来，黄冈"杏花村"的依据相对靠谱一些。

我个人的结论是：如果这首《清明》诗确系杜牧所作，其中的"杏花村"，最大可能是泛指"杏花深处的村庄"；如系实指，最大的可能就是指湖北黄冈的"杏花村"。

写下《清明》的那一刻，杜牧的确是一个需要寻找酒家、借酒浇愁的人。

因为他实在是生不逢时，赶上了唐朝中后期那场长达四十多年的著名党争——"牛李党争"，并且深受其害。

这场党争，由唐宪宗元和三年（公元808年）科场案发端，到杜牧踏上仕途时达到白热化，"朝士三分之一为朋党"，"每议政之际，是非蜂起"，害得贵为皇帝的唐文宗李昂都无可奈何，不由得慨叹："去河北贼非难，去此朋党实难。"

所谓"牛党"，是指以牛僧孺、李宗闵等为党魁的四十余名高官；"李党"，是指以李德裕为党魁的二十余名高官。两党加起来，也就百把人左右。但他们合力掀起来的惊天巨浪，却足以覆亡大唐这艘巨舰。所以，在唐文宗李昂看来，这些手无缚鸡之力的文人高官的为害程度，还要远远大于河北藩镇中那些手握刀把子的粗鲁武将。

这场参与官员达到几十乃至上百人之多、时间长达四十多年的党争，就像水面上的巨大漩涡，无论你是轻如蝉翼的落叶，还是重达万斤的艨艟巨舰，都无法置身事外，都会身不由己地被卷进去。杜牧就是如此。

冤枉的是，杜牧既不是"牛党"，也不是"李党"；或者换句话说，杜牧的身体是"牛党"，灵魂却是"李党"。

杜牧本来出身名门，出自"城南韦

杜，去天尺五"的京兆杜氏。杜牧的祖父，就是史上那位独力撰著《通典》的杜佑。杜佑不仅文才出众，还官运亨通，位至宰相，爵封岐国公。所以，杜牧的童年非常幸福："旧第开朱门，长安城中央。"

遗憾的是，杜牧刚刚十岁时，杜佑就去世了，杜牧没有来得及沾这位英雄爷爷的光；杜牧刚刚十五岁左右，他的父亲杜从郁也早早地去世了。

父亲早逝，对杜牧的打击巨大。失去亲爹养育的杜牧，在青少年时期陷入了困境："某幼孤贫，安仁旧第置于开元末，某有屋三十间而已。去元和末，酬偿息钱，为他人有，因此移去，八年中凡十徙其居，奴婢寒饿，衰老者死，少壮者当面逃去，不能呵制。""某与弟颛食野蒿藋，寒无夜烛"。不是杜牧自述，我们实在难以想象，堂堂宰相孙子，贫困到了这个地步。

所以，到了杜牧成年时，他就无法由门荫入仕，只得由"牛党"一手操办，由科举入仕。因此，说杜牧的身体是"牛党"，就是这个原因。

《唐摭言》记载了杜牧在大和二年（公元828年）中举的著名故事。他这一科的主考官——礼部侍郎崔郾，在考试之前的送行宴上，接见了来访的太学博士吴武陵。

吴武陵是来推荐杜牧的。他当面给崔郾朗诵了杜牧的那篇雄文——《阿房宫赋》，在崔郾也觉得此文了得的时候，他趁机要求："请你在这次主考时取他为状元。"崔郾说状元已经许人了。吴武陵退而求其次："再怎么着，也得给个第五名。"崔郾还在考虑的时候，吴武陵作势要把《阿房宫赋》从他手中夺走，崔郾只好赶紧答应："敬依所教。"

然后，崔郾在宴席上公开宣布："适吴太学以第五人见惠。"当大家知道是杜牧时，有人指出杜牧平日不拘细行，录取只怕有问题。崔郾坚持说：我已经答应了吴君，杜牧就是屠狗沽酒之辈，第五名也确定就是他了！

上面这个杜牧中举的故事，需要说明的是：其一，唐朝科举考试并不糊名，所以主考官可以点名录取；其二，崔郾在考前就预定录取名单的做法，在当时并不违法违规；其三，如此巴心巴肝、全心全意为杜牧出头的吴武陵，是"牛党"。

事隔千年，我们很难找出吴武陵在杜牧的人生关键时刻出头帮他的原因。也许，那个原因简单而且直接：杜牧进入了"牛党"的视野，该党出于党争，需要笼络像他这样的青年才俊？

杜牧中举后，授职弘文馆校书郎、试左武卫兵曹参军。但他并没有选择在中央长期任职，而是于当年十月前往洪州（今江西南昌），进入江西观察使沈传师的幕府，后又随着沈传师调任宣歙观察使，到宣州（今安徽宣城）任职。

杜牧在沈传师幕府任职，一共六年。这个沈传师，也是"牛党"。

大和七年（公元833年）四月，沈传师内召为吏部侍郎。杜牧没有继续追随沈传师到长安，而是去了扬州，进入了时任淮南节度使牛僧孺的幕府，一任就是两年。这个牛僧孺，不仅是"牛党"，还是该党的党魁。"牛党"的"牛"字，就来自牛僧孺。

要命的是，这个"牛党"党魁，在和杜牧共事期间，还对他有过大恩。

当年在牛僧孺的扬州幕府担任掌书记之时，杜牧刚刚三十出头。血气方刚的年纪，又身处如此繁华的烟花之地，岂能不干一两把风流事儿？他那"二十四桥明月夜，玉人何处教吹箫"的名句，就是在那前后留下的。

等到两年之后，杜牧被召回朝廷担任监察御史，离开扬州时，牛僧孺在为他饯行的宴会上劝道："你未来肯定前途无量，只要注意身体，少干点风流事就好了。"对于这个奉劝，心里有鬼的杜牧在一开始当然是矢口否认的。

但当牛僧孺取出一沓报帖后，杜牧不仅认了账，而且泣拜рма谢。原来，杜牧每次外出，牛僧孺为了保证他的安全，都派人暗中跟随保护，并且用帖子记下杜牧的去所及时间，向自己报告。时间一长，报帖竟积满了一箱。

牛僧孺这一招，彻底征服了杜牧。从此以后，杜牧终生不忘此恩，"终身感焉，故僧孺之薨，牧为之志，而极言其美，报所知也"。在牛僧孺死后，杜牧还在为他所撰的墓志铭中，极尽溢美之能事，以报答他此时的知遇之恩。

也就是说，杜牧一路走来，先后得到了"牛党"中人吴武陵、沈传师、牛僧孺等人无微不至的关怀，他本人也一直浸润在"牛党"的染缸里，徜徉在"牛党"的关爱里。他的这一出身经历，决定了他的身体是"牛党"的性质。

如果说上述全程之中，杜牧本人对来自"牛党"的关怀完全不知内情，我是不相信的。其实，不仅他本人知情，"李党"中人也是看在眼里，记在了心里。所以到了开成五年（公元840年），"李党"党魁李德裕执政之时，时在京担任比部员外郎的杜牧，就只得于转年四月来到黄州，外放为黄州刺史了。

然而，身体上全是"牛党"印记的杜牧，其灵魂却又是"李党"的。因为，他的政治主张、政治观点，基本上是与"李党"一致的。

比如，在黄州期间，杜牧就在多件国家大事上与李德裕政见相同，同气连枝，遥相呼应，心电感应。

杜牧到任黄州刺史整整一年之时，会昌三年（公元843年）四月，泽潞（昭义）节度使刘从谏死，其侄刘稹自署留后，抗拒朝命。在以李德裕为首的中央政府，下令成德、魏博、河中等镇兵力讨伐泽潞（昭义）时，杜牧自黄州呈《上李司徒相公论用兵书》，给李德裕出谋划策（大意如下）：

河阳方面，建议坚壁清野不出战。成德军与昭义军有世仇，早欲复仇的成德节度使王元达肯定会攻击昭义军的西面。这样，朝廷可以集中忠武军、武宁军，加上"青州精甲五千、宣润弩手二千，道绛而入，不数月必覆贼巢"。另外，昭义军的军粮由山东供给，所以节度使率领重兵留驻邢州。这样一来，留在山西的兵就不多了，可以乘虚袭取。

史称"时德裕制置泽潞，亦颇采牧言""俄而泽潞平，略如杜牧策"。

转年八月，杜牧又为防御回鹘事作《上李太尉论北边事启》（大意如下）：

建议集合幽州、并州的骑兵，和酒泉的步兵，选择仲夏时节出发，去攻击敌人……五月的时候，中原地带已经很热，但阴山则还很冷。此时出兵，于我军有利，"行军于枕席之上，玩寇于股掌之中"，可一举获胜。回鹘一直以为我军不会在夏季出兵，此举出敌意外，实为上策。

对于杜牧这种改变出击时间、对回鹘搞突然袭击的谋划，史称"德裕善之"。

到了会昌五年（公元845年），杜牧由黄州刺史调任池州刺史之后，仍然作《上李太尉论江贼书》，就"江贼"一事发表政见（大意如下）：

江淮赋税，是当前国家财政的主要来源。但现在因为有"劫江贼"，使得江淮赋税难以运到长安，成为国家大患……防贼的办法，可从宣州、润州、洪州、鄂州各调一百人，淮南调四百人，同时在各州江岸设立兵营，驻兵练兵，打造战船；至于江中，在每条船上选年少健壮者为主将，带兵三十人，合计四十条船，昼夜值班，巡江防贼。如此一来，"是桴鼓之声，千里相接，私渡尽绝，江中有兵，安有乌合蚁聚之辈敢议攻劫？"

从内政到外交，从财政到军事，杜牧都一一上书李德裕，不仅有分析有办法，而且有观点有创意。不得不说，杜牧是唐朝诗人之中难得的政治干才、治世能臣。有此之能，就是任为宰相，亦不为过。所欠缺者，一纸诏书而已。

在黄州，杜牧还作有《郡斋独酌》一诗，其中的名句"平生五色线，愿补舜衣裳"，常常被人引用。他这个名句，与同样空有报国之志却无施展机会的"老杜"那句"致君尧舜上，再使风俗淳"，有异曲同工之妙。

"好看的身体千篇一律，有趣的灵魂万里挑一"。如今这句时髦的网络语言，完全可以拿来形容李德裕当时对于灵魂与身体分裂的杜牧的真实看法。对于杜牧频频上书显露出来的才干，李德裕当时肯定也是欣赏有加的。李德裕纵然万般不喜杜牧那"牛党"的身体，却不得不欣赏他那"李党"的灵魂，于是在多件国家大事上听从了杜牧的正确意见，也取得了很好的效果。

但"牛李党争"就是"牛李党争"。李德裕在他的宰相任期内，就是忘不了杜牧那分裂于灵魂之外的"牛党"身体，就是不重用杜牧，任由杜牧在黄州、池州、睦州等地辗转任职，没有机会一展抱负、一施才华。

所以，在写下《清明》的那一刻，在清明节的雨中，"欲断魂"的路上行人，杜牧也可以算一个。他实在是很需要"借问酒家何处有？"好让自己在酒精的麻醉之中，忘记李德裕，忘记"牛李党争"，一醉解千愁。

清明节，是二十四节气之一，也是中国的传统节日，是我们中国人最重要的祭祀节日，是我们中国人祭祖、扫墓、上坟的日子。

"清明"一词作为节气，最早见诸我国古籍，是在《逸周书》中。《逸周书·周月解》载："应春三月中气，惊蛰、春分、清明。"《逸周书·时训解》又载："清明之日，萍始生。"

《淮南子》载："春分后十五日，斗指乙，则清明风至。"《国语》解释说："时有八风，历独指清明风为三月节，此风属巽故也，万物齐乎巽，物至此时皆以洁齐而清明矣。""春分后十五日，斗指丁，为清明，时万物皆洁齐而清明，盖时当气清景明，万物皆显，因此得名"。《岁时百问》则说"万物生长此时，皆清洁而明净。故谓之清明"。

简言之，"清明"二字，就是"清洁而明净"，也就是"天清地明"。

在二十四节气之中，既是节气又是节日的，只有清明。

我们知道，"节气"是物候变化、时令顺序的标志，"节日"则是包含着一定的风俗活动或纪念意义的日子。两者虽只一字之差，但区别还是很大的。

史料表明，在唐朝之前，"清明"一直作为二十四节气中的一个而存在着，起着指导农业生产的作用；就是在杜牧写下《清明》的唐朝，"清明"才与上巳节、寒食节三者融合，从而形成了一个全新的清明节日。

上巳节、寒食节、清明节三者融合，首先是节日时间的融合。我们知道，三个节日的时间相近。但是，清明节气每年的日期是固定的；上巳节则在三月的第一个巳日，不好记；寒食节在冬至后的一百零五日，也不好记。要成为全国大众都喜闻乐见的大型节日，日子必须固定而且唯一，这样才好记，这样才好每年过一下。于是，清明节用自己每年日期的固定性，统一了上巳节和寒食节的节日时间。

上巳节、寒食节、清明节三者融合，其次是节日风俗的融合。从今天我们清明节的节日风俗来看，清明节基本上融合了上巳节、寒食节这两个节日的风俗。上巳节的节日风俗，是"临水祓禊""踏青春游""饮酒宴乐"，而寒食节的节日风俗，则是"禁火冷食""春游宴乐""扫墓祭祖"。

当然，"禁火冷食""临水祓禊"这两个风俗，我们今天已不大讲究。但是，清明节吸收了上巳节和寒食节的主要风俗，并且形成了自己独特的节日风俗。这样三个节日的融合，可以简单列个公式来说明：清明节日=上巳节日（踏青宴饮）+寒食节日（扫墓祭祖）+清明节气（固定日期）。

所以，到了杜牧所在的唐朝，清明节气不再是一个反映气候变化的时序标记，不再是一个指导农事活动的经验坐标，而是正式成为一个节日。《唐会要》记载，在唐朝大历十二年（公元777年）二月十五日，朝廷颁布敕令："自今以后，寒食同清明。"这是官方明文规定，寒食与清明必须融合了。

在唐诗中，也可以找到大量上巳、寒食、清明三者互相融合的证据。

上巳与寒食，两两融合。沈佺期有《和上巳连寒食有怀京洛》；孟浩然有"卜洛成周地，浮杯上巳筵。斗鸡寒食下，走马射堂前"。

上巳与清明，两两融合。独孤良弼有《上巳接清明游宴》："上巳欢初罢，清明赏又追。"

寒食与清明，两两融合。元稹这首《使东川·清明日》有"常年寒食好风轻……今日清明汉江上"；白居易有《寒食野望吟》："乌啼鹊噪昏乔木，清明寒食谁家哭。"

最后来一个上巳、寒食、清明三者融合的例子。王维有《寒食城东即事》："少年分日作遨游，不用清明兼上巳。"

五代时期王仁裕的《开元天宝遗事》记载了清明节时唐朝长安人出游的场景："长安士女游春野步，遇名花则设席藉草，以红裙递相插挂，以为宴幄。"唐人陈鸿祖写的《贾昌传》也记载："清明节，士开宴集于曲江亭。既撤馔，则移乐泛舟，又有灯阁打球之会。"

宋人孟元老的《东京梦华录》记录，北宋都城开封是这样过清明节的："清明节，寻常京师以冬至后一百五日为大。寒食前一日谓之'炊熟'……寒食第三节，即清明日矣。凡新坟皆用此日拜扫。"

唐宋以降，上巳节、寒食节、清明节就完全合一了。或者换句话说，清明节吃掉了上巳节、寒食节，后面两个节日完全从我们的社会生活中消失了。今天我们中的很多人，已不知上巳节、寒食节为何物了，就只过清明节了。

转朱阁，低绮户，照无眠。不应有恨，何事长向别时圆。人有悲欢离合，月有阴晴圆缺，此事古难全。但愿人长久

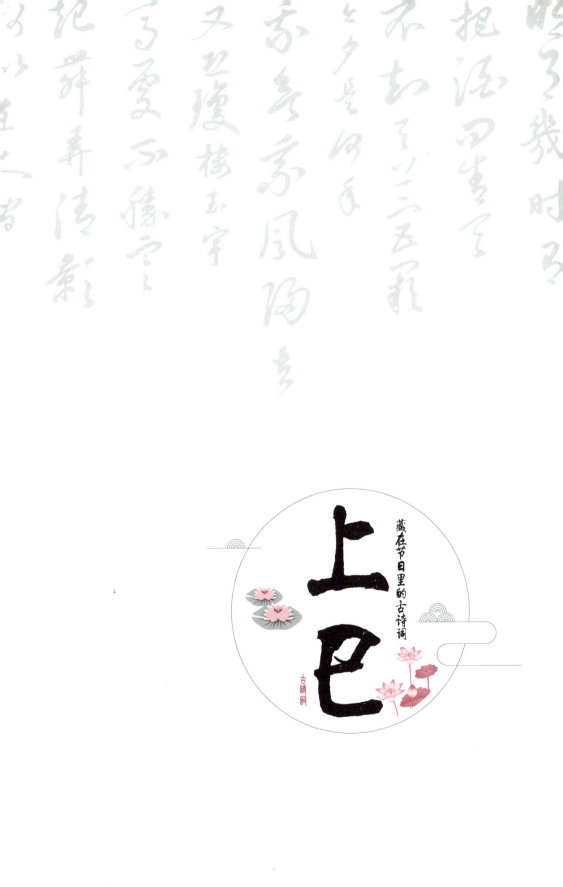

藏在节日里的古诗词

上巳

《 丽人行 》

三月三日天气新，长安水边多丽人。
态浓意远淑且真，肌理细腻骨肉匀。
绣罗衣裳照暮春，蹙金孔雀银麒麟。
头上何所有？翠微匐叶垂鬓唇。
背后何所见？珠压腰衱稳称身。
就中云幕椒房亲，赐名大国虢与秦。
紫驼之峰出翠釜，水精之盘行素鳞。
犀箸厌饫久未下，鸾刀缕切空纷纶。
黄门飞鞚不动尘，御厨络绎送八珍。
箫鼓哀吟感鬼神，宾从杂遝实要津。
后来鞍马何逡巡，当轩下马入锦茵。
杨花雪落覆白蘋，青鸟飞去衔红巾。
炙手可热势绝伦，慎莫近前丞相嗔！

《丽人行》
三月三日天气新，长安水边多丽人。态浓意远淑且真，肌理细腻骨肉匀。
绣罗衣裳照暮春，蹙金孔雀银麒麟。
头上何所有？翠微匐叶垂鬓唇。背后何所见？珠压腰衱稳称身。
就中云幕椒房亲，赐名大国虢与秦。紫驼之峰出翠釜，水精之盘行素鳞。
犀箸厌饫久未下，鸾刀缕切空纷纶。黄门飞鞚不动尘，御厨络绎送八珍。
箫鼓哀吟感鬼神，宾从杂遝实要津。后来鞍马何逡巡，当轩下马入锦茵。
杨花雪落覆白蘋，青鸟飞去衔红巾。炙手可热势绝伦，慎莫近前丞相嗔！

唐天宝十三年（公元754年）三月初三，正值上巳节，时在长安"待制集贤院"的杜甫，来到长安城南的曲江池，踏青春游，欢度佳节。

不料，杜甫在好日子里，看到了好风景，却没有了好心情。原来，当天也在曲江池过上巳节的，还有权势熏天的杨国忠、虢国夫人、秦国夫人、韩国夫人等"诸杨"。

在上巳节日里，偶遇"诸杨"这帮烂人的杜甫，顿时没有了过节的心情。虽然他与贵为皇亲国戚的"诸杨"地位悬殊，但他对于倚仗唐玄宗李隆基和杨贵妃的权势，平日里飞扬跋扈、穷奢极欲、寡廉鲜耻的"诸杨"，早就已经深恶痛绝了。

于是，杜甫在这个上巳节，提起了自己的生花妙笔，写下了这首深度鄙视"诸杨""无一刺讥语，描摹处，语语刺讥；无一慨叹声，点逗处，声声慨叹"的《丽人行》：

三月三日天气新，长安水边多丽人：三月初三上巳节，天气清新；包括虢国夫人、秦国夫人、韩国夫人在内的很多美女，都来到长安城的曲江池畔过节。

态浓意远淑且真，肌理细腻骨肉匀：美女们浓妆艳抹，意趣超逸，文静贤淑；美女们的肌肤吹弹欲破，骨肉亭匀，纤秾合度，身材一流。

绣罗衣裳照暮春，蹙金孔雀银麒麟：美女们穿着用金丝绣出的孔雀和用银丝绣出的麒麟装饰的薄纱衣裳，在这个上巳节日的暮春里，出来春游。

"绣罗"，是指绣有花纹的薄纱衣裳材料；"蹙金"，是指一种用金线刺绣的方法。"孔雀""麒麟"，既是古代的祥瑞之物，美女们绣在衣裳上以此祈福，同时也象征着她们尊贵的身份，暗示着她们的家世背景和社会地位。

头上何所有？翠微蔔叶垂鬓唇：美女们的头上，戴的是什么珠宝首饰呢？用翡翠做的头花髻饰上的花叶，下垂到了鬓角边。

背后何所见？珠压腰衱稳称身：美女们的背后，能看见什么呢？珠宝镶嵌的裙腰，稳当又合身。

《丽人行》全诗分为三段，至此十句，为第一段。我们所见到的，是一幅上巳佳节，长安美女们在曲江池畔的春游图。

就中云幕椒房亲，赐名大国虢与秦：今年的上巳节，在曲江池畔春游的美女，有几个是杨贵妃的亲戚，其中就有虢国夫人和秦国夫人。

"云幕"，指形如云一样的帐幕，张挂起来用以春游休息、宴饮。"椒房"，是西汉未央宫中皇后所居的殿名，亦称椒室。其得名缘由，系指用花椒和以湿泥，涂抹墙壁，使室内温暖、芳香，同时象征"多子"。后世因称皇后为"椒房"，皇后的亲属为"椒房亲"。

本诗中的"椒房"，特指此时专宠后宫的杨贵妃。事实上，杨贵妃名为贵妃，实则早已是皇后的待遇了："不期岁，宠遇如惠妃，宫中号曰'娘子'，凡仪体皆如皇后。"

"虢与秦"，据《旧唐书》记载，杨贵妃"有姊三人，皆有才貌，玄宗并封国夫人号：长曰大姨，封韩国；三姨，封虢国；八姨，封秦国。出入宫掖，势倾天下"。

把大姨姊封为韩国夫人，三姨姊封为虢国夫人，八姨姊封为秦国夫人，唐玄宗李隆基这是爱屋及乌的意思了。但是，在这一年上巳节，杜甫所见到的，是否包括秦国夫人在内，有争议。

因为多种史料显示，秦国夫人就死在天宝十三年（公元754年），虽然未详月日，亦未详死因。这一年，杨氏家族的权势正如日中天，秦国夫人之死，自然不是横死，而是因病正常死亡。

如果这是史实，那么在这一年的上巳节，秦国夫人是否因为已死而不在现场，还是因为病得不能出游，均在两可之间。无论是已死还是已病，都很难被杜甫看到了。

可是，司马光的《资治通鉴》却记载：至少到了天宝十四年（公元755年），秦国夫人仍然活得很是精神。安禄山叛乱后，"上议亲征，辛丑，制太子监国……杨国忠大惧，退谓韩、虢、秦三夫人曰：'太子素恶吾家专横久矣，若一旦得天下，吾与姊妹并命在旦暮矣！'相与聚哭，使三夫人说贵妃，衔土请命于上；事遂寝"。

这条史料清楚地显示，杨国忠是与包括秦国夫人在内的三个姊妹，一起商量如何阻止太子监国这件大事的。如果司马光的史料靠谱，那么杜甫在前一年的上巳节所看到的"椒房亲"，就一定有秦国夫人了。

这样也好，多一个美女也好，更热闹不是？

紫驼之峰出翠釜，水精之盘行素鳞：闪着光泽的青铜釜锅端出了紫色的驼峰炙，水晶圆盘送来了鲜美的白鳞鱼。

犀箸厌饫久未下，鸾刀缕切空纷纶：可是，美女们面对早已吃腻的美食不能下咽，捏着犀角筷子久久不动，害得厨子们的快刀白白忙活了一场。

黄门飞鞚不动尘，御厨络绎送八珍：宴乐的过程中，还不断地有唐玄宗李隆基派来的骑术高超的宦官，把御厨制作的山珍海味络绎不绝地送来。

箫鼓哀吟感鬼神，宾从杂遝实要津：宴席上的宾客，都是达官贵人；演奏的笙箫鼓乐，也缠绵婉转，足以感动鬼神。

至此十句，为全诗的第二段。我们所见到的，是一幅上巳佳节，杨氏家族在曲江池畔的宴乐图。

后来鞍马何逡巡，当轩下马入锦茵：正当宴会进行之时，当朝宰相杨国忠飞马而至，顾盼自得地在虢国夫人的车前下马，随后进入了她的车帐之中。

杨花雪落覆白蘋，青鸟飞去衔红巾：杨国忠到来的声势浩大，吹得如雪的杨花飘落，覆盖浮萍；惊得青鸟飞起，衔起地上的红丝帕。

这两句诗，杜甫是借用隐语，来讽刺杨国忠与虢国夫人之间不应该存在的兄妹乱伦关系。

"杨花"，是隐语。北魏胡太后曾和手下大将杨大眼私通，后来杨大眼惧祸，逃往南方梁朝，改名杨华。胡太后因为思念情人，曾作诗"杨花飘荡落南家""愿衔杨花入窠里"。后人便以"杨花"来影射男女私通的关系。

"青鸟"，也是隐语。"青鸟"是神话中的鸟名，传说是西王母的使者，后常被借来用作男女之间的信使。李商隐的著名情诗"青鸟殷勤为探看"，就是借用此意。

炙手可热势绝伦，慎莫近前丞相嗔：杨氏家族权倾朝野，无与伦比，围观的人切勿靠近，以免丞相发怒训斥。

杜甫在这里创造了一个成语："炙手可热"，意思是手一靠近就感觉很烫，用以比喻杨氏家族气焰之盛、权势之大。这是实情。

诗句中的"丞相"杨国忠，凭借杨贵妃的裙带关系，从天宝七年（公元748年）开始，"善窥上意所爱恶而迎之，以聚敛骤迁，岁中领十五余使。甲辰，迁给事中，兼御史中丞，专判度支事，恩幸日隆"，并且"权京兆，赐名国忠"；天宝十一年（公元752年），"杨国忠为右相，兼文部尚书""凡领四十余使"。所兼官职，多得连他自己都不大记得住了，从此独揽大权，为所欲为。杜甫用"炙手可热"来形容，恰如其分。

诗的后六句，为全诗的第三段。我们所见到的，既是一幅杨氏家族的飞扬跋扈图，也是一幅杨氏家族的丑态百出图。

安禄山，不喜欢天宝十三年（公元754年）这一年的上巳节。

证据是，就在杜甫写下《丽人行》的这个上巳节的前两天，安禄山匆匆忙忙地离开了长安城。

而等到他下一次出现在长安城的时候，请不要再叫他"安禄山"，请直接叫他——"死神"。

正是他，夺走了杜甫眼前包括杨贵妃、杨国忠、虢国夫人在内所有"诸杨"的生命，夺走了正在上巳节日春游的绝大部分长安人的生命，摧毁了杜甫眼前帝都长安的盛世繁华，摧毁了大唐帝国的强盛国运，害得唐玄宗李隆基痛失所爱、龟缩蜀地，害得杜甫本人先被俘，后逃难，最后也不得不客居蜀地。

在这个上巳节前两天的三月初一，是唐玄宗李隆基与安禄山此生中最后一次见面的日子。"三月，丁酉朔，禄山辞归范阳。上解御衣以赐之，禄山受之惊喜"。

见最后一面时，安禄山是揣着明白装糊涂。他反心已定，连近在眼前的全年三令节之一的上巳节都不过了，只求早日脱身。所以，当李隆基解下身上的御衣赐给他时，他的反应是惊喜的，因为他把这视为自己即将造反成功、登上皇位的吉兆。

见最后一面时，李隆基是揣着糊涂装大气。"自是有言禄山反者，上皆缚送之。由是人皆知其将反，无敢言者"。在自己耳中已经灌满了安禄山造反的谏言之后，仍然胡装大气，解衣赐之，他也不想想为什么自己待之亲如家人的安禄山，连近在两日之内的上巳佳节都不愿意过，非要提前返回范阳？

就这样，李隆基放虎归山，安禄山金蝉脱壳："恐杨国忠奏留之，疾驱出关。乘船沿河而下，令船夫执绳板立于岸侧，十五里一更，昼夜兼行，日数百里，过郡县不下船。"

所以，杜甫和"诸杨"在上巳节偶遇之时，正是安禄山日夜兼程、疲于奔命、逃归范阳之日。此时此刻，帝都长安仍然是一派极乐繁华，但"渔阳鼙鼓"已经敲响，即将动地而来，用最暴力的方式，用最残酷的杀戮，终结所有繁华。

说起来，直到天宝十三年（公元754年）的上巳节，长安城中关于安禄山即将造反、发动"安史之乱"这一点，最清醒、最明白的人，居然就是杜甫《丽人行》诗中提及的、闹出了兄妹乱伦丑剧的"丞相"——杨国忠。

当然，杨国忠能够如此清醒的原因，并非他目光远大，能够预测未来，而是出于一个很可笑甚至很儿戏的原因：他和安禄山是政敌。为了权力斗争，他必须诬告安禄山要造反，甚至在某些他认为必要的时候，他还要利用手中的宰相权力，采取一些措施，逼着安禄山去造反。事实上，安禄山造反，直接原因就是他逼的。

这两个人，一开始就不对付："安禄山以李林甫狡猾逾己，故畏服之。及杨国忠为相，禄山视之蔑如也。"

安禄山确实"畏服"李林甫。"畏服"的原因，一是如上面史料所说，安禄山认为"李林甫狡猾逾己"，自己斗不过他；二是安禄山由区区一番将被提拔到位极人臣的地位，一路上李林甫对他帮助不小，"禄山承恩深"。

安禄山对李林甫"畏服"到了什么程度？史书上有个细节——"安禄山每见，虽盛寒必流汗"。另外，安禄山派人到朝中奏事，回来之后总要先问一句："十郎何言？"就是先问李林甫说什么话没有。"有好言则喜跃，若但言'大夫须好检校'，则反手据床曰：'阿与，我死也！'"李林甫平平淡淡一句劝诫的话，就能引起安禄山如此剧烈的情绪反复，可见李林甫在安禄山心中的地位。

有趣的是，安禄山怕李林甫，唐玄宗李隆基居然也知情。安禄山上述"阿与，我死也"的一番丑态，曾经被人转述给李隆基听："李龟年尝教其说，玄宗以为笑乐。"

需要指出的是，这位向李隆基转述安禄山丑态的李龟年，也是杜甫的老熟人，就是他在《江南逢李龟年》诗里"落花时节又逢君"的那个人。

然而，就是对于这样"畏服"的人，为了权力斗争，安禄山也照样出阴招对付。

天宝二年（公元743年）的唐朝科举考试，闹出了著名的"曳白案"：这一年，李林甫选定的考官苗晋卿、宋遥主持考试，御史中丞张倚的儿子张奭应试，被列为第一名。"众知奭不读书，论议纷然。有苏孝愠者，尝为范阳蓟令，事安禄山，具其事告之"。

当时正好在京的安禄山，听了苏孝愠的话之后，显然经过了一番权衡谋划之后，亲自出面向皇帝揭发。为此，李隆基"御花萼楼亲试，登第者十无一二；而奭持试纸，竟日不下一字，时谓之'曳白'"。所以，张奭才是历史上第一位"白卷状元"。

"白卷状元"事发，李隆基为此大怒，把所有涉案人员都贬谪外地。虽然没有追究李林甫的责任，但此事对他的打击是显而易见的。更显而易见的是，"白卷状元"事件如果没有安禄山的揭发，是不可能暴露的。这个事件说明，安禄山对于李林甫，并不仅仅只有"畏服"，偶尔还会"对付"。

安禄山连李林甫都"对付"，在李林甫死后继任宰相的杨国忠，就更不在他的眼里了。如果说安、李二人之间的关系还曾经有过蜜月期的话，那么安、杨二人一上来就进入了斗争期。

说起来也正常，安禄山上位，走的是实实在在的军功路线；而杨国忠上位，走的是至今也为人所不齿的裙带路线。"禄山视之蔑如也"，军功看不起裙带，古今皆然。

杨国忠自己也知道，安禄山不服自己，"终不出其下"，所以总想除去这个政敌。为此，他想出了两个阴招。

一是"以胡制胡"。安禄山是帝国东北方向手握重兵的番将，杨国忠选中的则是帝国西北方向手握重兵的番将哥舒翰——"哥舒夜带刀"中的那个哥舒翰。无论是出身、资历、军功、官职、爵位，哥舒翰都与安禄山不相上下。据《资治通鉴》记载，天宝十一年（公元752年）发生的一件事也证明，杨国忠"以胡制胡"的策略非常有效，直接造成了二人之间的积怨：

哥舒翰素与安禄山、安思顺不协，上常和解之，使为兄弟。是冬，三人俱入朝，上使高力士宴之于城东。禄山谓翰曰："我父胡，母突厥，公父突厥，母胡，族类颇同，何得不相亲？"翰曰："古人云：狐向窟嗥不祥，为其忘本故也。兄苟见亲，翰敢不尽心！"禄山以为讥其胡也，大怒，骂翰曰："突厥敢尔！"翰欲应之，力士目翰，翰乃止，阳醉而散，自是为怨愈深。

从上述对话中哥舒翰的应答来看，哥舒翰并无恶意。可安禄山因为心病很重，反而在高力士充当和事佬的宴会上大怒，进一步恶化了二人之间的关系，也让杨国忠达到了"以胡制胡"的目的。

二是诬陷造反。杨国忠从当上宰相的那一天起，就像唐僧一样，天天在李隆基耳边唠叨："安禄山要造反，安禄山要造反，安禄山要造反。重要的事情说三遍。"——"会杨国忠与禄山不相悦，屡言禄山且反，上不听。"

杨国忠见李隆基不听，为了证明自己的判断英明准确，他身为一国宰相，居然不求天下太平，只求天下动乱，真的开始采取措施，逼安禄山造反，为"激怒禄山，幸其摇动，内以取信于上"，"国忠使门客蹇昂、何盈求禄山阴事，围捕其宅，得李超、安岱等，使侍御使郑昂缢杀于御史台"，打草惊蛇之下，"由是禄山惶惧"。

其实，按照安禄山的计划，本来应该是等李隆基死了之后再造反的："安禄山专制三道，阴蓄异志，殆将十年，以上待之厚，欲俟上晏驾然后作乱。"要说安禄山还是有良心的，还知道感念李隆基把他提拔到封疆大吏的恩情，不好意思在李隆基生前造反。

可是，安禄山等得，杨国忠等不得；安禄山不急，杨国忠急。"国忠数以事激之，欲其速反以取信于上。禄山由是决意遽反。"并且，安禄山就是打着"诛杨国忠"的名义造的反。

杨国忠，你才是真正的人生赢家，你终于成功了！安禄山造反的消息传来，所有人的反应自然是莫名惊诧、极度惊恐，只有杨国忠与众不同，"扬扬有得色"。

读史至此，我实在是替李隆基欲哭无泪：这就是他重用杨国忠这样的逐利小人的最大恶果。上述杨国忠逼反安禄山的行为，好有一比：

杨国忠就好比一条海船上的大副，上任以后就一直在跟船长李隆基说：这条船漏水。可是，船长不相信他。于是，为了证明自己的判断正确，这个大副主动去把船底凿了一个洞。这位大副在凿洞的时候从来就没有想过：凿了洞，漏了水，自己的判断是正确了，船长李隆基应该也相信自己了，可是整条船也沉了；而他本人可还在这条船上，也会一起淹死。

逐利小人，永远就只是逐利小人。他永远只能看到自己眼前的得失，永远只能顾及自己的蝇头小利。至于国家利益、国家危亡，不存在的。

其实，在天宝十三载（公元754年）的上巳节，当杨国忠出现在杜甫的眼前，出现在《丽人行》诗中时，他本人的心情，很可能正处于郁闷的状态之中，因为，他刚刚在逼反安禄山的问题上，丢了个大人。

安禄山是在这年正月入朝的。在他没有来长安之前，杨国忠又对李隆基说安禄山必反，并且预言："陛下试召之，必不来。"结果呢，"禄山闻命即至"，一下子就让杨国忠大跌眼镜，在李隆基面前丢了个大人。

所以，这个上巳节，目送政敌全身而退的丞相杨国忠，表现风光，内心郁闷。杜甫这帮不明真相的围观群众还真不能太靠近了，否则被"丞相嗔"的可能性非常之大。

上巳节，是产生了"天下第一行书"《兰亭集序》的佳节。

东晋永和九年（公元353年）的上巳节，时任会稽内史的王羲之与谢安等人在会稽山阴的兰亭雅集，曲水流觞，饮酒赋诗，共得37首。

王羲之将这些诗赋编辑成集，自己作序一篇，记述其事，并乘醉用行书写下序文。这篇序文，就是"翩若惊鸿，婉若游龙"的书法作品《兰亭集序》。

王羲之在美好的节日里，把自己美好的心情转化成了美好的书法，让今天的我们神往之至：原来，上巳节还可以这样过。

这个王羲之和杜甫都曾经欢度过的上巳节，萌芽于先秦，定型于汉魏，繁盛于隋唐，没落于宋元，消逝于明清。

最早有关上巳节的诗，可以在《诗经》里面找到。《诗经·郑风·溱洧》云：

溱与洧，方涣涣兮。士与女，方秉蕑兮。女曰观乎？士曰既且，且往观乎？洧之外，洵订且乐。维士与女，伊其相谑，赠之以勺药。

溱与洧，浏其清矣。士与女，殷其盈兮。女曰观乎？士曰既且，且往观乎？洧之外，洵订且乐。维士与女，伊其将谑，赠之以勺药。

诗中这对处于热恋中的年轻男女，相见的地点是郑国的溱洧河畔，相见的时间，则是某一年的上巳节。那是一个春天的节日，也是一个甜蜜的节日。

一般认为，上巳节起源于先秦的"祓禊"祭日。祓，许慎《说文解字》说"除恶祭也"，是古代除灾求福之祭；应劭《风俗通·祀典》曰"禊者，洁也"。到了"祓禊"这一天，人们要到河川水边，洗濯沐浴，以除恶辟邪。

"上巳"二字，最早见于《续汉书·礼仪志》："三月上巳，官民皆洁于东流水上，曰洗濯祓除，去宿垢痰为大洁。"当然，这种官员百姓、男女老少集体到水边的"祓禊"活动，不是脱了衣服裸浴，而只是清洗手足。想多了的同学，可以略感遗憾地参照一下大儒朱熹的解释："古人上巳祓禊，只是盥濯手足，不是解衣浴也。"

由《续汉书·礼仪志》的记载可见，在西汉时期，"上巳"还指的是"三月的第一个巳日"，并非一定是三月初三。那么，"上巳"是如何确定在三月初三这一天的呢？

南宋王楙在《野客丛书》中指出："自汉以前，上巳不必三月三日，必取巳日。自魏以后，但用三月三日，不必巳也。"至此，上巳节在汉魏时期，定型于三月初三。所以，到了杜甫所在的唐朝，他就得在三月初三过上巳节。

上巳节的节日风俗，第一项当然是临水祓禊。

上巳节是崇水日、亲水日，所以杜甫在诗中说"长安水边多丽人"。包括虢国夫人在内的众多长安美女，是深谙上巳节俗的。她们在这一天，成群结队地来到水边，用水洗濯手足，祈求除恶辟邪。

上巳节日风俗的第二项，是踏青春游。

《丽人行》里，虢国夫人、秦国夫人、韩国夫人为何又是"绣罗衣裳"，又是"翠微匐叶"，集体盛装出现在曲江池边？因为春天来了，要踏青，要春游，要出去浪啊。

和我们今天一样，同一座城市里，是没有几个地方可供春游的。唐朝的长安城，最大的春游胜地，有山有水的，只有曲江池。还有一个地方，也是当时长安人的公共游乐胜地——乐游原，李商隐"向晚意不适，驱车登古原"的那个乐游原。

正因为春游的地方不多，所以大家才会在上巳节扎堆春游，这才有了微末小官杜甫偶遇权倾朝野的丞相杨国忠的机会。

上巳节日风俗的第三项，是饮酒宴乐。

虽然杜甫的诗中没写，但上巳节当天在曲江池的，很可能还有唐玄宗李隆基及杨贵妃。因为上巳节是唐朝三大节日之一，在这一天赐宴文武百官，早已形成惯例了。

唐骈在《剧谈录》中如是记录唐朝皇帝上巳节赐宴："上巳即赐宴臣僚，京兆府大陈筵席，长安、万年两县，以雄胜相较，锦绣珍玩无所不施。百官会于山亭，恩赐太常及教坊声乐，池中备彩舟数只，惟宰相、三使、北省官与翰林学士登焉。每岁倾动皇州，以为盛观。"

唐人创作的《辇下岁时记》记载："三月上巳有赐宴群臣，即在曲江，倾都人物，于江头禊饮踏青。豪家缚棚相接，至于杏园。"杜甫偶遇的"诸杨"，就是"缚棚相接"的"豪家"。

而杜甫这首《丽人行》的第二段里，就完全是杨氏姐妹的宴乐场面。宴会上"驼峰""素鳞"上桌，加之御厨送来的"八珍"，可是杨国忠、虢国夫人这帮人居然早就吃腻了，"犀筯厌饫久未下"。

与之形成鲜明对比的是，此时的杜甫，却还要担心吃不饱的问题，因为他在长安期间创作的诗歌里常常提到"饿死"这个词儿："有儒愁饿死，早晚报平津""但觉高歌有鬼神，焉知饿死填沟壑"。

同样是人，这差别咋就这么大呢？

以上这段天宝十三载（公元754年）上巳节的节日异象，达官贵人与寒门士子之间一饱一饥的鲜明对比，还可以用杜甫一年之后写出的千古名句"朱门酒肉臭，路有冻死骨"来概括。

事实上，同样是人，杜甫吃都吃不饱，杨国忠却饱食终日，两个人之间的区别如此之大，于杜甫个人并非要紧，于大唐帝国却至为要紧。从历史上看，任何一个强盛的帝国，只要出现了上述异象，就已经是距离灭亡不远的末世狂欢了。史实是，就在这年上巳节之后的一年多，"安史之乱"爆发，饱食终日的杨国忠、杨贵妃直接死在了这次叛乱之中，而杜甫一生钟爱的大唐帝国，也由此踏上了不归路。

上巳节到宋元时期，就已经名存实亡。《东京梦华录》等记录北宋社会习俗的典籍里，根本就没有关于上巳节的文字。

可见，从这时起，上巳节的节日风俗如祓禊、踏青、宴饮等，已经融入了清明节，而上巳节本身，就慢慢消失了。

上
巳

低绮户
照无眠
不应有恨
何事长向别时圆
人有悲欢离合
月有阴晴圆缺
此事古难全
但愿人长久

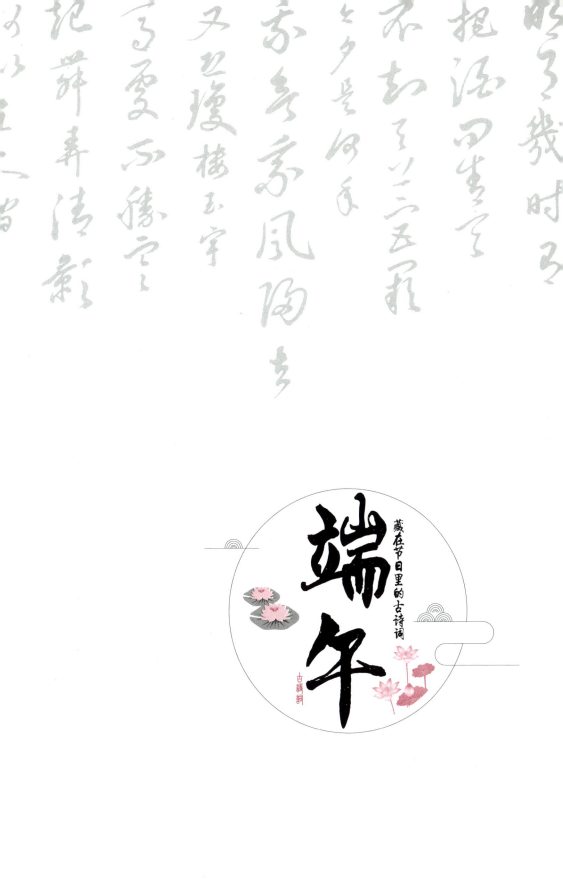

端午

藏在节日里的古诗词

古诗词

《岳州观竞渡》

画作飞凫艇，双双竞拂流。

低装山色变，急棹水华浮。

土尚三闾俗，江传二女游。

齐歌迎孟姥，独舞送阳侯。

鼓发南湖溠，标争西驿楼。

并驱常诧速，非畏日光道。

《岳州观竞渡》
画作飞凫艇，双双竞拂流。低装山色变，急棹水华浮。
土尚三闾俗，江传二女游。齐歌迎孟姥，独舞送阳侯。
鼓发南湖溠，标争西驿楼。并驱常诧速，非畏日光道。

唐开元四年（公元716年）五月初五端午节，在今天汨罗江畔的湖南省岳阳市，时任岳州刺史的大才子、大诗人张说，正在观看赛舟竞渡比赛。

他是在前一年的四月，由相州刺史调任岳州刺史的。张说是范阳（今北京）人，身为北方人的他，这是首次到南方任职。一到岳州人欢度端午节的时候，独具水乡特色的、颇具欢乐气氛的赛舟竞渡，立刻就吸引了他。

身为本地的最高行政长官，他不仅到场观看，而且挥笔写下了这首《岳州观竞渡》：

画作飞凫艇，双双竞拂流：竞渡开始时，由彩带装扮的鸭形竞渡舟，成双成对，逆流而上，出发比赛。

"凫"，即野鸭。"凫艇"，即鸭形的竞渡舟。可见，当时张说所看到的，并非我们今天约定俗成的龙舟，而是鸭形舟。换句话说，张说看的是"赛鸭舟"，不是"赛龙舟"。

低装山色变，急棹水华浮：紧张比赛中，一艘艘鸭形舟如同野鸭一样，

在低空飞行，两边的群山迅速后退，风景变化万千；舟中的选手们奋力划桨，搅得浪花四溅，波光闪烁。

土尚三闾俗，江传二女游：岳州人举行这样的赛舟竞渡，既是为了纪念三闾大夫屈原，也是为了纪念虞舜的两个妃子娥皇和女英。

据《荆楚岁时记》："按五月五日竞渡，俗为屈原投汨罗日，伤其死，故并命舟楫以拯之。"这是普天之下，过端午节赛舟竞渡的共同理由。

而在岳州，岳州人赛舟竞渡还有另外一个理由，即诗中所说的"二女"。"二女"，指虞舜的两个妃子娥皇和女英。相传，娥皇和女英在得知虞舜在南巡途中死于苍梧时，泪洒青竹，竹上生斑，她们双双投入湘江，化为湘江女神。娥皇和女英眼泪洒斑的竹子，被称为湘妃竹，她们二人也被称为湘夫人。

从那以后，岳阳洞庭湖中就有湘妃竹，岳阳人也一直记得重情重义的湘夫人，所以，岳阳人的赛舟竞渡也就多了一重意义：纪念娥皇和女英。

端午

齐歌迎孟姥，独舞送阳侯： 选手们齐声唱着划船号子，既是鼓劲，也像是在呼唤阴间的孟婆，放屈原的灵魂归来；舟中还有人跳起驱神舞蹈，以送别波涛之神阳侯，让他别再来兴风作浪。

"孟姥"，即孟婆，传说是阴间地府中负责提供孟婆汤，抹去所有前往投胎灵魂的记忆的幽冥之神。"阳侯"，据《汉书·扬雄传》应劭注："阳侯，古之诸侯也，有罪自投江，其神为大波。"

鼓发南湖溠，标争西驿楼： 这次赛舟竞渡的出发地在南湖水湾，终点是西驿楼。

所谓"标争西驿楼"，就是指在终点西驿楼的水面上插上一根竹竿，竿上挂着一面鲜艳夺目的锦旗，称为"锦标"，赛舟竞渡以夺得锦标者为胜。这也是我们今天体育赛事中"锦标赛"的由来。

并驱常诧速，非畏日光迟： 为了夺得锦标，选手们不怕烈日当头，全力以赴，一艘艘竞渡舟并驾齐驱，速度之快令人惊诧。

张说在岳州担任刺史，从开元三年四月到开元五年四月，跨越三个年头，其实满打满算只待了二十四个月。在这段时间里，他一共度过了两个端午节。

在开元五年（公元717年）四月初一，还没到端午节，张说就赴任荆州大都督府长史了，此后，更是调任幽州、并州、朔方，可谓宦游天下。

无论从哪个角度看，张说之于岳州，也只是一个来去匆匆的过客，略微不同的是，这个过客曾是这里的最高行政长官；而岳州之于张说，也只是他宦游生涯中平平淡淡的一个小站。然而，仔细一探究，又不平凡。无论是张说之于岳州，还是岳州之于张说。

张说之于岳州：岳阳楼因为张说而著名。

岳阳楼，传说由三国鲁肃始建，名为"鲁肃阅军楼"。张说调任岳州刺史后，对此楼进行了增修，使之成为一座三层、六方、斗拱、飞檐的壮丽高楼，并且因其坐落于州署西南而被命名为"南楼"。

不仅如此，张说每有文士朋友往还，都由他带领，前来登临南楼，吟诗作赋。在南楼，张说写下《与赵冬曦尹懋子均登南楼》，另外三位的和诗，分别是赵冬曦的《陪张燕公登南楼》、尹懋的《奉陪张燕公登南楼》、张均的《和尹懋登南楼》。

楼因诗而名，诗因楼而传。这是让岳阳楼在此后历代文人墨客心中留下位置的关键一步。正是从张说开始，岳阳楼和洞庭湖的自然景观，文人诗赋的人文景观，两者紧密结合，岳阳楼就此声名鹊起。

宋人乐史所撰的《太平寰宇记》记载："岳阳楼，唐开元四年，张说自中书令为岳州刺史，常与才士登此楼，有诗百余篇列于楼壁。"宋人范致明所撰的《岳阳风土记》也证实："唐开元四年，中书令张说除守此州。每与才士登楼赋诗，自尔名著。"

那个后来因范仲淹《岳阳楼记》而青史留名的"谪守巴陵郡"的滕子京，在自己所写的《岳阳楼诗集序》中也承认：岳阳楼中，"惟张燕公文字最著……楼得名，殆命于公矣"。

就在张说之后不久，他命名的"南楼"，就以"岳阳楼"而扬名天下了。在只比张说晚出五十年的李白和贾至的

诗里，就已经是《与夏十二登岳阳楼》《岳阳楼宴王员外贬长沙》了。

岳州之于张说：张说的诗名，在岳州而显。

《新唐书·张说传》认为他"既谪岳州，而诗益凄婉，人谓得江山助云"。这说明，岳州的山山水水，助益了张说的诗才，成就了张说的诗名。清末学者丁仪在《诗学渊源》中也赞同了《新唐书》的结论，认为张说的诗"初尚宫体，谪岳州后，颇为比兴，感物写情，已入盛唐"。

事实也的确如此，包括这首《岳州观竞渡》在内的张说所写的59首岳州诗，题材广泛、体裁多样、文字精练、感情真挚，可称为其平生诗歌创作的一个高峰。要知道，唐朝宰相多矣，但留下诗名的宰相却并不多。就是在岳阳，张说开始以诗名世，"诗法特妙""接际王扬、比肩沈宋"，走上了"掌文学之任凡三十年""吐辞为经，举足为法""当朝师表，一代词宗"的神坛。

张说，是应该感谢岳阳的。"你记得也好，最好是忘掉，在这交会时互放的光亮。"这不是徐志摩的情诗，而是张说对岳阳跨越千年的款款深情。

张说，是中国第一位"泰山"级别的老丈人、中国好岳父，因为，今天中

国的小伙儿，把自己的老丈人、岳父尊称为"泰山"，就是从张说开始的。据段成式《酉阳杂俎》载：

> 明皇封禅泰山，张说为封禅使。说婿郑镒，本九品官。旧例，封禅后，自三公以下皆迁转一级，惟郑镒因说骤迁五品，兼赐绯服。因大酺次，玄宗见镒官位腾跃，怪而问之，镒无词以对。黄幡绰曰："此乃泰山之力也。"

张说，就是这样一位深爱女婿郑镒，不惜犯忌也要让郑镒坐上直升机——从九品直升五品的老丈人。实话说，这样的中国好岳父，只叫个"泰山"，真有点委屈了，就是叫个"亲爹"，也不为过。

张说，还被称为唐朝的"大手笔"。《新唐书·苏颋传》载：苏颋"自景龙后，与张说以文章显，称望略同，故时号'燕许大手笔'"。张说封燕国公，苏颋封许国公，所以二人并称"燕许大手笔"。需要指出的是，这里的"大手笔"，主要不是指诗词写作能力，而是指朝廷文诰的写作能力。纵观整个唐史，曾因此被称为"大手笔"的，除了张说、苏颋之外，也就李峤、崔行功、崔融、李德裕数人而已。

张说，就是这样一位唐史上举足轻重的读书人。质言之，史上的张说，何止举足轻重，简直是空前绝后。

一般来讲，科举时代的读书人，大多都会怀着这样的梦想：年纪轻轻，高中状元；仕途顺遂，官至宰相；位高爵显，封公封侯；文可定国，修史修典；作诗作文，洛阳纸贵；武可安邦，平定外患；挥戈疆场，捷报频传；奖掖后进，延纳英才；皇帝敬为文宗，文人尊为师表；死得美谥，配享帝庙。

上述10个梦想，读书人只要实现其中任何一个，就可以喝点酒拍着胸脯吹牛皮了，就可以算是人生赢家了。张说呢，这10个梦想他全部实现了。以上这些描述，就是他那牛哄哄人生的缩略版。

张说高中状元的时候，才24岁。他在这个年龄就高中状元，牛到什么程度？大家对比唐朝科举流行的这句"三十老明经，五十少进士"俗语，感受一下。

《大唐新语》卷八，如是描述他年纪轻轻、高中状元的荣耀时刻：

> 则天初革命，大搜遗逸，四方之士应制者向万人。则天御洛阳城南门，亲自临试。张说对策，为天下第一。则天以近古以来未有甲科，乃屈为第二等。其惊句曰："昔三监玩常，有司既纠之以猛；今四罪咸服，陛下宜济之以宽。"拜太子校书，仍令写策本于尚书省，颁示朝集及蕃客等，以光大国得贤之美。

"写策本于尚书省，颁示朝集及蕃客等"，相当于我们小时候作文写得好，被老师在课堂上念一遍的嘚瑟；最重要的"大国得贤之美"这几个字，等于是明示了张说的仕途，将是一路顺畅。估计当时的张说，全身的骨头，直接轻了二两。这么好的考试成绩，却不是直接当宰相，而是只授了一个隶属于太子左春坊的文职小官——正九品下的太子校书。出了什么问题？武则天怎么就突然出尔反尔，不怀好意呢？

别误会，武则天对张说完全是一番美意。校书、正字，"掌雠校典籍，为文士起家之良选"，极为清贵，是当时读书人释褐做官的美职所在，"时辈皆以校书、正字为荣"。而且，一步登天到宰相，那是戏曲小说里的事儿。在常态的政治生活中，无论是谁，职务都是一步步地升迁的。

唐朝官员的升迁路线，一般是先任"校书、正字"这样的清贵文职进行政务学习（务虚），再出任"赤县尉、畿县尉"进行县处级实务历练（务实），再调回京城担任"监察御史、拾遗、补阙"这样的言官进行进一步的政务历练（再务虚），然后担任中央各部"员外郎、郎中"进行司局级实务历练（再务实）。经过这两轮的"务虚+务实"的历练之后，就可以出任中央各部尚书，甚至宰相了。

张说就是这样。在太子校书之后，历右补阙、右史、内供奉，兼知考功贡举事，凤阁舍人，兵部员外郎、郎中，工部侍郎，兵部侍郎，中书侍郎兼雍州长史。在景云二年（公元711年），他以仅仅45岁的年龄，拜"同中书门下平章事、监修国史"，正式成为帝国宰相。

唐玄宗李隆基于开元元年（公元713年）即位之后，立有辅佐大功的张说，更是进一步上升，迎来仕途的第一次巅峰：出任紫微令，监修国史，封燕国公。

然而，转眼之间，张说就由政坛巅峰跌落，于第二年外贬出京，担任相州刺史、河北道按察使。

直到开元三年（公元715年）四月，他到达了仕途的最低谷，出任岳州刺史。所以，开元四年（公元716年）的端午节，张说写下《岳州观竞渡》的时刻，正是他心情最为郁闷的时刻。

因为此时此刻，他和朝中那位最得

李隆基欣赏的宰相姚崇，是政敌关系。就是因为姚崇作祟，张说才郁闷地来到了岳州。

至于姚崇为什么作祟、从背后下张说的黑手，在一大帮子历史学家那里，是说张说与姚崇两人之间，有着"吏治与文学之争"。据说，姚崇以"吏事明敏"著称，所以是"吏治派"；张说以诗词文章见长，所以是"文学派"。两派相争，张说败下阵来，于是外贬岳州。

我对历史学家，是尊敬的，但我对这种动不动就把人划帮分派的做法，是失敬的。在我看来，姚崇不是"吏治派"，张说也不是"文学派"，真要论起来，大家同属少林派，都是武林一脉。

姚崇就没有文学造诣？史料证明，他"长乃好学""下笔成章""以文华著名"；《旧唐书·经籍志》《新唐书·艺文志》均著录有《姚崇集》，卷帙达十卷之多。

《全唐诗》存有姚崇的诗六首。其中一首《夜渡江》是这样写的："夜渚带浮烟，苍茫晦远天。舟轻不觉动，缆急始知牵。听笛遥寻岸，闻香暗识莲。唯看去帆影，常恐客心悬。"这样的诗，可是一个只知吏治没有文学造诣的人，能够写出来的？

张说就不懂吏治？论地方官，张说先后有九年任职相州、岳州、荆州、幽州、并州、朔方等地的经历；论京官，张说一生"三登左右丞相，三作中书令"，史称"唐兴已来，朝佐莫比"。这样的人，居然会是一个只知文学不知吏治的人？难道他在朝堂之上、州郡之间，天天是靠着吟诗作赋来处理政务的？

所以，说到底，姚崇和张说本就是同一类人，都是经过科举正途进入官场的人，也都是既有文学造诣又懂吏治的人。动不动就把人分派分帮，把个简单的历史搞得像一团迷雾，真的好吗？我们在书写历史的时候，能不能少一点儿套路，多一点儿真诚？

事实上，之所以会出现姚崇接替张说，一个当宰相、一个贬岳州的局面，原因其实很简单：在两人竞争的关键时刻，姚崇做了一件正确的事，张说做了一件犯忌的事。

开元元年（公元713年），正是唐玄宗李隆基刚刚登基、孜孜求治的时候，姚崇适时提出了革除弊政、理乱致治的十项政治主张，大意是：

垂拱以来，以严刑峻法为政。希望陛下以仁恕待下，可以吗？朝廷青海兵败，至今未见整顿，希望陛下不贪图边功，可以吗？长期以来奸人犯法，都能恃宠而免，希望陛下管好自己身边的人，可以吗？武后任用阉人，希望陛下以后不要这样，可以吗？百官公卿多方进贡，以求恩宠，希望陛下除了租赋之外一律禁绝，可以吗？以前外戚可以到处任官，希望陛下不再任用外戚担任台省官员，可以吗？前朝对大臣不尊重，希望陛下待臣以礼，可以吗？燕钦融、韦月将以后，朝廷已无诤臣，希望陛下鼓励进谏，可以吗？武后上皇大造佛寺道观，耗费巨大，希望陛下不再营造，可以吗？汉朝外戚专权，祸乱天下，希望陛下以此为戒，可以吗？

这十项政治主张，政治军事、内政外交，面面俱到。这样的人，李隆基不用他用谁？即拜兵部尚书、同中书门下三品，封梁国公。

相比之下，张说就没有提出过如此明确的政治主张。尽管如此，在一开始，李隆基还是想同时兼用姚崇和张说，以发挥各自专长，共理天下的。本来嘛，唐朝实行的就是集体宰相制，姚崇与张说二人，是可以同当宰相、和平共处的，并非非此即彼的关系。

直到张说犯了一个大忌："姚崇既为相，紫微令张说惧，乃潜诣岐王申款。"众所周知，李隆基是以藩王身份，靠着与握有军权、政权的大臣们交通联络，最终发动政变上台的。他在上台之后，当然要防着皇室其余的藩王再走自己的成功之路。张说身为宰相，"潜诣"藩王，犯了李隆基心中的大忌，纯属自己找死。政敌姚崇，抓住机遇，适时下了个黑手：

他日，崇对于便殿，行微蹇。上问："有足疾乎？"对曰："臣有腹心之疾，非足疾也。"上问其故，对曰："岐王陛下爱弟，张说为辅臣，而密乘车入王家，恐为所误，故忧之。"癸丑，说左迁相州刺史。

然后，郁闷的张说，才来到了岳州，才有机会观看岳州的赛舟竞渡。

端午节，又有端五、重五、重午、蒲午、端阳、女儿节、浴兰节、天中节、天医节、地腊节、龙舟节、粽子节、诗人节等多种别称，是我国传承了两千多年的重大节日之一。

一般认为，端午节源于纪念屈原。其实，真要深究起来，仅仅一天的端午节，要纪念的人，可是多了去了。简单列举出来，大家感受一下。

咱楚人，自然认为是源于纪念屈原。

南朝梁宗懔的《荆楚岁时记》说："按五月五日竞渡，俗为屈原投汨罗日，伤其死所，故命舟楫以拯之。"南朝梁吴均《续齐谐记》也说："屈原五月五日投汨罗而死，楚人哀之。每至此日，竹筒贮米，投水祭之。"

距离唐朝张说最近的《隋书·地理志》记载更详："大抵荆州率敬鬼，尤重祠祀之事。昔屈原为制《九歌》，盖由此也。屈原以五月望日赴汨罗，土人追至洞庭不见，湖大船小，莫得济者，乃歌曰：'何由得渡湖！'因而鼓棹争归，竞会亭上，习以相传，为竞渡之戏。其迅楫齐驰，棹歌乱响，喧振水陆，观者如云。诸郡率然，而南郡、襄阳尤甚。"

因此，唐朝的张说，到了属于大荆州区域范围内的岳州，也认为是纪念屈原的，他才在诗中写"土尚三闾俗"。

吴人，认为源于纪念伍子胥。

记录同样见于南朝梁宗懔的《荆楚岁时记》："五月五日，时迎伍君。逆涛而上，为水所淹。斯又东吴之俗，事在子胥，不管屈原也。"伍子胥虽是楚人，但横死于吴国。他自刎而死之后，吴王夫差命人将其尸体于五月五日投入江中，是故吴越之人奉伍子胥为波涛之神，在端午节举行龙舟竞渡来祭祀他。

越人，认为源于纪念越王勾践或者孝女曹娥。

宋人高承的《事物纪原》说："竞渡之事起于越王勾践，今龙舟是也。"同样是宋人的陈元靓的《岁时广记》，记录说："竞渡起于越王勾践，盖断发文身之术，习水好战者也。"

曹娥，则源于《后汉书·列女传》："孝女曹娥者，会稽上虞人也。父盱，能弦歌，为巫祝。汉安二年五月五日，于县江溯涛迎神，溺死，不得尸骸。娥年十四，乃沿江号哭，昼夜不绝声，旬有七日，遂投江而死。至元嘉元年，县长度尚改葬娥于江南道旁，为立碑焉。"传说曹娥投江五日后，其鬼魂抱着父亲的尸体浮出水面。曹娥的孝行感天动地，人们为她撰文立碑，为她划龙舟祭奠。至今，浙江省还有曹娥江、曹娥镇。

在湘西、广西一带，还有端午节纪念伏波将军马援的风俗。

端午节，还真挺忙的。本来人就挺挤的，可张说在岳州，居然还往里面加人，而且一加就是两个——"江传二女游"：娥皇、女英。

当然，端午节最主流的说法，还是源于纪念屈原。那么问题来了：娥皇、女英，越王勾践，还有伍子胥，都是早于屈原的历史人物。既然他们都比屈原早，而且一直被人纪念着、祭祀着，咋还被后出的晚辈屈原给抢了风头呢？

所以，自唐至今，就一直有人不大相信端午节源于纪念屈原的说法，比如大名鼎鼎的李时珍。他在《本草纲目》中谈及"粽"时说："今俗五月五日以为节物相馈送。或言为祭屈原，作此投江，以饲蛟龙也。"所谓"或言"，就是"有人说"的意思。李时珍如此写法，完全是存此一说的意思，自己的态度显然是审慎的，是不大确信的。

端午节既然不是源于纪念屈原，那么源于何处？

"端午"一词，最早见于晋人周处的《风土记》："仲夏端午，烹鹜角黍。端，始也，谓五月初五日也。"而端午节的真正起源，比晋人周处早，比楚人屈原也早，源于先秦古人的"五月初五是恶月恶日"的观念。

《礼记·月令》载："是月也，日长至，阴阳争，死生分。君子斋戒，处必掩身，毋躁。止声色，毋或进。薄滋味，毋致和。节耆欲，定心气。"《风俗通》载："俗说五月五日生子，男害父，女害母。"《论衡》载："讳举正月、五月子，以正月、五月子杀父母，不得举也。已举之，父母祸死。"

可见，早在先秦时期，人们便有此固定观念："五月"是"恶月""毒月""死月"，"五日"也是"恶日"。就连"五月五日"出生的孩子，都不吉祥，若是男孩会害死父亲，若是女孩会害死母亲。

先民有此观念，并不奇怪，完全可以理解。要知道，已是炎炎夏日的农历五月，不仅气温偏高，而且蛇、蜈蚣、蝎子、壁虎和蟾蜍等毒虫肆虐。这对于生存环境本就十分恶劣的先民而言，实在是一个恐惧感十足的季节。直到我们今天，仍然可以在民间听到五月的禁忌，比如"五月盖屋，令人头秃""五月到官，至免不迁"，等等。

所以，面对"恶月""恶日"，生存能力还比较弱小的先民们，出于求生的本能，充分发挥自己的智慧，用上了沐浴兰汤、系五色丝等手段，用上了雄黄、艾草、菖蒲等中药，用来抵御各种毒虫的危害。

就这样，一年又一年的五月初五，先民们都如此这般、约定俗成，于是形成了五月初五这一天的仪式感，于是形成了五月初五端午节。

端午节的节日风俗，第一项当然是采药辟邪。

古人相信，端午节采药用药，可以辟邪。《夏小正》载："此日蓄药，以蠲除毒气。"

要用到的第一味中药，是艾草。

《荆楚岁时记》载："五月五日采艾以为人，悬门户上，以禳毒气。"即是采艾草扎成人形，悬挂门前；也有将艾草扎成虎形的，《岁时广记》载"端午以艾为虎形"；《燕京岁时记》载："每至端阳，闺阁中之巧者，用绫罗制成小虎及粽子……以彩线穿之，悬于钗头，或系于小儿之背。古诗云：'玉燕钗头虎艾轻'，即此意也。"

古人还相信，用艾草泡酒为"艾酒"，在端午节饮用，也可以辟邪。这是有道理的，艾草性温、味苦，其叶内服可以和经血、暖子宫、祛寒湿。

要用到的第二味中药，是菖蒲，又称剑蒲。《岁时广记》载："端午刻蒲剑为小人子，或葫芦形，带之辟邪。"这又是将菖蒲刻成人形了。

菖蒲也是颇有药用价值的。《神农本草经》载："菖蒲：味辛温。主治风寒湿痹，咳逆上气，开心孔，补五脏，通九窍，明耳目，出声音。"

菖蒲还可以泡酒，称为"菖蒲酒""菖华酒""蒲觞"，在端午节饮用，以驱瘟气。《荆楚岁时记》载："端午，以菖蒲生山洞中一寸九节者，或缕或屑，泛酒以辟瘟气。"

要用到的第三味中药，是雄黄。雄黄入药，历史悠久。雄黄辛温，有毒，可以用作解毒剂、杀虫药。古人认为雄黄可以克制蛇、蝎等百虫，"善能杀百毒、辟百邪、制蛊毒，人佩之，入山林而虎狼伏、入川水而百毒避"。

雄黄可以外搽也可以内服。外搽，主要是杀虫、解毒，治疗痈肿疔疮、湿疹疥癣、蛇虫咬伤；内服，可治惊痫、疮毒。但是，内服必须在医生的指导下，一是只能少量饮用，二是遵古法炮制的雄黄酒才能饮用。这是因为，雄黄真的有毒。

端午节时，三味中药一起用，场景是这样的：据《帝京景物略》载，"五月五日，渍酒以菖蒲，插门以艾，涂耳鼻以雄黄，曰辟毒虫。"

除此之外，人们还通过佩戴彩色的"五色丝""长命缕""续命缕"，互赠香囊、五毒扇、五毒符等方式，来辟邪祛毒。

端午节的节日风俗，第二项才是张说在岳州所见到的赛舟竞渡。

包括岳州在内的荆楚之地，是我国古代最尚竞渡的地方。《太平寰宇记》记载了荆楚之地流行竞渡的情况：

荆之为言强也，阳盛物坚，其气急悍，故人多剽悍。唐至德之后流佣争食者众，五方杂居风俗大变。然五月五日竞渡戏船楚俗最尚，废业耗民莫甚于此。

可见到了宋朝之后，端午节当天偶一为之的竞渡，居然到了"废业耗民"的地步，亦可见此节日风俗的流行程度。

端午节的节日风俗，第三项当然是吃粽子了。

粽子，本是夏至节气的食品，是一种夏令食品。《荆楚岁时记》载："夏至节日，食粽。"

从魏晋时期开始，人们才在夏至、端午都吃粽子。晋人周处《风土记》："仲夏端午，端，初也。俗重五日与夏至同。先节一日又以菰叶裹粘米，以粟枣灰汁煮，令熟。"

好吧，如今我们关于甜口粽子和咸口粽子的争论，可以休矣。原来，最初的粽子就是甜口的，因为其中有枣子。

在唐朝，人们似乎在端午和夏至两个节日里一直吃粽子。证据是，在张说之后的一百多年，唐朝开成三年（公元838年）的夏至节气，白居易仍然在吃粽子。

在白居易留下的《和梦得夏至忆苏州呈卢宾客》一诗中，他写道："忆在苏州日，常谙夏至筵。粽香筒竹嫩，炙脆子鹅鲜。"可见，直到那时，夏至的筵席上，仍然是吃粽子的。

最后，必须指出的是，虽然我们已经知道端午节源于先秦古人的"五月初五是恶月恶日"的观念，并非源于纪念屈原，但并不妨碍我们在端午节这样的节日里，像张说在《岳州观竞渡》中一样，想起屈原，想起这位忧国忧民的伟大诗人，想起当年他身上所承载的，如今我们还要世世代代去弘扬的爱国主义精神。

端午

低绮户

照无眠

不应有恨

何事长向别时圆

人有悲欢离合

月有阴晴圆缺

此事古难全

但愿人长久

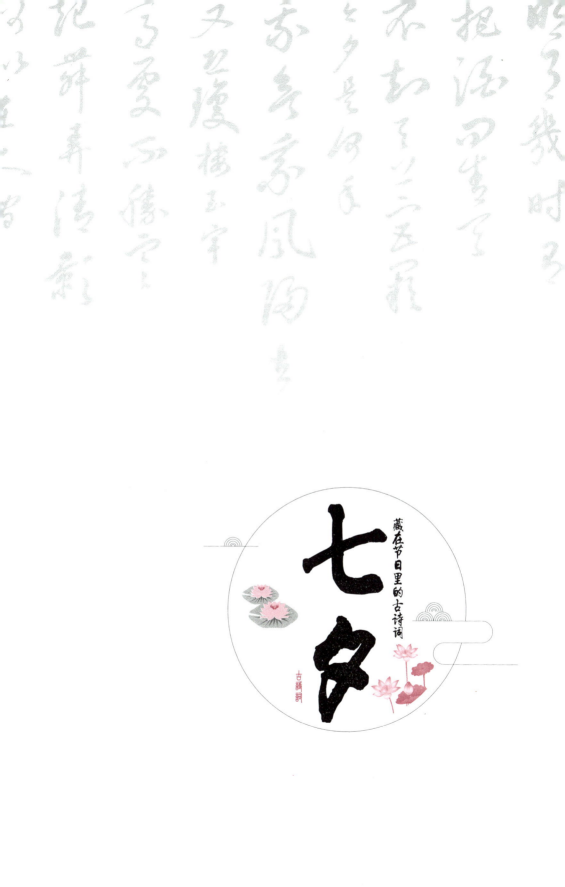

藏在节日里的古诗词

七夕

古诗词

《鹊桥仙·七夕》

纤云弄巧，飞星传恨，银汉迢迢暗度。

金风玉露一相逢，便胜却人间无数。

柔情似水，佳期如梦，忍顾鹊桥归路。

两情若是久长时，又岂在朝朝暮暮。

《鹊桥仙·七夕》

纤云弄巧，飞星传恨，银汉迢迢暗度。

金风玉露一相逢，便胜却人间无数。

柔情似水，佳期如梦，忍顾鹊桥归路。

两情若是久长时，又岂在朝朝暮暮。

北宋绍圣四年（公元1097年）七月初七，一年一度的七夕节日，去年被再度贬官来到郴州，正在郴州"编管"的秦观，挥笔写下了这首《鹊桥仙·七夕》：

纤云弄巧，飞星传恨，银汉迢迢暗度：纤细的云朵变幻着万般仪态，飞奔的流星传递着离情别恨，在那广袤无垠的银河之上，牛郎和织女悄悄地相会了。

金风玉露一相逢，便胜却人间无数：他们二人的相会，只能在这个美好的日子里一年一度，却已远远胜过了人世间情人们的无数次幽会。

柔情似水，佳期如梦，忍顾鹊桥归路：两人之间的柔情蜜意，像水一样绵绵无尽；明年再会的时间又是七夕，像梦一样遥不可及；分别的时刻到了，怎么忍心回头去看那归去的鹊桥？

两情若是久长时，又岂在朝朝暮暮：两个人的爱情如果经得起时间的考验，那就不会只在乎能否朝夕相伴了。

整篇读来，一气呵成，脍炙人口，深得我心。在有关中国情人节"七夕"的诗词之中，这是最好的一首。秦观之前或之后，无人出其右。可见，秦观在宋词史上，被称为"词家正宗""词家正音""今之词手"，是当之无愧的。

尤其是这首词中的"金风玉露一相逢，便胜却人间无数"，还有"两情若是久长时，又岂在朝朝暮暮"，相信早已是中国少男少女们的情话、情书中高频率引用的金句。

这两大金句，历来也受到高度赞誉。明人李攀龙《草堂诗余隽》说："相逢胜人间，会心之语；两情不在朝暮，破格之谈。"明人沈际飞也评价说："世人咏七夕，往往以双星会少离多为恨，而此词独谓情长不在朝暮，化腐朽为神奇！"清人黄钧宰《金壶七墨》评价本词最后两句"理足辞圆"。

这首词的词牌《鹊桥仙》，最早见于欧阳修《鹊桥仙·月波清霁》词中的那一句"鹊迎桥路接天津"，并由此产生词牌名。在宋词八百五十多个词牌名中，这是唯一一个与牛郎织女故事直接相关的词牌。

七夕

133

这个词牌名从诞生之日起，就被无数词家高手用来抒写牛郎织女的故事。因为，这个词牌名就是为这个故事而诞生的。讲好牛郎织女故事，是《鹊桥仙》的使命所在。

目前可见的《鹊桥仙》，共有182首，其中直接描写牛郎织女故事的约占六成，而间接描写牛郎织女故事的，又约占了三成。这样一来，《鹊桥仙》词就极少有不写牛郎织女故事的了。

《鹊桥仙》还有多个别名，比如《鹊桥仙令》《忆人人》《广寒秋》《梅已谢》《蕙香囊》等。而从秦观的这首词开始，这个词牌名，还被称为《金风玉露相逢曲》。

写下《鹊桥仙·七夕》之时，秦观49岁，已是接近"知天命"的年纪。而此时的他，正处于一生的最低谷，也开始了一生的倒计时。

七夕之后的这年冬季，他从郴州再次远贬，"编管"横州（今广东横县）。所谓"编管"，就是秦观要被编入横州户籍，没有人身自由，由横州地方官严加管束。宋朝对官吏的惩处，轻者为"送某州居住"，稍重为"安置"，最重的，就是"编管"。

"编管"横州，是秦观自绍圣元年（公元1094年）被贬出京，历杭州通判、监处州酒税、"编管"彬州之后，第四次远贬。而且，越贬越远，越贬越严。

再次远贬，对于秦观而言，是精神上的致命一击，让他再也没有了《鹊桥仙·七夕》中的浪漫情调。而且就是从此时起，他有了强烈的预感：自己无法生还家乡了，"乡梦断，旅魂孤"。而且，自己的时间不多了，"休言七十古稀有，最苦如今难半百"。

秦观的预感是对的。元符三年（公元1100年）八月十二日，他就在仅仅52岁的年纪撒手西去了。史书如是描述他人生的最后时刻：

徽宗立，复宣德郎，放还，至藤州，出游光华亭，为客道梦中长短句，索水欲饮，水至，笑视之而卒。

直到最后一刻，秦观仍然放不下他的长短句，仍然在向别人讲述刚刚在梦中所作的《好事近·梦中作》："春路雨添花，花动一山春色。行到小溪深处，有黄鹂千百。飞云当面化龙蛇，天矫转空碧。醉卧古藤阴下，了不知南北。"吟完这首绝命词，水至不饮，秦观笑视而卒。

对于刚刚年过半百的秦观而言，这是油尽灯枯的死法。持续七年的远贬生活，耗尽了他的生命。他就像一支风中之烛，一直在风雨中飘摇，尽力地闪烁、燃烧。终于，燃到了52岁，燃到了由贬地放还途中的藤州，他笑着去了。

秦观这个催人泪下的悲剧结局，一切的一切，都源于二十二年前的那个夏天。

那是元丰元年（公元1078年）的夏天，赴京应举的秦观，在路过徐州时，去见了一个人。从此，一见"损友"误终生。

这位"损友"，就是当时的徐州知州——大名鼎鼎的苏轼。这是秦观和苏轼此生的第一次见面。

男人与男人之间有没有一见钟情？如果有，他俩就是。这次见面之后，秦观留下"我独不愿万户侯，惟愿一识苏徐州"的诗句之后，才依依不舍地离开徐州去赶考。

秦观的这两句诗，是由李白《与韩荆州书》中的"生不用封万户侯，但愿一识韩荆州"化用而来。他是在表达自己对苏轼的仰慕，就如同李白仰慕韩朝宗一样。

不得不指出，秦观在自己刚刚应举、即将踏入官场时，先去与苏轼订交，成为"苏门四学士"之一，在学问上也许是大有裨益的，在政治上却是相当幼稚的。这直接为他一生的悲剧结局奠定了基础，埋下了根源。

要知道，苏轼可是有党的人，他属于反对王安石变法的"旧党"。秦观这样做，实际上就等于昭告天下：自己已经在朝廷斗得你死我活的"新党"和"旧党"之间，提前选边站队，加入了"旧党"。

而事实上，从秦观留下来的政论文章来看，他的底色却并不是完完全全的"旧党"。比如在《治势》一文中，他就对王安石变法做过中肯的分析，认为新法本身的确是救国救民的良策，只是在执行过程中有些操之过急和矫枉过正，所以才产生了一些弊端，但不能因为这些弊端而尽废新法；在《论议》一文中，他又对免役法、差役法之争提出了自己的见解，认为可以综合二法的长处，另订新法，进行改革。

可见，关于国家大事，秦观还是实事求是的，并非全然的"旧党"。但可惜的是，他还是提前选了边，站了队。

与苏轼徐州初见之后的第二年，两人又见了面。这年三月，苏轼由徐州徙任湖州，途经秦观家乡高邮，于是两人一起乘坐苏轼的官船，游览无锡、杭州、湖州等地。就在二人这次愉快的同船游之后，这年七月风云突变，苏轼因"乌台诗案"下狱，几经营救才保住脑袋，贬官黄州团练副使。

苏轼这次祸从口出、祸从文出，为怕连累朋友，尽量不与人往来，也尽量不写文字，"轼自获罪以来，不敢复与人事，虽骨肉至亲，未肯有一字往来"，"某自窜逐以来，不复做诗与文字"。这是苏轼人生中最倒霉的时刻，也是他深味人情冷暖、世态炎凉的时刻。

然而关于这一点，苏轼在仅仅见过两面、交情不过两年的秦观身上，却体味不到。秦观自苏轼出事之后，多次致信相慰："自闻被旨入都城，远近惊传，莫知所谓，遂扁舟渡江。比至吴兴，见陈书记、钱主簿，具知本末之详。"并且指出，在这件事情上，苏轼有"三不愧"："以先生之道，仰不愧天，俯不怍人，内不愧心"，给了处于人生最低谷的苏轼以极大的安慰。

因为感念秦观患难不弃的友情，"虽骨肉至亲，未肯有一字往来"的苏轼，给秦观写了长达千字的复信，向他乐观地讲述了自己在黄州的生活情况：

初到黄，廪入既绝，人口不少，私甚忧之，但痛自节俭，日用不得过百五十……所居对岸武昌，山水佳绝，有蜀人王生在邑中。往往为风涛所隔，不能即归，则王生能为杀鸡炊黍，至数日不厌。又有潘生者，作酒店樊口，棹小舟径至店下，村酒亦自醇酽。柑橘椑柿极多。大芋长尺余，不减蜀中。外县米斗二十，有水路可致。羊肉如北方，猪牛獐鹿如土，鱼蟹不论钱。岐亭监酒胡定之，载书万卷随行，喜借人看。黄州曹官数人，皆家善庖馔，喜作会。

乐观如东坡，在信中告诉秦观，自己在停发工资、生活艰难的情况下，仍然能够苦中作乐：有书可借，有酒可喝，还有鸡鸭鱼肉，加上水果螃蟹。

不得不指出，苏轼比之秦观，多了一份逆境中的乐观精神。可惜的是，秦观虽然感受到了这份乐观，自己却学不到手。否则，他就不会在区区52岁的年纪就早早离世了。

这次苏轼的霉运，持续了整整四年。元丰七年（公元1084年）四月，宋神宗终于亲下手诏，将苏轼调任汝州团练副使。苏轼在上任途中，于这年八月十九日到达仪真，秦观自高邮来见。大难之后重逢，分外亲热。

苏轼看到此时的秦观，已是36岁的而立之年，却科场蹭蹬，还未中举。患难见真情，苏轼决定帮帮这位良朋友。但此时的苏轼，仍然处于自身难保的状态，而且朝中大佬均是政敌，苏轼其实也无人可托。

为了秦观，苏轼决定豁出去了。他决定去求一个人，去求一个名叫"王安石"的人。是的，苏轼就是打算以"旧党"领袖的身份，去请求"新党"领袖帮助秦观。苏轼并没有疯，他知道王安石和自己虽然政见不同，但也有相同之处：两个人都是读书的人，都是爱才的人，也都是正直的人。

他向此时已赋闲在江宁的王安石，送去《上荆公书》，正式提出请求：

向屡言高邮进士秦观太虚，公

亦粗知其人，今得其诗文数十首拜呈……才难之叹，古今共之，如观等辈，实不易得。愿公少借齿牙，使增重于世，其他无所望也。

王安石的反应，果如苏轼所料。他在《回苏子瞻简》中写道："得秦君诗，手不能舍。叶致远适见，亦以为清新妩丽，与鲍、谢似之。"苏轼与王安石联手赞誉，果然其效如神。第二年春，秦观登第，除蔡州教授。

接下来的元祐年间，尽废新法，尽逐"新党"，全面起用以司马光为首的"旧党"，苏轼、秦观自然也在重用之列。元祐元年（公元1086年）三月，苏轼以起居舍人为中书舍人，又升为翰林学士、知制诰。不久，苏轼即以贤良方正举荐秦观来京任职，秦观后来得任太学博士，迁秘书省正字、国史院编修官。

这段时间，苏轼与秦观等"苏门四学士"均在京师，同在馆阁，济济一堂，频频雅集，诗酒唱和，度过了人生中一段美好的黄金时光："秦少游、张文潜、晁无咎元祐间俱在馆中，与黄鲁直四学士，而东坡方为翰林，一时文物之盛，自汉唐以来未有也"，"每文一出，人快先睹"。

可惜，美好时光总是短暂。公元1094年，宋哲宗开始亲政，改元"绍圣"。"绍圣"年号，本身就是一个公开的信号："绍"者，"继承"也；

"圣"者，"父亲宋神宗"也。宋哲宗这是要继承父亲宋神宗的遗志，重新推行新法了。由此，赵宋天下又开始了新一轮的折腾。

宋哲宗全面起用"新党"，重用曾布、蔡京、章惇等人，贬斥"旧党"，苏轼、秦观等人纷纷被贬出京，头上还顶着"新党"赠送的一顶大帽子——元祐奸党。

秦观这才来到了郴州，并且写下了《鹊桥仙·七夕》。那么问题来了，如此深情款款、缠绵悱恻的一首词，秦观到底是写给谁的呢?

有人说是写给皇帝的:据《蓼园词选》载，"少游以坐党被谪，思君臣际会之难，依托双星以写意;而慕君之念婉恻缠绵，令人意远矣"。也有人说是写给元祐党人的:秦观是在透过这些信誓旦旦、情真意切的文字，来表达自己和一同被贬谪外地的朋友们之间那份坚贞不渝、历久弥坚的友情。

好吧，如果说这样一首深情款款的词，秦观是写给男人的，第一我不信，第二我会吐。还是来看看秦观有可能写给哪些女人吧。

首先，肯定不是写给苏小妹的。这是因为，史上并无苏小妹其人，也就没有她下嫁秦观之事。苏洵共有子女六人:长子景先，四岁而夭;长女不满周岁而夭;二女十岁夭折;唯三女长成，于皇祐二年（公元1050年）嫁给表兄程之才，因备受虐待，于18岁时郁郁而亡。至此，苏洵除了苏轼、苏辙两个儿子以外，别无子女。所以，虽然苏轼和秦观好得恨不得穿一条裤子，苏秦两家却并无联姻之事。

很有可能是写给秦观真正的妻子徐文美的。徐文美系潭州宁乡县主簿徐成甫的长女，于治平四年（公元1067年）嫁给秦观。到秦观写出《鹊桥仙·七夕》之时，两人已是三十年的结发夫妻了。考虑到流放生活不便，秦观并没有把妻小带到自己的贬谪地来，而是安顿在扬州。此时在郴州的秦观，思念在扬州的妻子，写出《鹊桥仙·七夕》，当然也是很有可能的。

但是，《鹊桥仙·七夕》最大的可能，是写给秦观此前一年认识的一个女人的。绍圣三年（公元1096年），秦观孤身一人，由处州前来郴州，途经长沙时，结识了一位"长沙义妓"。

这位"长沙义妓"是秦观的铁杆粉丝，对他仰慕至极：

> 长沙义妓者，不知其姓氏。善讴，尤喜秦少游乐府，得一篇，辄手笔口哦不置。久之，少游坐钩党南迁，道经长沙，访潭上风俗，妓籍中可与言者。或举妓，遂往访……媪出设位，坐少游于堂。妓冠帔立堂下。北面拜。少游起且避，媪披之坐以受拜。已，乃张筵饮，虚左席，示不敢抗。母子左右侍。觞酒一行，率歌少游词一阕以侑之。饮卒甚欢，比夜乃罢。

多有仪式感的一个夜晚，搞得像结婚似的。秦观为她连赋三词，分别是《木兰花·秋容老尽芙蓉院》《阮郎归·潇湘门外水平铺》《减字木兰花·天涯旧恨》。

> 留数日，倡不敢以燕惰见，愈加敬礼。将别，嘱曰："妾不肖之身，幸得侍左右。今学士以王命不可久留；妾犹不敢从行，恐重以为累，唯誓洁身以报。他日北归，幸一过妾，妾愿毕矣。"少游许之。

所以，这数日内两人之间发生了什么，你懂的。那自然是，"金风玉露一相逢，便胜却人间无数"了。如果还是没懂，请注意"洁身"二字。所以，到

了第二年，秦观很想她，于是乎，"两情若是久长时，又岂在朝朝暮暮"了。

话说写首词送给妓女，对秦观而言，早有前科。早年他在任职蔡州教授时，就写过"小楼连苑横空"和"玉佩丁东别后"，送给一个姓"娄"名"婉"字"东玉"的妓女；还写过一句"天外一钩残月，带三星"，送给一个名叫"陶心儿"的妓女。聪明如你，一定猜到了，秦观这一句九个字，啰里啰唆，其实写的就是这位佳人名字中的一个字——心。

因此，别怪我太坦白，别怪我煞风景，《鹊桥仙·七夕》这首词，最大的可能，是写给秦观的那位"长沙义妓"的。

不过，也许这两个人真的就是一见钟情，真的就是找到了最浪漫的爱情呢。谁知道呢？

七夕节，也称为"乞巧节""双七节""重七节"。在弘扬中华优秀传统文化的今天，我们也应该称其为"中国情人节"。这是因为，只有中国这样的千年农耕社会，才能产生如此浪漫美好、寓意丰富、源远流长、传承千年的情人节。

七夕节的时间，之所以确定在七月初七，源于古人对于数字"七"的崇

拜。古人认为，"七"是吉祥的数字、吉祥的符号。

《说文》释"七"说："七，阳之正也。"《三五历记》说："数起于一，主于三，成于五，盛于七。"北斗七星，其数为七；天上彩虹，其色为七。天有七曜：太白星（金星）、岁星（木星）、辰星（水星）、荧惑星（火星）、镇星（土星）、太阳星（日）、太阴星（月）。人有七情：喜、怒、忧、思、悲、恐、惊。

西晋周处《风土记》载："魏时人或问董勋云：'七月七日为良日，饮食不同于古，何也？'勋云：'七月黍熟，七日为阳数，故以糜为珍。'"所谓"黍熟"，就是丰收。七月七日是丰收的日子，当然也是吉祥的日子，是吉祥的符号。

由于古人的崇"七"心理，使得七月七日蕴含着吉祥喜庆的意味，所以这个日子就很容易和许多神话传说结合在一起。

比如《汉武故事》记叙汉武帝和西王母相会五次，每次相会时间都在七月七日。《列仙传》记述赤龙迎接陶安公、仙人王子乔与家人在缑山头相会、仙人王方平到吴蔡经家相会，也都是在七月七日。这样，七月七日就演变成了一个吉祥喜庆的见面之日了。

但在东汉以前，七夕节是七夕节，跟牛郎、织女的故事并无关联。

牛郎、织女一开始指的是牛郎星、织女星。世界历史上，普遍存在着对日月星辰的崇拜。比如，古希腊、古罗马、古波斯、古埃及、古印度神话中，几乎都有太阳神、月神和星神。我国西周以来，古人通过对天象的观测，来预测气候变化，进而指导农耕活动，以求获得丰收。这就促使了我国原始天文历法的产生，也促使了我国早期星相学的产生。

到了今天，这两颗星星照样还在夏夜的天空中闪烁，只不过在现代天文学中，牛郎星叫天鹰座 α 星，属于天鹰星座，织女星叫天琴座 α 星，属于天琴星座。

"牵牛""织女"在古代典籍中，最早出现在《诗经·小雅·大东》中：

维天有汉，监亦有光。跂彼织女，终日七襄。虽则七襄，不成报章。睆彼牵牛，不以服箱。

诗中有了"银河"，有了"牵牛星"即"牛郎星"，有了"织女星"，但是二星之名在此篇中只是顺便提及，并无二星相恋的内容，也并无"七夕""鹊桥"的内容。

到了西汉的《迢迢牵牛星》，二星开始相恋了：

迢迢牵牛星，皎皎河汉女；纤纤擢素手，札札弄机杼；终日不成章，泣涕零如雨；河汉清且浅，相去复几许；盈盈一水间，脉脉不得语。

诗中的"牛郎星""织女星"，已经被人格化，并且恋爱了。但仍然未见"七夕""鹊桥"。

直到东汉应劭的《风俗通义》中出现了这条记录："织女七夕当渡河，使鹊为桥，相传七日鹊首皆髡，因为梁以渡织女故也。"这条记录还想象出了鹊群架成桥梁之后，被牛郎、织女踩过，于是头上的毛都被踩光了，"鹊首皆髡"。至此，牛郎织女的故事雏形已备。

魏晋南北朝时期，记录就更加完整了。最全面、最权威的还是宗懔的《荆楚岁时记》：

天河之东有织女，天帝之子也。年年机杼劳役，织成云锦天衣。天帝怜其独处，许嫁河西牵牛郎。嫁后遂废织纴，天帝怒，责令归河东。唯每年七月七日夜，渡河一会。

于是，到了秦观所在的北宋，他在《鹊桥仙·七夕》中所写的七夕节的主角，就必须是牛郎和织女了。

七夕节的第一项节日风俗，当然得是"乞巧"。

五代王仁裕《开元天宝遗事》载：唐宫每逢七夕，"宫中以锦结成楼殿，高百尺，上可以胜数十人，陈以瓜果酒炙，设坐具，以祀牛女二星。嫔妃各以九孔针、五色线，向月穿之，过者为得巧之候。动清商之曲，宴乐达旦，士民之家皆效之"。同时，宫女们还要"各捉蜘蛛闭于小盒中，至晓开视蛛网稀密，以为得巧之候。密者言巧多，稀者言巧少，民间亦效之"。

南宋孟元老《东京梦华录》记录了宋朝七夕乞巧的情况，与唐朝大同小异："至初六日七日晚，贵家多结彩楼于庭，谓之'乞巧楼'。铺陈磨喝乐、花瓜、酒炙、笔砚、针线，或儿童裁诗，女郎呈巧，焚香列拜，谓之'乞巧'。妇女望月穿针，或以小蜘蛛安合子内，次日看之，若网圆正，谓之'得巧'。"

在农耕社会中，妇女的社会分工就

是织。而织女又是神话传说中的纺织高手，自然就会成为七夕节时妇女为了更好地完成社会分工而乞巧的对象。至于通过蛛网卜巧，则是蜘蛛本就被民间称为"喜蜘蛛"，同时也善织的缘故。

七夕节的第二项节日风俗，还得是"晒书"。

七夕"晒书"，最早可追溯到汉朝。《初学记》引崔寔《四民月令》："七月七日作曲，合蓝丸及蜀漆丸，曝经书及衣裳。"至于为什么要在七夕节"晒书"，主要是因为五月湿热，书籍容易生虫，到了七月就要把书籍放在通风处进行曝晒以防蠹虫。这个原因，在贾思勰的《齐民要术》中就有记载：

五月湿热，蠹虫将生，书经夏不舒展者，必生虫也。五月十五日以后，七月二十日以前，必须三度舒而展之。须要晴时，于大屋下风凉处，不见日处。日曝书，令书色暍。热卷，生虫弥速。阴雨润气，尤须避之。慎书如此，则数百年矣。

七夕节，正好处于"五月十五日以后，七月二十日以前"，正是"晒书"之时。《齐民要术》的记录，正好说明了古人对于图书的珍视程度。

《世说新语·排调》还记录了东晋大名士郝隆在七夕节"晒书"的典故："郝隆七月七日出日中仰卧。人问其故？答曰：'我晒书。'"可见郝隆也是知道七夕"晒书"的节日风俗的，所以要在这一天仰卧，以便晒一晒他肚子里那满腹的诗书。

七夕节的第三项节日风俗，必须得是"定情"啊。

据唐人陈鸿的《长恨歌传》记载：天宝十载（公元751年）七夕节的夜半时分，唐玄宗李隆基和杨贵妃在华清宫的长生殿，比肩而立，海誓山盟，"因仰天感牛女事，密相誓心，愿世世为夫妇"。关于这一幕，白居易在《长恨歌》中写道："七月七日长生殿，夜半无人私语时。在天愿作比翼鸟，在地愿为连理枝。"

与古人在七夕节定情不同，我们今天的年轻人更愿意把自己与爱人定情的大日子，放在公历的2月14日，即西方的"情人节"。质言之，2月14日毕竟是根基于西方国家传统文化的一个节日，并非我国中华优秀传统文化的产物。而且两者比较起来，七夕节较之西方"情人节"，其神话传说更接地气、更显美好，其节日风俗也更具中国特色、更有中华味道。

别怪我杞人忧天，今天年轻人喜欢过西方"情人节"的最大危险还在于：如此这般几十年之后，我们的炎黄子孙可能就永远只记得西方的"情人节"，而无人再记得我们中国的"情人节"——七夕节了。

所以，七夕节才是我们中国人定情的好日子，换句话说，才是中国小伙子们发誓的好日子。

在这里给小伙子们支个招：如果当时大脑充血、心跳加速，一时不知道应该说什么誓言去打动芳心，那就直接开始背诵白居易的《长恨歌》，或者背诵秦观的《鹊桥仙·七夕》。注意事项是，一定要确保背诵时天气晴朗，并无打雷迹象。千万小心，当心雷劈。

七夕

低绮户
照无眠
不应有恨
何事长向别时圆
人有悲欢离合
月有阴晴圆缺
此事古难全
但愿人长久

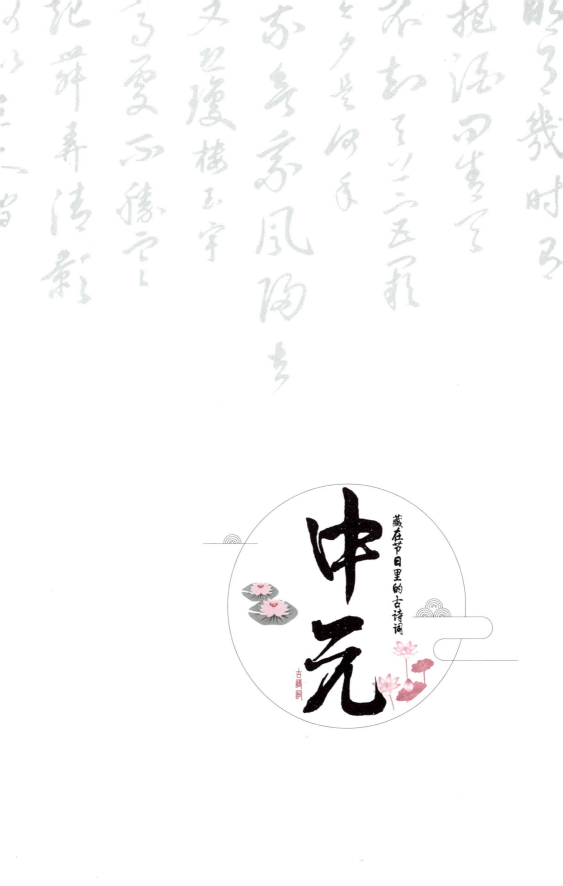

藏在节日里的古诗词

中元

《中元日午》

雨余赤日尚如炊，亭午青阴不肯移。

蜂出无花绝粮道，蚁行有水过归师。

今朝道是中元节，天气过于初伏时。

小圃追凉还得热，焚香清坐读唐诗。

《中元日午》
雨余赤日尚如炊，亭午青阴不肯移。
蜂出无花绝粮道，蚁行有水过归师。
今朝道是中元节，天气过于初伏时。
小圃追凉还得热，焚香清坐读唐诗。

南宋绍熙二年（公元1191年）七月十五日，中元节当天的金陵城（今江苏南京），闷热难当。

中午时分，时任江东转运副使、权总领淮西江东军马钱粮的杨万里，正在金陵官署的书房里，冒暑读书。因为实在太热了，无法专心读书的杨万里突然想起今天是中元节，于是提笔写下了这首《中元日午》：

雨余赤日尚如炊，亭午青阴不肯移：今天刚刚下过一场雨，空气潮湿，火红的太阳好像过了午后就没有移动过一样。在烈日的暴晒之下，天气闷热得宛如进了蒸笼。

蜂出无花绝粮道，蚁行有水遏归师：中元节前后，已经没有什么鲜花开放了，蜜蜂还出来寻花，岂不是要面临断粮的困境？对于搬家的蚂蚁来说，刚刚下的这场雨水，岂不是要迫使它们改变行进路线？

"绝粮道""遏归师"，都是军事术语。事实上，别看杨万里文人一个，可他也是那个年代颇具军事素养的读书人之一。在写下这首《中元日午》的十

年前，淳熙八年（公元1181年），当时正在广东提点刑狱任上的杨万里，曾亲自提兵平定叛乱，被宋孝宗赵昚点赞"仁者之勇，书生知兵"。所以，他的诗里，偶尔来点军事术语，纯属正常现象。

今朝道是中元节，天气过于初伏时：今天据说是中元节，可这天气实在是比初伏之时还要热啊。

小圃追凉还得热，焚香清坐读唐诗：我本来指望，到院中小花圃那儿借点清凉，不料还是处在炎热之中；既然这样，我就索性点起香来，安静地坐下，拿出一卷唐诗，慢慢地品读吧。

最后这一句的"读唐诗"，对我们而言，也就是说说而已、读读而已；可在杨万里那里，可不仅仅是说说、读读而已，这可是牵涉他诗风转变的大事情。

杨万里号"诚斋"，他的诗就被称为"诚斋体"。"诚斋体"的主要特征是"质朴自然、活泼谐趣"，其名句大家也熟悉，比如"小荷才露尖尖角，早有蜻蜓立上头"，再比如"接天莲叶无穷碧，映日荷花别样红"。

但杨万里的"诚斋体"是逐步形成的，中间经过了几次学习和变化，也就是诗风的转变。这个变化，他自己是这样描述的："予之诗，始学江西诸君子，既又学后山五字律，既又学半山老人七字绝句，晚乃学绝句于唐人。"

杨万里写下《中元日午》的时候，已经65岁。正是他"晚乃学绝句于唐人"之时，所以他才"焚香清坐读唐诗"。

这首《中元日午》就是他在"江东转运副使、权总领淮西江东军马钱粮"任上所作的诗，归属《江东集》。《江东集》共收录了他从绍熙元年（公元1190年）十二月到绍熙三年（公元1192年）八月所作的诗共515首，创作时间跨度为21个月。

杨万里诗歌的第二个特别之处，是诗歌的遣词造句比较特别，简直到了"浅近直白、近乎口语"的地步。先来一句他写的"翻来覆去体都痛"，感受一下。

杨万里诗歌的这一特点，历来的学者们毁誉不一。晚清李树滋是赞赏的，他在《石樵诗话》中说："用方言入诗，唐人已有之，用俗语入诗，始于宋人，而要莫善于杨诚斋。"

清人王昶和蒋鸿翿是批评的，他们分别在《春融堂集》和《寒塘诗话》中指出，"杨监诗多终浅俗"，"俚辞谚语，冲口而来，才思颇佳，而习气太甚"。

李调元就对杨万里的那句"翻来覆去体都痛"深恶痛绝，但他在《雨村诗话》这一大段中，到底是赞赏还是批评，老实说我还真看不出来：

杨诚斋理学经学俱不可及，而独于诗非所长。如《不寐》云："翻来覆去体都痛。"复成何语？至其用笔之妙，亦有不可及者。如"忽有野香寻不得，兰于石背一花开"，又"青天以水为铜镜，白鹭前身是钓翁"，皆有腕力。

其实，真要批评杨万里的诗歌，也不容易。南宋的中兴诗坛，有"四大家"之称，分别是杨万里、陆游、尤袤、范成大。今天来看，陆游名声最大，但在当年，杨万里才是当之无愧的诗坛老大。这一点，陆游本人也是承认的。

陆游曾经有诗曰："诚斋老子主诗盟，片言许可天下服。"后来还进一步作诗论述："文章有定价，议论有至公。我不如诚斋，此论天下同。"抛开陆游谦虚的因素，杨万里的诗歌质量高，肯定也是陆游推崇他的主要因素。

江东转运副使、权总领淮西江东军马钱粮，是杨万里一生中的最后一个官职。从他那"一官一集"的诗集也可以看出来，《江东集》之后，紧接着就是《退休集》。所谓《退休集》者，杨万里退休之后所写的诗集也。

写下《中元日午》十二个月之后，杨万里就以身体原因上章辞职。在朝廷不准辞职、"除知赣州"的情况下，他拒不赴任，回到位于江西吉水的家乡，提前退休。从此，杨万里闲居家乡达十五年之久，直到离世，再未复出。

但朝廷并没有忘记他。在这十五年里，杨万里先后于绍熙四年（公元1193年）授职秘阁修撰、提举隆兴府玉隆万寿宫，庆元元年（公元1195年）授焕章阁待制、提举江州太平兴国宫，庆元四年（公元1198年）进封吉水县开国子，庆元六年（公元1200年）进封吉水县伯，嘉泰三年（公元1203年）进封宝谟

阁直学士，嘉泰四年（公元1204年）封庐陵郡侯，加食邑二百户。

杨万里人在家乡，所授官职倒是越来越多，爵位级别也越来越高，竟然直接封侯了。正是"人在家中坐，侯爵天上来"。但是，面对朝廷的"封封封"，杨万里却是"辞辞辞"。他多次上书，或祈致仕，或祈辞免进爵，或祈辞免召赴行在。总而言之，一句话：老子不跟你们玩了。

杨万里老爷子，这是心里有气啊。

这一切，这一股子气，都源于杨万里写下《中元日午》的三年前，淳熙十五年（公元1188年）的那个"高庙配享"之议。

所谓"高庙"，指的是南宋第一帝宋高宗赵构。他当时已死，所以被尊称为"高庙"；所谓"配享"，就是在当时宋高宗赵构的陵墓永思陵建成完工的情况下，需要挑选几个功劳大的已死功臣，在永思陵塑像，一起陪着赵构吃祭祀上供的冷猪肉，免得赵构一个人吃太冷清。

毫无疑问，对于能够"配享"的功臣而言，这是一项巨大的荣誉，代表南宋朝廷的官方对于该大臣一生的认可与肯定。

淳熙十五年（公元1188年）三月，翰林学士、后来写出《容斋随笔》的

作者洪迈，提出应以"吕颐浩、赵鼎、韩世忠、张俊"四人配享，并且最终成为定论。但吏部侍郎章森反对，提出应以"岳飞、张浚"二人配享；时任秘书少监的杨万里也反对，提出无论其他人是否配享，张浚都必须配享。

杨万里在《驳配享不当书》里言辞激烈地批评洪迈，"议臣怀私，故欲黜浚而不录，以沮天下忠臣义士之气"，说着说着，话就说过了头，把当时的皇帝宋孝宗赵昚也捎带上了："以一人之口而杜千万人之口，其弊必至于指鹿为马之奸。"

愤激之中的杨万里忘记了："指鹿为马"的赵高固然是奸臣，而认可"指鹿为马"的秦二世胡亥，可也是个大大的昏君。倒霉就倒霉在，宋孝宗赵昚恰恰正是南宋王朝的第二世皇帝！

影射洪迈是可以的，影射朕躬肯定是不行的。所以宋孝宗赵昚"览疏不悦，曰：'万里以朕为何如主？'由是以直秘阁出知筠州"。杨万里就此深深得罪了本对他印象极好、准备重用他的宋孝宗赵昚。从此以后，宋孝宗赵昚对他影射自己为秦二世之事耿耿于怀，时常想起。

杨万里为什么在张浚死后，还如此力挺他，甚至不惜得罪皇帝，自毁前程？原因其实很简单，张浚是杨万里的授业恩师。

绍兴三十一年（公元1161年），时年35岁、时任永州零陵丞的杨万里，得以拜在仍然处于贬谪状态"许湖南路任便居住"的张浚门下。从此，张浚对杨万里"无一语不相勉以天人之学，无一念不相忧以国家之虑"。张浚还在复出之后，向朝廷推荐杨万里，"除临安府教授"。虽然张浚不久病死，但杨万里终生感念他的知遇之恩。

其实，在我看来，杨万里大可不必如此，因为从张浚一生经历来看，他实在不值得杨万里赌上前程。

张浚，是南宋初年一度"总中外之任""以一身任之"的显赫人物，也是一位褒贬不一、毁誉参半的问题人物。誉之者，捧他为"王导""诸葛"；毁之者，骂他"无分毫之功，有邱山之过""一生无功可纪，而罪不胜书"。

我属于骂他的一派。在我看来，张浚一生，只干成了一件于己有利的大事，却干砸了三件于国有利的大事。他这三件大事一干砸，基本上南宋的国运也就由此决定了。

一件于己有利的大事，就是他平定建炎三年（公元1129年）三月的"苗刘之变"。说穿了，就是张浚出兵平定苗傅、刘正彦发动的叛乱，帮助宋高宗赵构复位。因为立下救驾大功，张浚从此深得赵构信任，跻身南宋核心集团。但从此以后，他的智商就不够用了，接连干砸三件大事。

第一件是张浚一手造成"富平之战"大败。建炎三年（公元1129年）九月的富平一战，在张浚的直接指挥下，宋军"悉陕西之兵凡三十余万，与虏角，一战尽覆"，从此南宋丧失了关陕形胜之地，只能退守四川，在西北方向全线转入守势。

第二件是张浚一手激成"淮西之变"叛乱。绍兴七年（公元1137年），在处理刘光世以前所统军队"行营左护军"的归属问题上，张浚包藏私心、处置失宜，激得该军在郦琼的率领下，计有四万多士兵加六万多家眷、百姓一起投降伪齐，造成了南渡以来从未有过的全军叛变事件，导致南宋军事实力大损。

第三件是张浚一手造成"隆兴北伐"失败。隆兴元年（公元1163年），张浚在宋孝宗赵昚的支持下，再度北伐。不料，由于张浚手下的两个主要将领李显忠和邵宏渊不和，宋军十三万人在符离集不战而溃，大量战略物资一扫而空，铸成著名的"符离之败"。此败之后，南宋短时间再无能力北伐，只好与金国签订了"隆兴和议"。

在张浚手中干砸的这三件大事，全部加起来，保守一点估计，至少导致了南宋小朝廷接近20万军队的直接损失，这还不包括不计其数的军粮甲仗等战略物资的直接损失。一个偏安小朝廷，就这样在张浚的愚蠢行为之下，耗尽了自己的那点小小的实力，完全丧失了收复中原的历史机遇。

正是他，首开了诬陷"中兴第一名将"岳飞之先河，第一个开启了宋高宗赵构对岳飞的猜忌之心。

还是在绍兴七年（公元1137年），朝廷在换掉作战不力的刘光世，打算让岳飞去统领"行营左护军"时，张浚以右相之尊，行挟私之事，打算让自己的心腹吕祉取代岳飞去统领这支部队。

为此，他还专门召见岳飞，以当面打脸的方式，征求岳飞的意见。在《宋史·岳飞传》中，两人的对话是这样的：

浚谓飞曰："王德淮西军所服，浚欲以为都统，而命吕祉以督府参谋领之，如何？"飞曰："德与琼素不相下，一旦擢之在上，则必争。吕尚书不习军旅，恐不足服众。"浚曰："张宣抚如何？"飞曰："暴而寡谋，尤琼所不服。"浚曰："然则杨沂中尔？"飞曰："沂中视德等尔，岂能驭此军？"浚艴然曰："浚固知非太尉不可。"飞曰："都督以正问飞，不敢不尽其愚，岂以得兵为念耶？"即日上章乞解兵柄，终丧服，以张宪摄军事，步归，庐母墓侧。浚怒，奏以张宗元为宣抚判官，监其军。

简言之，两个人谈崩了。谈崩之后，岳飞的问题在于，就此率性使气，去庐山为母守墓，撂挑子不干了；张浚的问题则更加恶劣，他借此向宋高宗赵构诬告，"累陈岳飞积虑专在用兵，奏牍求去，意在要君"。

"要君"二字，张浚这是诬陷岳飞仗着手中有兵权，以此"要挟君主"。从此，张浚在南宋群臣之中，第一个开启了宋高宗赵构对岳飞的猜忌之心。此后岳飞的人生悲剧，由此开启。

众所周知的是，宋高宗赵构、秦桧是杀害岳飞之罪魁。而我要说的是，张浚才是杀害岳飞的祸首。为什么这样说？

换个思路来看张浚与岳飞上面那场著名的争论吧。在今天的现实生活中，我们因为工作意见不同，也跟同事争论过，甚至谈崩过，这本是职场生活中的正常现象。但工作就是工作，不应该影响私谊，更不应该影响个人。如果人人都把工作中的争论和矛盾上交，上级还要你这个下级干什么？如果人人都诬告工作中意见不同的同事，以后谁还敢就工作中的问题提出不同意见？

说上面一大堆，其实就是想说，张浚当年跟岳飞争论之后，完全可以对岳飞的不同意见采取置之不理的态度：岳飞说他的，反正他也说了不算，我干我的就行了。要知道，这是一场完全正常的工作争论。争论中，张浚"以正问飞"，岳飞也"不敢不尽其愚"，双方都是为了工作，都没有对皇帝不忠不敬，也都没有犯下什么不可饶恕的原则性错误。张浚如果厚道而且无私的话，完全可以不把这场争论向皇帝报告，更不应该向皇帝诬告。

可是，张浚他不仅报告了，而且诬告了，那我就只能评价他"刻薄""不厚道""挟私"和"人品低下"了。对于这样一个人，我不禁要问问杨万里老爷子：您觉着他配吗？您觉得他值吗？

闲居十五年之后，杨万里于开禧二年（公元1206年）五月初八日去世，享年八十。

杨万里去世的开禧二年（公元1206年），正好是南宋史上的关键一年。正是在这一年，权相韩侂胄在未做充分准备的情况下，贸然发动了北伐。杨万里的临终时刻，就与这次"开禧北伐"有关：

万里失声痛哭，谓奸臣妄作，一至于此，流涕长太息者久之。是夕不寐，次朝不食，兀坐斋房，取春膏纸一幅，手书八十有四言。其辞曰："吾年八秩，吾官品高，吾爵通侯，子孙满前，吾复何憾？老而不死，恶况难堪。韩侂胄奸臣，专权无上，动兵残民，狼子野心，谋危社稷。吾头颅如许，报国无路，惟有孤愤，不免逃移。今日遂行，书此为别。汝等好将息，万古，万万古！"……既书题毕，掷笔隐几而没，实五月八日午时也。

也是在杨万里去世的开禧二年（公元1206年），在距离江西吉水几千公里、遥远的蒙古草原斡难河畔，蒙古诸部长尊立铁木真为大汗，上尊号为成吉思汗。杨万里效忠了一辈子的南宋王朝

的最大"终结者"，至此完全生成。

中元节，又称"七月半""鬼节""盂兰盆节"，是中国古老的节日之一，主要节日风俗以追思先人、祭奠祖先、礼敬亡灵为主。一般情况下，中元节七月十五这天，正处于三伏天的末伏时段，依然属于一年中最热的一段时间。所以，写下《中元日午》时的杨万里，当时就热得不行。

中元节的起源，至少有三种说法。第一种是源于上古的"秋尝祭祖说"。四季享祭，是我国上古时期就有的祭祀仪礼。《春秋繁露》曰："古者岁四祭。四祭者，因时之生熟，而祭其父母也。春曰祠，夏曰礿，秋曰尝，冬曰烝……尝者以七月，尝黍稷也。"《礼记·月令》也说孟秋之时，"农乃登谷，天子尝新，先荐寝庙"。中元节所在的七月十五日，已经是立秋节气之后。秋天到来，意味着收获季节的来临。秋天收获之后，以新熟谷物祭祖，正是"秋尝"。时间上、礼仪上的高度重合，使得"秋尝"与中元节祭祖形成一致，成为中元节的主要源头之一。

第二种是源于道教三元说。"中元"二字，确是来自道教经典。天、地、水，被道教视为养育世间万物的三个基本元素，称为"三元"。《道藏》载："所言三元者，正月十五日为上元，即天官检勾；七月十五日为中元，

即地官检勾；十月十五日为下元，即水官检勾。一切众生皆是天地水三官之所统摄。"

《道经》关于中元节的阐述更加明白："七月十五，中元之日，地官校勾，搜选人间，分别善恶，诸天圣众，普诣宫中，简定劫数，人鬼传录，饿鬼囚徒，一时皆集。以其日作玄都大献于玉京山，采诸花果，珍奇异物，幢幡宝盖，清膳饮食，献诸圣众。道士于其日夜讲诵是经，十方大圣，齐咏灵篇，囚徒饿鬼俱饱满，免于众苦，得还人中。"也就是说，在七月十五日中元节这天，地官可以让亡灵们回到阳间探亲一次。因此，后人们需要摆设香案，祭祀祖先，迎接祖宗灵魂返回。

第三种是源于佛教盂兰盆说。据佛经《盂兰盆经》记载，佛祖十大弟子之一的目连，目睹其母死后堕入"食物入口，即化烈火"的饿鬼之道，为救其母，听从佛祖忠告："至七月十五日，当为七代父母厄难中者，具百味五果，以著盆中，供养十方大德。"所谓"盂兰盆"，原意是"解倒悬"、解除困苦，后来被解读为盛放花果的盆器。这也是中元节又称"盂兰盆节"的原因。

可见，中元节最早起源于上古的"秋尝"祭祖，但并未有固定的日期。到了魏晋时期，佛、道二教为其注入了宗教因素，两教分别于农历七月十五日举行"盂兰盆会"和斋醮仪式，均以祭祖、普度为主题，使得中元节逐渐为广大老百姓所接受，最终固定于七月十五日。唐朝中后期，"中元节"已是固定节日名称，成为一个集祭祀祖先、追荐亡灵、宣扬孝道为一体，兼有礼仪性与娱乐性的大型节日。

北宋时期，中元节更受皇帝们重视。据宋敏求《春明退朝录》载："本朝太宗时，三元不禁夜，上元御乾元门，中元、下元御东华门。"《宋会要辑稿》也记载："建隆六年七月中元节，诏京城张灯三夜。其夕，帝御东华门楼，召近臣宴饮，夜分而罢。""太平兴国二年七月中元节，御东阁楼观灯，赐从臣宴饮。"

中元节的节日风俗，第一项自然是祭祀祖先。

中元节祭祖的当天早上，就要把祖先牌位一一请出，焚香、上供、叩拜，然后在家宴之前，醮酒三巡，以祀祖先；讲究的，还要去祖先坟茔扫墓，元人熊梦祥《析津志辑佚》说"富人家祀，先用麻秸奠酒为诚，买纸钱冥衣烧化于坟，谓云'送寒衣'。仍以新土覆坟"；天黑之后，还要携带纸钱、香烛、爆竹，在僻静水边，以石灰撒地成圈，点亮香烛、焚烧纸钱、鸣放鞭炮，恭送祖先回转阴曹地府。可见，中元节这天，从早到晚，仪式感满满。

祭祖之时，还有一项重要内容需要向祖先报告，就是"告秋成"，即报告今年秋季的收成。宋人孟元老《东京梦华录》记录说："中元前一日，即买楝叶，享祀时铺衬桌面。又买麻谷窠儿，亦是系在桌子脚上，乃告祖先秋成之意。"

中元节的节日风俗，第二项自然是放河灯。

"放河灯"是到了杨万里所在的南宋，才首次出现的中元节节日风俗。吴自牧《梦粱录》卷四云："七月十五日……后殿赐钱，差内侍往龙山放江灯万盏。"从此，首开后世"放河灯"的先河。

"河灯"，一般以纸糊荷花为底座，将灯置于其上，在中元节当天夜晚放入江河湖海，任其逐波漂流。道教认为："原夫济万物者，莫过于水；照三界者，莫过于灯。"水是逝者灵魂由此岸到达彼岸的必经之路，灯则象征着光明与希望，可以为灵魂提供指引，不让他们因迷失路途而无以安身。

南宋仇远曾经写过一首《中元》诗，提及中元节"放河灯"的习俗："华灯浮白水，老衲诵冥文。漫说中元节，儒书惜未闻。"

如今，每到农历七月十五日，民间仍可见到人们焚香点烛、拜祭先祖，充分说明了中元节这个节日的生命力。诚然，中元节所包含的慎终追远的孝悌之道、普度众生的大德善心，都是中华民族千百年传承下来的优秀传统文化，并非全然的封建迷信。这样一个文化内涵丰富、节日风俗多样的节日，值得提倡。

低绮户

照无眠

不应有恨

何事长向别时圆

人有悲欢离合

月有阴晴圆缺

此事古难全

但愿人长久

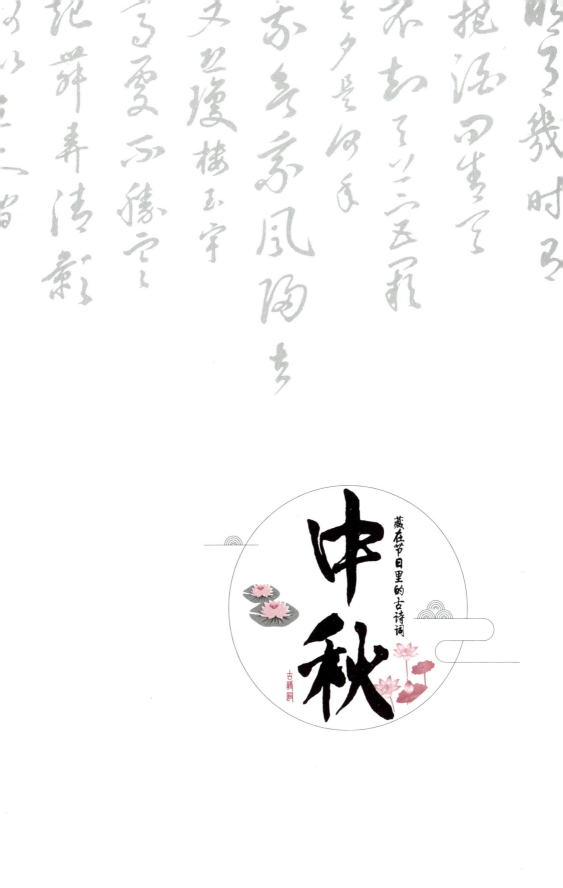

明月几时有，把酒问青天。不知天上宫阙，今夕是何年。我欲乘风归去，又恐琼楼玉宇，高处不胜寒。起舞弄清影，何似在人间。

藏在节日里的古诗词

中秋

《水调歌头·明月几时有》（节选）

明月几时有？把酒问青天。

不知天上宫阙，今夕是何年？

我欲乘风归去，又恐琼楼玉宇，

高处不胜寒。

起舞弄清影，何似在人间？

《水调歌头·明月几时有》（节选）
明月几时有？把酒问青天。
不知天上宫阙，今夕是何年？
我欲乘风归去，又恐琼楼玉宇，
高处不胜寒。
起舞弄清影，何似在人间？

北宋熙宁九年（公元1076年）中秋节，时年41岁、正在密州（今山东诸城）知州任上的苏轼，和密州的同僚与朋友刘庭式、赵昶、赵杲卿、陈开等人一起，在位于州城西北城墙上的"超然台"，赏月喝酒，欢乐宴饮，欢度佳节，直到八月十六日早上天亮时分。

此时此刻，喝得大醉的苏轼，身在由他修建并由弟弟苏辙命名的"超然台"上，很自然地就想起了正在异地任职的弟弟苏辙苏子由。出于对弟弟的思念，他提笔写下了这首中秋诗词第一、至今无人超越的《水调歌头·明月几时有》：

明月几时有？把酒问青天：中秋之夜的那一轮天上明月，是从什么时候才开始出现的？我端着酒杯，仰问苍天。

开篇第一句，苏轼就写到了喝酒。当然，这是他的正确姿势。因为他的确好酒，天天喝酒，"殆不可一日无此君"；但是，酒量又不大，他自己也承认，"余饮酒终日不过五合"，又承认说，"平生有三不如人，谓着棋、饮酒、唱曲"。所以，他很容易"大醉"。

而此时此刻身在齐鲁的苏轼，可喝的好酒颇多。据张能臣的《酒名记》记载，北宋时期出产的200余种名酒中，齐鲁地区就有27种之多。密州虽然没有什么好酒，但其邻近的潍州有重酝酒，莱州有玉液酒，青州有拣米酒，足够酒量不大的苏轼过瘾的。

不知天上宫阙，今夕是何年：不知道天上月亮的宫殿里，今晚是何年何月，是不是也在过中秋节？

我欲乘风归去，又恐琼楼玉宇，高处不胜寒：我想乘着清风回到月亮上去，又担心自己住在那由美玉砌成的广寒宫里，经受不住天上的严寒。

起舞弄清影，何似在人间：我在月光中翩翩起舞，只有身影随着我的身体转动，这哪里比得上生活在温暖的人间？

转朱阁，低绮户，照无眠：中秋的圆月转过朱红色的楼阁，低低地挂在雕花的窗台之上，照着因没有睡意而失眠的我。

不应有恨，何事长向别时圆：明月不应该对人们有什么怨恨吧，为什么偏偏在人们离别时才圆呢？

人有悲欢离合，月有阴晴圆缺，此事古难全：人间总会有悲伤与欢乐、离别与重逢，正如月亮也会有阴晴圆缺的变化，这种事自古以来就很难圆满。

但愿人长久，千里共婵娟：我只希望世间所有亲人平安幸福、健康长寿，即便相隔千里，也能共享这中秋之夜的美好月光。

最后一句"但愿人长久，千里共婵娟"是千古名句。但是，恰恰是在这句，苏轼吹牛了。

他自己当时在密州，也就是今天的山东诸城。而他所想念的弟弟苏辙苏子由，正在齐州掌书记任上。齐州，就是今天的山东济南。从我们今天的行政区划来看，兄弟俩就在一个省嘛。而且，从地图上看，两地的距离也就500里左右。所以，哪里是"千里共婵娟"，根本就是"五百里共婵娟"！这一句，苏轼至少吹了五百里的牛。

当然，苏轼在写下《水调歌头·明月几时有》之时，还是有理由想念弟弟苏辙的。因为，兄弟俩已经五年多没有见面了。上一次见面，还是在熙宁四年（公元1071年）九月的颍州。当年六月，苏轼得除杭州通判。在赴任途中，苏轼取道陈州，看望在当地担任陈州教授的苏辙。兄弟相聚七十余日，苏辙于当年九月送苏轼至颍州，洒泪而别。

苏轼、苏辙两人的兄弟之情，真挚而且深厚，少见而且难得。兄弟俩从小就在一起，朝夕相处，"辙幼从子瞻读书，未尝一日相舍"。人生之初的这一段美好的兄弟情深的时光，长达二十年零七个月。兄弟俩长大成人后，虽然各自宦游四方、聚少离多，但从少年时期就建立起来的兄弟深情，延续了一生。《宋史》这样官方评价他俩的兄弟之情："辙与兄进退出处，无不相同，患难之中，友爱弥笃，无少怨尤，近古罕见。"

词题中的"水调歌头"，是词牌名，而且是一个大有来历的词牌名。"水调歌头"，源于隋炀帝杨广于大业元年（公元605年）亲手创制的"水调"。唐人刘��的《隋唐嘉话》载："隋炀帝凿汴河，自制《水调歌》。"南宋王灼所著的词曲评论笔记《碧鸡漫志》也载："《水调》《河传》，炀帝将幸江都时所制，声韵悲切。"

唐朝继承并大大发展了"水调"，不仅使之演变成为大曲，又有小曲或杂曲，甚至还重新谱写了新"水调"。白居易《看采菱》诗曰："时唱一声新水调，湲人道是采菱歌。"足资证明。杜牧亦有《扬州三首》诗曰："炀帝雷塘土，迷藏有旧楼。谁家唱水调，明月满扬州。"

到了苏轼所在的时代，北宋人乐史所撰《太平寰宇记》曰："富水（并入京山）……风俗：同荆州，然清明节村落喜唱《水调歌》。""水调"在清明节时演唱，正符合该曲"声韵悲切"之特点。同时，"水调"仍为朝廷教坊大曲，在官方正式场合演奏。

"水调歌头"，是截取"水调"大曲的首章，另倚新声而成。"歌头"者，"首章"也。清人毛先舒所撰《填词名解》说：

歌头，又曲之始音，如"六州歌头""氐州第一"之类。（原注：《海录碎事》云："炀帝开汴河，自造'水调'，其歌颇多，谓之'歌头'，首章之一解也。"顾从敬《诗馀笺释》云："明皇幸蜀时，犹听唱'水调'，至'唯有年年秋雁飞'，因潸然，叹（李）峤真才子。不待曲

终。""水调"曲颇广，因歌止首解，故谓之"歌头"。）

"水调歌头"作为词牌，在宋词中的使用频率非常之高。据统计，每100首宋词，就有3.5首使用"水调歌头"作为词牌。而苏轼的这首《水调歌头·明月几时有》，在所有"水调歌头"宋词之中，千古第一，无人能及。

宋人胡仔在《苕溪渔隐丛话后集》中评价："中秋词，自苏东坡《水调歌头》一出，余词尽废。"王国维在《人间词话》中也推崇说："东坡之《水调歌头》，则仁兴之作，格高千古，不能以常调论也。"

有趣的是，苏轼的这首《水调歌头·明月几时有》，在九年之后，还被宋神宗赵顼看到了。据宋鲷阳居士《复雅歌词》云：

元丰七年，都下传唱此词。神宗问内侍外面新行小词，内侍录此进呈。读至"又恐琼楼玉宇，高处不胜寒"，上曰："苏轼终是爱君。"乃命量移汝州。

量移汝州之前，苏轼正在黄州团练副使任上，正处于人生的低谷时刻。宋神宗赵顼虽然因为苏轼反对新法和"乌台诗案"，而重重处罚了苏轼，但是通过《水调歌头·明月几时有》终于意识到，"苏轼终是爱君"，这才下令苏轼量移汝州，亲自开启了改善苏轼政治处

境的进程，也算是宋神宗赵顼晚年为数不多的英明举措之一了。

从这个角度来看，读懂了《水调歌头·明月几时有》的宋神宗赵顼，倒还是苏轼的知音之一。

中秋佳节，身在密州、在《水调歌头·明月几时有》小序中"兼怀子由"的苏轼，其实就是因为弟弟苏辙苏子由，才来到密州的。

在这之前，苏轼的任职地是杭州。他在杭州通判任满之后，主动向朝廷请求，到距离苏辙任职的齐州较近的州郡任职。在《密州谢上表》中，苏轼如是解释自己这样请求的原因："携孥上国，预忧桂玉之不充；请郡东方，实欲昆弟之相近。"

其实，苏轼哪里是怕进京任职、拖家带口"桂玉之不充"，花费太多啊。实际情况是，当时是"新党"执政，苏轼深知自己作为"旧党"旗帜之一，不可能进京任职，就是勉强进京任职，也不会有好果子吃。既然这样，干脆图个自得其乐，找个距离弟弟苏辙任职地近的州郡，跟自家亲弟弟团聚去吧。

就这样，苏轼于熙宁七年（公元1074年）十二月初三日来到密州，正式就任密州知州。

历史证明，他来对了。密州，成了他一生的福地。因为，苏轼的人生"三立"——立功、立言、立德，就是从密州起步的。

立功

在密州，是苏轼第一次履足齐鲁大地，也是苏轼第一次出任地方主官。

苏轼的密州"立功"，就是指他第一次作为地方主官，直接为老百姓办实事、办好事。

此前的苏轼，少年得志，仕途顺畅，任官庙堂之高的时间多，却一直没有直接为老百姓服务的机会；两次出任地方官，一为签书凤翔府判官，一为杭州通判，毕竟不是地方主官。直到这一次，他出任密州知州。

似乎是有意考验苏轼治理地方的才能，他刚到密州的局面，不是政通人和、百业兴盛、安居乐业，而是"旱灾""蝗灾""匪患"三者交织、民不聊生的乱局："蝗旱相仍，盗贼渐炽""公私匮乏，民不堪命"。

蝗灾尤其严重，初到密州时，苏轼"见民以蒿蔓裹蝗虫而埋之道左，累累相望者，二百余里"；旱灾也不轻，"自今岁秋旱，种麦不得，直至十月十三日方得数寸雨雪，而地冷难种，虽种不生，比常年十分中只种得二三"；蝗灾、旱灾严重影响了农田收成，导致了饥荒，而饥荒逼得部分百姓铤而走险，沦为盗贼，"岁比不登，盗贼满野，狱讼充斥"。

于是，苏知州一到任，要干的第一件事，就是紧锣密鼓地抗灾救灾。

对于蝗灾，苏轼破除有些人"蝗不为灾""为民除草"的糊涂观念，创造性地采取"以蝗换米"的办法，鼓励百姓捕蝗灭蝗，"州县募民捕蝗，每掘得其子，以斗升计，而给民米寡有数焉"。很快，密州百姓就"得蝗子八千余斛"，然后将捕得的蝗虫和蝗子焚烧或填埋，根绝蝗患。

对于旱灾，苏轼作为知州，采取的措施是祈雨常山。密州的常山，"州之南二十里而近，地志以为祈雨而常应，故名曰'常山'"。

今天的我们已经知道，降雨是受自然规律支配的，绝非一两个皇帝或官员屈膝下跪就可以改变的。苏轼就是天上的文曲星下凡，也不可能求得降雨。但是，作为一个地方的主官，苏轼亲自祈雨常山，对于治下正在受灾的老百姓，既是一种信念上的支撑，也是一种心理上的慰藉。苏轼此举，对于安定民心、团结力量、稳定秩序有着积极的作用。

对于匪患，苏轼深知旱灾、蝗灾与匪患之间的因果关系。中国的老百姓，自古以来就是这样：但凡有一口饱饭吃，谁愿意铤而走险去当土匪？所以，从一开始，苏轼就以父母官的心肠，对匪患采取了教化为主、打击为辅的手段。

一方面，他上书朝廷，要求根据灾情，适当减免税收；另一方面，为了老百姓的生计，他要求在密州这样一个盐产地，适当放开百姓贩盐，贩盐300斤以下免税，"应贩盐小客，截自三百斤以下，并与权免收税"。更为难得的是，苏轼任职地方，对于新法的态度转向务实，他强忍着心中对于新法的反感情绪，认真推行"给田募役法"，将其引向利民的方向，取得了"因法以便民"之效。

可是，灾情一直在持续。到任第二年，苏轼作诗道："绿蚁沾唇无百斛，蝗虫扑面已三回！"可见，好酒的苏轼，自到任以来，"绿蚁"酒还没怎么喝，蝗灾已经闹了三次之多了。接连不断的灾情，也使得贵为知州的苏轼，偶尔也要与自己的通判刘庭式，"循古城废圃，求杞菊食之"；他本人，更是劳累到了"我仆既胼胝，我马亦款砣"的程度。

苏轼的辛苦，终于获得了回报：熙宁八年五月"盗亦敛迹"，熙宁八年年底"诸况粗遣"。密州，得以大治。至此，苏轼为密州老百姓立下了大功。

而为老百姓立了功的人，无论时间长短，老百姓都会记得他的。元丰八年（公元1085年）十月，苏轼在赴任登州知州的途中经过密州，这是他调任九年之后首次回到密州。时间已经够长了，可是老百姓们还是记得他。为了欢迎他的到来，密州百姓倾城出迎："重来父老喜我在，扶挈老幼相遮攀。"

还是那句话说得好：老百姓心里有杆秤，知道你是轻还是重；老百姓心里有面镜，知道你是浊还是清。

立言

密州，是苏轼第一首豪放词的诞生之地，也是宋词豪放派风格的定型之地。

创作于熙宁八年（公元1075年）十月的《江城子·密州出猎》，是苏轼第一首豪放词，也是宋词豪放派的第一首词。对，就是那首豪放雄健的"老夫聊发少年狂，左牵黄，右擎苍，锦帽貂裘，千骑卷平冈"。

一扫脂粉气，一扫婉约味。从这首词开始，宋词史上除了婉约派之外的另一个大派别——豪放派，就此诞生。

苏轼对于这首词，也颇为自得。他在《与鲜于子骏书》中说：

近却颇作小词，虽无柳七郎风味，亦自是一家，呵呵。数日前猎于郊外，所获颇多，作得一阕，令东州壮士抵掌顿足而歌之，吹笛击鼓以为节。颇壮观也。

苏轼自认，这首词"无柳七郎风味"，即无柳永那个婉约派的风味，并且可以"自是一家"。作为豪放派的开山祖师，他值得喝瑟，应该"呵呵"。

密州，也是苏轼诗词创作的爆发地。

在密州，苏轼一共创作诗126首、词18首、文59篇，共计203篇，平均三天一篇。而数量还不能说明问题的全部，质量才是苏轼这一时期诗词创作的核心所在。

有密州的苏轼，不仅写出了《水调歌头·明月几时有》和《江城子·密州出猎》，还写出了脍炙人口的《江城子·十年生死两茫茫》和《望江南·超然台作》这样的名篇。"词至苏轼，而体始尊"。苏轼对于宋词的贡献，是巨大而且独特的。而密州，正是苏轼个人豪放派风格的定型地，也是苏轼诗词创作的爆发地。

立德

写下《水调歌头·明月几时有》之时，苏轼身在密州西北城墙上的"超然台"。而这个"超然台"，是由他的弟弟苏辙命名的。

苏轼在密州抗灾、政务大致有了头绪之后，开始着手对西北城墙上的旧台进行修葺，并将其作为偶尔登临、宴乐作诗的场所。为此，他向包括苏辙在内的朋友们写信，为这个台子征名。

最后，苏辙为此台命名"超然台"，得到了苏轼的认可。苏辙还作了一篇名文《超然台赋》寄来。关于命名之由，苏辙是这样说的：

今夫山居者知山，林居者知林，耕者知原，渔者知泽，安于其所而已。其乐不相及也，而台则尽之。天下之士，奔走于是非之场，浮沉于荣辱之海，嚣然尽力而忘反，亦莫自知也。而达者哀之。二者非以其超然不累于物故邪？《老子》曰："虽有荣观，燕处超然。"尝试以"超然"命之，可乎？

"虽有荣观，燕处超然"，出自老子的《道德经》。意思是："即使荣华富贵，也能超然面对，也不沉溺其中。"苏辙这是借用老子的话，勉励、劝告正处于政治生涯低谷的兄长，要以超然的态度，面对人生中的荣华富贵，更要以超然的态度，面对人生中的艰难困厄。

对于弟弟的劝告，苏轼不仅听进去了，还进行了发挥：

君子可以寓意于物，而不可留意于物。寓意于物，虽微物足以为乐，虽尤物不足以为病；留意于物，虽微物足以为病，虽尤物不足以为乐。

苏轼认为，只有"寓意于物"而不"留意于物"，才是真正的"超然"。

按照我个人的理解，解释一下：所谓"寓意于物"，是指人要学会顺其自然，适应任何顺境或逆境，在每一个环境中的每一个事物身上，找到寄托，发现快乐，并且乐在其中；所谓"留意于物"，是指人成为事物的奴隶，顺境时斤斤计较于每一个事物的得到，逆境时斤斤计较于每一个事物的失去，并且为之烦恼、伤心。

很显然，这是两种截然不同的人生态度。对于这两种人生态度，冷眼旁观之时，我们当然知道前者高于后者；但置身其中之时，我们却很有可能在明明知道前者更为高明的情况下，沉溺于后者而不能自拔。

苏轼在密州"超然台"，他想到了，并且在以后的日子里，他也做到了。"超然台"，是一个标志，一个苏轼人生思考成熟的标志。

正是在密州确立起来的"超然"思想，帮助苏轼完成了自己人生中的立德。而正是这个立德，支撑着他熬过了未来岁月中即将到来的多达三次的痛苦贬谪。

贬到黄州，他在东坡种菜，在长江吃鱼，在厨房炖肉，写出《赤壁赋》《后赤壁赋》《念奴娇·赤壁怀古》，"谁怕？一蓑烟雨任平生""归去，也无风雨也无晴"；贬到惠州，他修西湖、筑长堤，会佛僧、陪爱妾，"日啖荔枝三百颗，不辞长作岭南人""此心安处即吾乡"；贬到儋州，他建筑茅屋，沐浴海风，安贫乐道，教书育人，"他年谁作舆地志，海南万里真吾乡"。

苏轼就是这样，上可陪玉皇大帝，下可陪下里巴人；进可居庙堂之高，退可处江湖之远。大哉，东坡；乐哉，东坡。

在密州，完成人生"三立"之后，在中秋节写下《水调歌头·明月几时有》的四个月后的熙宁九年（公元1076年）十二月，苏轼离开了密州，转任徐州知州。

再往后，就是给他个人命运带来几近灭顶之灾的"乌台诗案"，贬谪黄州了。不过，苏轼在密州已经完成了"三立"，特别是已经"立德"，确立了"超然"思想。至此，他的生理和心理都已经做好了全部的准备，让暴风雨来得更猛烈些吧！只有暴风雨来得越猛烈，他才能越快地到达黄州。

在那里，他将完成从"苏轼"到"苏东坡"的蜕变，实现从凡夫俗子到天上"坡仙"的涅槃。然后，专供我们仰望。

农历八月十五日中秋节，又叫"八月半""拜月节""团圆节"。农历的八月，为秋季的中间月份，称为"仲秋"，而八月十五日又在"仲秋"之中，所以称"中秋"。

"中秋"二字，最早见于《周礼》："中秋献良裘，王乃行羽物。"但《周礼》的"中秋"二字，并非指的是中秋节。质而言之，我们今天所过的中秋节，其节日来源，可能来自先民祭拜月神活动的孑遗。

中国是农耕国家，最早的祭月活动可以追溯到远古时代。那时的农民不论春耕夏种还是秋收冬藏，都依赖天象、气候，所以人们对日月产生了深深的崇拜，由此产生了祭日祭月的习俗。

早期的祭拜始于周朝，春天祭日、秋天祭月，《礼记》曰："天子春朝日，秋朝月。朝日以朝，夕月以夕。"《礼记·祭义》还详细描绘了祭祀日月的礼仪："郊之祭，大报天而主日，配以月。夏后氏祭其闇，殷人祭其阳，周人祭日，以朝及闇。祭日于坛，祭月于坎，以别幽明，以制上下；祭日于东，祭月于西，以别外内，以端其位。"

古人重视阴阳相配，以日为阳，以月为阴，将祭日和祭月放在了同等重要的地位，只是两者所使用的祭品并不相同，《史记》说"祭日以牛，祭月以羊彘特"。

在祭月习俗的传承下，我们今天的中秋节，肇始于唐，形成于宋。南宋吴自牧《梦粱录》中如是记录中秋节："八月十五日中秋节，此日三秋恰半，故谓之中秋。此夜月色倍明于常时，又谓之月夕。"

中秋节的节日风俗，第一项当然是"赏月"。

中秋节的主要活动都是围绕"月"进行的，所以一定要赏月。赏月这一节日风俗，魏晋时期就有了。据《晋书·袁宏传》，当时就有官僚士大夫中秋赏月赋诗：

谢尚时镇牛渚，秋夜乘月，率尔与左右微服泛江。会宏在舫中讽咏，声既清会，辞又藻拔，遂驻听久之，遣问焉。答云："是袁临汝郎诵诗。"即其咏史之作也。尚倾率有胜致，即迎升舟，与之谭论，申旦不寐，自此名誉日茂。

王仁裕所撰《开元天宝遗事》，则记载了唐朝君臣的两条赏月记录：

玄宗八月十五日夜，与贵妃临太液池，凭栏望月，不尽。帝意不快，遂敕令左右："于池西岸加筑百尺高台，与吾妃子来年望月。"

有权就是任性哪，有权就是有本事哄情人开心哪。

苏颋与李乂对掌文诰，明皇顾念之深也。八月十五日夜，于禁中直宿，诸学士备文酒之宴。时长天无云，月色如昼，苏曰："清光可爱，何用灯烛！"遂命撤去。

可见，在中秋节，唐玄宗李隆基不仅和杨贵妃一起赏月，还鼓励臣子赏月。传说其创作的《霓裳羽衣曲》，即由中秋节赏月而来。《太平广记》记载了这则唐玄宗李隆基先于美国"阿波罗11号飞船"登月的故事：

开元中，中秋望夜，时玄宗于宫中玩月。公远奏曰："陛下莫要至月中看否？"乃取拄杖，向空掷之，化为大桥，其色如银，请玄宗同登。约行数十里，精光夺目，寒色侵人，遂至大城阙。公远曰："此月宫殿也。"见仙女数百，皆素练宽衣，舞于广庭。玄宗问曰："此何曲也？"曰："霓裳羽衣也。"玄宗密记其声调，遂回，却顾其桥，随步而灭。且召伶官，依其声调作霓裳羽衣曲。

唐朝宫廷中的中秋节赏月活动，逐渐影响到下层社会。唐朝的老百姓，也兴起了在中秋节当夜聚会，赏月和宴饮的习俗。由此，唐诗中也产生了许多中秋节赏月的名篇，比如杜甫的《八月十五夜月》、韩愈的《八月十五夜赠张功曹》、刘禹锡的《八月十五日夜玩月》等。

中秋节的节日风俗，第二项当然是"吃月饼"。

到了宋朝，中秋节吃月饼已成为固定的节日风俗。苏轼应该吃过月饼。从他在《留别廉守》中"小饼如嚼月，中有酥与饴"的诗句来看，只可能描写的是月饼。

其实，中秋节不仅仅可以吃月饼，还可以吃螃蟹，还可以有各种吃吃吃、喝喝喝。据北宋孟元老《东京梦华录》所载：

中秋节前，诸店皆卖新酒，重新结络门面彩楼花头，画竿醉仙锦旆。市人争饮，至午未间，家家无酒，拽下望子。是时螯蟹新出，石榴、榅梓、梨、枣、栗、孛萄、弄色柈橘，皆新上市。中秋夜，贵家结饰台榭，民间争占酒楼玩月。丝篁鼎沸，近内廷居民，夜深遥闻笙竽之声，宛若云外。闾里儿童，连宵嬉戏，夜市骈阗，至于通宵。

上面的这个节日气氛，正是苏轼在密州"欢饮达旦"的背景所在。

直到今天，中秋节的节日晚宴上，不仅有得吃，还有得听。一般情况下，父母老人们会在这时给孩子们讲讲嫦娥奔月、吴刚伐桂、玉兔捣药之类的神话故事。小朋友们忽闪着大眼睛，望着天空那一轮明月，耳边听着娓娓道来的神奇故事，不禁心旷神怡、浮想联翩，也算一种难得的节日享受。

低绮户

照无眠

不应有恨

何事长向别时圆

人有悲欢离合

月有阴晴圆缺

此事古难全

但愿人长久

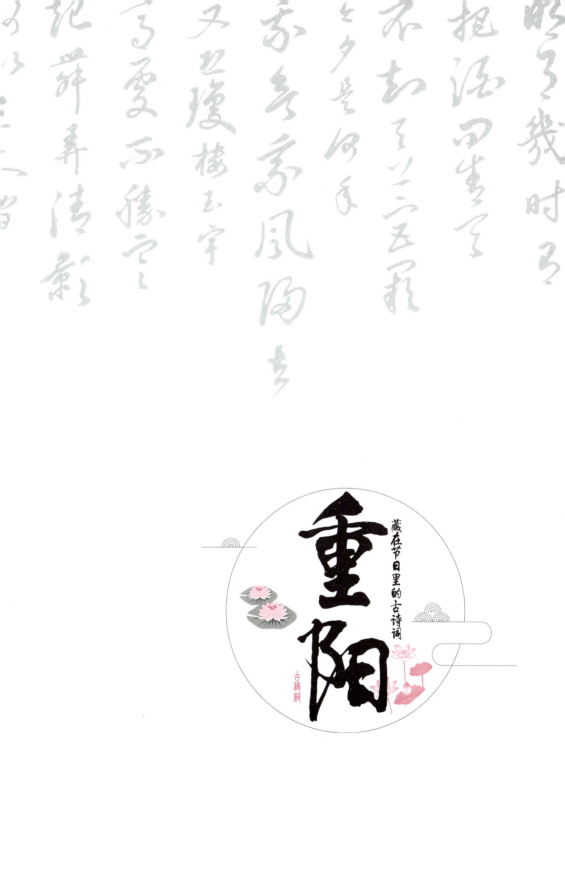

重阳

藏在节日里的古诗词

《九月九日忆山东兄弟》

独在异乡为异客，
每逢佳节倍思亲。
遥知兄弟登高处，
遍插茱萸少一人。

《九月九日忆山东兄弟》
独在异乡为异客，每逢佳节倍思亲。
遥知兄弟登高处，遍插茱萸少一人。

唐开元四年（公元716年）九月初九日，时年17岁、身在长安的王维，正独自孤寂地度过重阳佳节。王维是在开元二年（公元714年）来到长安，开始宦游的。两年多来，他虽多方交游，四处投献，但仍然深感前途多艰，希望渺茫。

正如我们今天的打工仔一样，王维此时人在异地，又诸事不顺。所以到了重阳佳节之际，他就倍加思念远在华山以东蒲州家乡的兄弟们：想必他们此时此刻，正在热热闹闹地登高宴乐，欢度重阳。可惜的是，自己不能像往年一样，参与其中。念及于此，王维提笔写下这首重阳节古今第一诗——《九月九日忆山东兄弟》：

独在异乡为异客，每逢佳节倍思亲：今年重阳佳节，我独自在异乡长安；作为身在他乡的游子，每当佳节来临时，就会倍加思念家乡的亲人。

遥知兄弟登高处，遍插茱萸少一人：遥想今天在家乡过节的兄弟们，肯定会登高宴乐；只有当他们一个不落地往头上插茱萸的时候，才会发现今年与往年不一样，兄弟中间少了我一个。

最后一句中的"茱萸"，是一种具有浓烈芳香味道的植物。《辞海》载："植物名，有浓烈香味，可入药。古代风俗，阴历九月九日重阳节，佩茱萸囊以去邪辟恶。"

按照当时的风俗，在重阳节当天，人人都需要头插茱萸或佩茱萸囊。所以，王维在家乡的兄弟们，只有在这时，才会发现王维不在大家身边。王维此句的巧妙之处就在于，不说自己想念兄弟们，而说兄弟们想念自己，更增一份节日热闹气氛中的落寞。

本诗诗题《九月九日忆山东兄弟》中的"山东"，并非是指我们今天的山东省，而是指华山以东的王维家乡——蒲州（今山西永济）。

本诗作者王维，人称"诗佛"，是与"诗仙"李白、"诗圣"杜甫鼎足而三的盛唐诗人。而相比"李杜"，王维似乎还要更为多才多艺一些，因为他除诗之外，还擅长绘画、音乐和书法，在生前身后都享有极高的声誉。

清人徐增在《而庵诗话》中说："吾于天才得李太白，于地才得杜

重阳

子美，于人才得王摩诘。太白以气韵胜，子美以格律胜，摩诘以理趣胜。"对三者评价均高，可谓深知盛唐诗坛的行家之言。

当然，身为"诗佛"的王维，绝对不会想到：自己写过那么多著名诗篇，居然还就是这一首《九月九日忆山东兄弟》，脍炙人口；自己写过那么多类似"行到水穷处，坐看云起时""空山新雨后，天气晚来秋"的名句，居然还就是这一首中的"每逢佳节倍思亲"，千古流传。

写下《九月九日忆山东兄弟》之时，王维一共忆了几位山东兄弟？

从史料来看，应该一共有八位。其中，亲弟四位——王缙、王绰、王紞、王纮，从弟也是四位——王惟祥、王绿、王据、王蕃。

王绰，曾官至江陵少尹。王紞，曾任祠部员外郎、司勋郎中、太常少卿；王维的《林园即事寄舍弟紞》，就是写给这位弟弟的。王纮，生平史料未详。

王惟祥，曾任海陵县令，王维曾留有《送从弟惟祥宰海陵序》；王绿，曾任司库员外郎，王维曾有《赠从弟司库员外绿》一诗显示，他与这位从弟友爱甚笃；王据，史料未详，但王维有《和陈监四郎秋雨中思从弟据》一诗，显示"这世界，他曾经来过"；最小的从弟王蕃，是一位负气仗剑、壮游淮南的青年，王维曾为他赋诗《送从弟蕃游淮南》。

八个弟弟之中，与王维年龄最接近、关系最友好的弟弟，是王缙。而这位王缙，也是王维最有出息的弟弟，后来曾两度出任大唐帝国的宰相。

王维、王缙兄弟俩的关系，与后来北宋苏轼、苏辙兄弟俩的关系极其相似。兄弟俩都是自小一起读书学习，长大后一起宦游京师；踏入官场后，又是同进同退，休戚相关，都曾有过弟弟愿以官职相赎以保住哥哥性命的事情；家庭生活上，兄弟俩也是有着共同的兴趣和爱好，互相帮助，互相关心，直到生命的终点，手足之谊不改，棠棣之情益切。

就在哥哥王维写下《九月九日忆山东兄弟》之后，弟弟王缙也从家乡蒲州来到京城长安，和哥哥一起住在平康坊，也开始了宦游长安，谋求仕途进身之阶的生涯。王缙此时，也已学有所成，史称"少好学，与兄维早以文翰著名"。

终于，王维、王缙兄弟俩一起的努力有了结果。他们得到了宁王李宪、薛王李业、岐王李范的重视，跨入了长安城的上流社会。《新唐书·王维传》说："维工草隶，善画，名盛于开元天宝间，豪英贵人虚左以迎，宁薛诸王待若师友。"《旧唐书·王维传》云："维以诗名盛于开元天宝间，昆仲宦游两都，凡诸王、驸马、豪右、贵势之门，无不拂席迎之，宁王、薛王待之如师友。"这里的"昆仲"，就是指王维、王缙兄弟俩。

作为科考举子，交游进入上流社会的效果是显著的。开元九年（公元721年）春，王维进士及第，正式踏入官场，授官为从八品下的太乐丞。然而仕途的打击和坎坷也随之而来，这年秋即风云突变，王维被贬出京城，去担任齐鲁之地的正九品下的济州司仓参军。

王维刚入仕途即遭外贬的原因，新旧《唐书》的王维本传均未揭示，《集异记》则记录说：王维"及为太乐丞，为伶人舞黄师子，坐出官。黄师子者，非一人不舞也"。所谓"一人"者，皇帝也。也就是说，黄师子只能为皇帝而舞。王维作为太乐署的副职，履职不到位、监管不及时，导致手下伶人私自乱舞黄师子，当然要被朝廷追究责任。

其实，种种迹象表明，"黄师子"之说，恐怕更像岳飞那个"莫须有"的罪名。真正的原因，恐怕还在于他们兄弟俩与宁王、薛王、岐王等诸王的密切交游上面。

因为，开元八年（公元720年）十月，唐玄宗李隆基因为害怕诸王学自己当年的样儿发动政变、夺取皇位，专门下了一道禁约诸王与诸大臣交游的禁令。此令一下，类似王维这样与诸王交游多的朝臣，马上就被以各种不伤诸王颜面的理由贬出京城。就连岐王、薛王本人，也于开元九年（公元721年）七月，先于王维被贬为华州刺史和同州刺史。

王维这一贬，就是四年半，直到开元十四年（公元726年）春天才离开济州，返回河南，任官淇上。

终于，在王维调任之后的开元十五年（公元727年），一直待在长安应举的王缙也迎来了好运气，得中"高才沉沦草泽自举"科。此后，王缙的仕途一直就比哥哥王维顺畅，他长年在京城任职，"累授侍御史、武部员外"。

直到开元二十三年（公元735年），王维才返回长安担任从八品上的"右拾遗"职务，此后历监察御史、左补阙、库部员外郎、库部郎中、吏部郎中、给事中等职。从此时起，王维、王缙兄弟俩就同在京城长安任职了。

大约从天宝三载（公元744年）开始，同时在京的王维、王缙兄弟俩，开始在长安郊区蓝田县营建辋川别墅。《新唐书·王维传》说他们"兄弟皆笃志奉佛，食不荤，衣不文彩。别墅在辋川，地奇胜，有华子冈、欹湖、竹里馆、柳浪、茱萸沜、辛夷坞，与裴迪游处其中，赋诗相酬为乐"。这一段兄弟俩同时在长安担任京官的日子，安定而又舒适，平淡而又幸福。

直到，唐史上著名的"安史之乱"，扑面而来。

正所谓世事难料，一对亲兄弟，面对同样一个"安史之乱"，对于哥哥王维而言，是一次差点丢掉性命的危机；对于弟弟王缙而言，居然却是一次得以跻身高官的机遇。

"安史之乱"的战火烧到长安之时，王缙已不在长安。他受命去了太原府，出任从四品下的太原府少尹，负责辅佐当时的太原府尹李光弼，共同保卫这个大唐王朝的龙兴之地；王维呢，则因为仍是京官，留在了长安。兄弟俩就是因为一在太原、一在长安，此后的人生际遇，就有了天壤之别。

弟弟王缙在太原，立下了平叛的军功。至德二年（公元757年）正月，史思明、蔡希德发兵十万进攻太原，并企图在占领太原后，由北道攻打唐肃宗李亨当时所在的灵武小朝廷。可是叛军的如意算盘没有打响，王缙和李光弼一起，居然以手中的一万多人，硬是以少胜多、以弱胜强，守住了太原城池。同时，他们还利用安庆绪弑杀安禄山的叛军内乱机会，派敢死队出城打退叛军，取得了太原保卫战的完胜。

这是"安史之乱"以来，唐军第一次在战场上取得重大胜利，第一次遏制住了叛军如潮的攻势，为后来收复两京奠定了基础。太原保卫战胜利的消息传到灵武，唐肃宗李亨大喜过望，封李光弼为司空兼兵部尚书，仍兼同中书门下平章事，封爵魏国公。同时升官的还有王缙，他以本官太原少尹兼任宪部侍郎，也就是刑部正四品下的副部长，正式跨入高官行列。

然而，倒霉的是，留在长安的哥哥王维，却不幸当了叛军的俘虏，而且被迫出任伪官。附逆叛军，出任伪官，无论是否自愿，在哪朝哪代，这都是杀头的大罪。

还在太原时，王缙就接到了由好友裴迪亲自传来的消息，同时还接到了狱中王维所作的一首诗："万户伤心生野烟，百僚何日再朝天。秋槐叶落空宫里，凝碧池头奏管弦。"

本来在刚接到王维被俘的消息时，王缙是痛苦万分、一筹莫展的。但当他看到哥哥写的这首诗，特别是其中那一句"百僚何日再朝天"时，他突然眼前一亮，计上心头。

在谋划营救王维的同时，王缙还和裴迪共同运作，使得王维写的这首诗"时闻行在所"，即被唐肃宗李亨听到了。

王缙为何要在兄长身陷囹圄生死未卜、彼此又都身处战火纷飞之中时，就开始费心费力地向灵武的唐肃宗李亨传递这样区区的一首诗呢？这深刻体现了王缙营救哥哥的一番苦心和远见卓识。

要知道，王维的这首诗，唐肃宗李亨是在灵武首次知道还是在收复长安后首次知道，两者的区别非常之大。最大的区别就是，李亨在灵武首次知道，那王维就还有生的机会；李亨在收复长安后首次知道，那王维可能还是得死。

现有史料太简略，我们无法确知王维这首诗得以"时闻行在所"的具体过程，但他们一定想了很多办法，找了很多唐肃宗李亨身边的朝中大佬，利用了一些非常自然的不经意的机会，把王维的这首诗，摆到了李亨的眼前，传到了李亨的耳中。

没有事先埋下的这个伏笔，王维即使不死于叛军之手，获救后也会死于朝廷之手。

果然，至德二载（公元757年）十二月，收复长安的唐肃宗李亨，开始严厉追究包括王维在内的所有附逆官员的责任。

重压之下的王缙不放心，在早就埋下了伏笔之后，为了救下哥哥的性命，他又做了两件事。一件事，是王缙找时封赵国公、时任中书令，并且对唐肃宗李亨有拥立之功的崔圆，为王维向唐肃宗李亨求情；另一件事，是王缙直接上书皇帝，表示愿意用削减自己官职的办法，来替兄长王维赎罪。要知道，王缙可是为大唐平叛立过大功的人。

这样的人出面，皇帝不能不给三分薄面了。唐肃宗李亨终于同意了王缙的请求：对王维从轻处理，既不杀头，也不流放，只是官降一阶，去当正五品下的太子中允；王缙则由从三品的国子祭酒降级，重回四品官员序列，贬出京城，去当蜀州刺史。

对于王维、王缙兄弟而言，这是不幸中的万幸。因为，对于其他附逆官员的处罚，相当之重：最重的如达奚珣等十八人，被斩首于城西南独柳树下；次一等的如陈希烈等七人，赐自尽于大理寺；第三等的在京兆府门，被施以杖刑；第四、五、六等的，也是或流或贬。

逃过了一劫的王维，经此一难之后，内心十分自责。他的状态受到了很大的打击，从此失去了人生进取精神。这从他在乾元元年（公元758年）《谢除太子中允表》中的文字，可以读出来：

臣维稽首言：伏奉某月日制，除臣太子中允，诏出宸衷，恩过望表，捧戴惶惧，不之所裁。臣闻食君之禄，死君之难。当逆胡干纪，上皇出宫，臣进不得从行，退不能自杀，情虽可察，罪不容诛……伏愿陛下中兴，逆贼殄灭，臣即出家修道，极其精勤，庶禅万一……

这种出家修道的想法，这种自怨自艾的心情，一直陪伴王维到了生命的尽头。虽然他此后加集贤学士、迁中书舍人、尚书右丞，但在内心里，他一直以朝廷的罪人自居。上元二年（公元761年）七月，王维在年仅62岁的年纪就早早地去世了。可以说，他是一直没有放下，郁结于心而早逝的。

去世之前的四、五月间，预感到自己已来日无多的王维，一直牵挂着因自己而外贬任职的弟弟王缙，为此特地向皇帝呈上《责躬荐弟表》，请求将弟弟调回京城。唐肃宗李亨倒也一直没有忘记王维这位为朝廷立下了大功的弟弟，同意了。这为王缙后来得任宰相，打下了基础。

王维去世时，由于王缙还没来得及赶回长安，他在"临终之际，以缙在凤翔，忽索笔作别缙书。又与平生亲故作别书数幅，多敦厉朋友奉佛修心之旨，舍笔而绝"。一代"诗佛"，就此而去。

王维去后数年，弟弟王缙升任黄门侍郎、同中书门下平章事，成为深受唐代宗李豫信任的宰相。有一天，唐代宗李豫主动向王缙谈起了他已经去世的哥哥王维：

宝应中，代宗语王缙曰："朕尝于诸王座闻维乐章，今传几何？"遣中人往取，缙裒集数十百篇上之。表曰："臣兄文辞立身，行之余力，当官坚正，秉操孤直，纵居要剧，不忘清净，实见时辈，许以高流。至于晚年，弥加进道，端坐虚室，念兹无生，乘兴为文，未尝废止。"诏答曰："卿之伯氏，天下文宗。位历先朝，名高希代。抗行周雅，长揖楚辞。调六气于终篇，正五音于逸韵。泉飞藻思，云散襟情。诗家者流，时论归美。诵于人口，久郁文房。歌以国风，宜登乐府。视朝之后，乙夜将观。石室所藏，殁而不朽。柏梁之会，今也则亡。乃眷棣华，克成编录。声献益茂，叹息良深。"

《唐诗纪事》的这段文字中，唐代宗李豫给予王维的官方评价很高，尤其是那个"天下文宗"，王维可谓当之无愧。从这个记载，我们也可以同时看出，王缙是王维今日留传诗集的第一个编辑。

其实，王缙不仅可以当编辑，他本人的文才，也不在哥哥王维之下。今天我们关于"作家"这一称呼，就起源于他的文才。据《卢氏杂记》载，王缙好与人作碑铭，有送润毫者，误叩其兄门，维曰："大作家在那边。"哥哥王维就此给弟弟王缙、也给我们今天的文学创作者们，送了一个雅号——作家。

巧合的是，和哥哥一样，王缙本人也留下了一首颇为不错的重阳节诗——

《九日作》："莫将边地比京都，八月严霜草已枯。今日登高樽酒里，不知能有菊花无。"

二

九月初九日，是"重阳节"，又称"菊花节""老人节"。古人以"九"为阳。九月初九，乃是双九，也是双阳，于是称为"重阳"。

"重阳节"三个字，作为固定节日名称，目前最早见于南朝梁人庾肩吾的《九日侍宴乐游苑应令诗》——"献寿重阳节"。但重阳节作为我国历史悠久的节日，其萌芽比这要早，是在先秦时期。

关于重阳节的起源，流传最广的是"辟邪消灾"说。最早见于南朝梁人吴均所撰《续齐谐记》：

汝南桓景，随费长房游学累年，长房谓曰："九月九日，汝家中当有灾。宜急去，令家人各作绛囊，盛茱萸以系臂，登高饮菊花酒，此祸可除。"景如言，齐家登山。夕还，见鸡犬牛羊一时暴死。长房闻之曰："此可代也。"今世人九日登高饮酒，妇人带茱萸囊，盖始于此。

这则记载中宛如半个神仙的费长房，是东汉时人。然而，在东汉之前的《西京杂记》，就早有记录说："九月九日佩茱萸，食蓬饵，饮菊花酒，云令人长寿。"这说明，早在西汉时期，九月九日虽然未必已命名"重阳节"，但已有佩茱萸、饮菊花酒的风俗，说明此日已成为一个特殊的日子。

到了西汉宣帝时期，九月九日又增加了一项"登高"的风俗。据宋人祝穆《古今事文类聚》记载：长安城中的"乐游园汉宣帝所立……其地四望宽敞，每三月上巳，九月重阳，士女游戏，就此祓禊登高"。

重阳节的起源，还有"庆丰收""尝新""火星祭祀"等数种说法。

在我看来，把重阳节的各种起源说法综合起来看，可以这样理解：九为阳数，九月初九，二九相逢，二阳相重，是光明、幸福、吉祥的象征；加之"九九"与"久久"谐音，是长久、长寿的象征。两个意义相加，更增加了在秋季丰收季节加以庆祝的喜庆意义，因此也就更加受到古人的重视。重阳节，即由此而来。

重阳节发源于先秦，成型于魏晋，鼎盛于唐宋。到了王维所在的唐朝，重阳节成为官方确定的正月晦日、三月初三、九月初九的"三令节"之一。

有唐一代，从皇帝到百姓，都在欢度重阳佳节。唐中宗李显就是一位热衷于过重阳节的皇帝，历史上多有记录：景龙二年（公元708年）"九月，幸慈恩寺塔，上官氏献诗，群臣并赋"。景龙三年（公元709年）登高临渭亭时，他还即兴作诗："九日正乘秋，三杯兴已周。泛桂迎尊满，吹花向酒浮。长房萸早熟，彭泽菊初收。何藉龙沙上，方得恣淹留。"可见，即使贵为皇帝，欢度重阳节的活动内容，也还是和王维的兄弟们一样：登高宴饮，茱萸菊花。

白居易曾在重阳节当天，参与过朝廷的节日赐宴。事后，深感皇恩浩荡的他，写下了《九月九日谢恩赐曲江宴会状》，既给我们留下了唐朝重阳节赐宴的史料，也给我们留下了颂圣式官样文章范本：

赐臣等于曲江宴会，特加宣慰，并赐酒脯等者。伏以重阳令节，大有丰年，赐宴于无事之朝，追欢于最胜之地。况天厨酒脯，御府管弦，宠锡忽降于寰中，庆幸实生于望外，仍加慰谕，曲被辉华。臣等各以凡才，同参密职，幸偶休明之日，多承饫赐之恩。乐感形骸，欢容动而成舞；泽均草木，秋色变以为春。徒激丹心，岂报元泽？

而从上面的记录可见，唐朝重阳节的节日习俗，主要就是"登高宴饮""饮菊花酒、茱萸酒"和"佩戴菊花、茱萸"三项。

在重阳节的当天，登高望远，并进行宴饮，是王维所在的唐朝度过重阳节的主要活动，所以王维才会在《九月九日忆山东兄弟》中写"遥知兄弟登高处"。

菊花、茱萸，是重阳节的主打植物。唐人孙思邈的《千金方》载："重阳之日，必以肴酒登高眺远，为时宴之游。赏菊以畅秋志。酒必采茱萸、甘菊以泛之，既醉而还。"可见，作为节日主打植物，重阳节菊花、茱萸的第一个作用，是泡酒。从记载来看，当时的菊花酒、茱萸酒，似乎并非经由长期炮制所成，而是即时摘下，投入酒中"以泛之"，从而制成简易版菊花酒、茱萸酒，供人们在重阳节一饮而尽。

重阳节菊花、茱萸的第二个作用，就是观赏和佩戴。正如唐人李绰在《辇下岁时记》中所记录的那样，"九日宫掖间争插菊花，民俗尤甚"。杜牧在《九日齐山登高》中所写"尘世难逢开口笑，菊花须插满头归"，这是把菊花插在头上；而孟浩然在《过故人庄》中说"待到重阳日，还来就菊花"，这是在观赏菊花。

王维在这首《九月九日忆山东兄弟》中所说的"遍插茱萸少一人"，就是把茱萸插在头上；佩戴茱萸，则是将其装于香囊之中，随身佩戴，取其辟邪消灾之意。

值得一提的是，唐朝的重阳节，还是一个盛产文学名篇的节日。在王维写下《九月九日忆山东兄弟》的四五十年之前，也是在唐朝的重阳节日里，在南昌滕王阁的重阳登高宴饮中，就诞生了王勃的千古名篇——《滕王阁序》。

重
阳

低绮户

照无眠

不应有恨

何事长向别时圆

人有悲欢离合

月有阴晴圆缺

此事古难全

但愿人长久

明月几时有　把酒问青天　不知天上宫阙　今夕是何年　我欲乘风归去　又恐琼楼玉宇　高处不胜寒　起舞弄清影

下元

藏在节日里的古诗词

《下元日诣会庆节所道场，呈余处恭尚书》

琳宫朝谒早追趋，漏尽铜壶杀点初。

半缕碧云横界月，一规银镜裂成梳。

自拈沈水祈天寿，散作霏烟满玉虚。

已被新寒欺病骨，柳阴偏隔日光疏。

《下元日诣会庆节所道场，呈余处恭尚书》
琳宫朝谒早追趋，漏尽铜壶杀点初。
半缕碧云横界月，一规银镜裂成梳。
自拈沈水祈天寿，散作霏烟满玉虚。
已被新寒欺病骨，柳阴偏隔日光疏。

南宋绍熙二年（公元1191年）十月十五日，金陵（今江苏南京）。这一天正值下元节，江东转运副使、权总领淮西江东军马钱粮杨万里，一大早就约上了同城为官的多年好友——江东安抚使、知建康府余处恭，一起前往寺院敬香。

敬香之后，大诗人杨万里写下了这首《下元日诣会庆节所道场，呈余处恭尚书》：

琳宫朝谒早追趋，漏尽铜壶杀点初：下元节的一大早，我就追随余处恭尚书前往寺院，拜谒敬香。

半缕碧云横界月，一规银镜裂成梳：天色尚早，天上的一轮圆月，被浮云分隔成了一把梳子的样子。

自拈沈水祈天寿，散作霏烟满玉虚：来到寺院之后，我敬上一炷沉香，为家人祈福；沉香在寺院之中飘散，仿佛五色祥云。

沈水，即"沉水"，系"沉香"的别称，此处指用沉香制成的线香。

已被新寒欺病骨，柳阴偏隔日光疏：今天早上出来的太阳，偏偏又被柳树挡住了，让我这把又老又病的骨头，感觉到了今年的第一次寒冷。

这一年的杨万里，65岁。身边的好友余处恭，也已经57岁了。在农历十月十五日的清晨寒风里，两位老人当然会感觉冷了。

然而有人指出，杨万里此诗的最后两句，"新寒""柳阴"均暗指朝中权贵，"欺病骨""日光疏"则指作者政治抱负不得施展的愤懑和无奈。这两句抒发了作者对于国家现状不满却又无力改变的心情，表现了作者忧国忧民的情怀。

什么叫过度解读？这就叫过度解读。证据，在余处恭对杨万里的和诗里，可以找到。

在杨万里这首《下元日诣会庆节所道场，呈余处恭尚书》之后，同样也是诗人的余处恭，写了一首和诗——《和杨廷秀下元日诣会庆节所道场》。最后两句，余处恭写道："祝圣归来无一事，时平翻恨酒杯疏。"意思是说，下元节敬香回来之后，闲着无事的余处恭想喝酒了。

换句话说，杨万里这首诗的最后两句，如果真是表达了个人政治抱负未能实现而忧国忧民的话，余处恭作为多年好友，不可能看不出来，也不可能不在和诗中有所表示和安慰，更不可能毫无心肝地要酒喝了。

我们尊重和喜爱大诗人，这没有错；我们同情和感慨大诗人仕途坎坷，这也可以理解。但就这两首诗而言，说穿了，这就是两个年过半百的老人，一起在下元节相约，敬个香，写个诗，喝个酒，聊聊节日与天气，聊聊诗和远方而已。

再说，杨万里此时的官职，未必就不是重用，即便不是重用，他也不必矫情地处处都要说，时时都要说，人人都要说。要知道，就算杨万里仕途坎坷，此时身边的好友余处恭，却正处于官场坦途之上：此后不久，他就当上了宰相，而且还是一个史称"南渡名宰"的人。

余处恭，名端礼，字处恭，衢州龙游人。余处恭是在这年二月，才来到金陵，担任现职的。此前，他在京城任官，职务是"吏部侍郎、权刑部尚书，兼侍讲"。杨万里之所以在诗里称呼他为"尚书"，是针对他此前的职务而敬称的。这一年，杨万里还在另一首《中元前贺余处恭尚书祷雨沛然沾足》诗里，称呼他为"尚书"。

杨万里与余处恭是多年唱和的诗友，在称呼上的变化是很多的。仅在这一年的和诗之中，杨万里对余处恭就还有多个敬称。

有仅称其字的，如《谢余处恭送七夕酒果蜜食化生儿》；有称其为"建康帅"的，如《贺建康帅余处恭迎宝公祷雨随应》，这是针对余处恭此时的职务"江东安抚使、知建康府"而言的；有称其为"留守"的，如《陪留守余处恭总领钱进思提刑傅景仁游清凉寺即古石头城》，这是针对余处恭在金陵的另一个兼职"兼行宫留守"而言的。

从杨万里上面的这些诗题里，可以看出，在绍熙二年（公元1191年）这一整年的节日里，至少在七夕节、中元节、下元节三个节日里，他们二人都是诗酒唱和，共度佳节的。

杨万里、余处恭相约度过下元节的半个多月之后，在南宋首都临安的皇宫里，一个姓李的女人杀了一个姓黄的女人。

姓李的女人，是皇后；姓黄的女人，是贵妃。剧情很简单：宋光宗赵惇喜欢小老婆黄贵妃，大老婆李皇后由妒生恨，于是趁着宋光宗赵惇因祭天住在斋宫的机会，直接下手杀了黄贵妃，抛尸宫外之后，"以暴卒闻"。

杀了人之后的李皇后以为，自己只是像捻死一只蚂蚁一样杀死了一个情敌；她哪里知道，她实际上是释放出了南宋史上最大的那一只蝴蝶。现在这只蝴蝶，轻轻地扇动了翅膀。

这个蝴蝶效应，即将影响她老公宋光宗赵惇的健康和皇位，即将影响她公公宋孝宗赵眘的健康和寿命，即将导致一代权相韩侂胄的诞生，也即将影响杨万里好友余处恭的仕途进程，最终影响南宋王朝的国运。

所以，这是一件影响深远的杀人案。首先影响的是宋光宗赵惇，史称"十一月……辛未，有事于太庙。皇后李氏杀黄贵妃，以暴卒闻。壬申，合祭天地于圜丘，以太祖、太宗配，大风雨，不成礼而罢。帝既闻贵妃卒，又值此变，震惧感疾"。"黄贵妃有宠，因帝亲郊，宿斋宫，后杀之，以暴卒闻。

是夕风雨大作，黄坛烛尽灭，不能成礼。帝疾由是益增剧，不视朝，政事多决于后矣"。

要命的是，这一次宋光宗赵惇不仅"感疾"，而且得了很严重的精神疾病，绝大部分时间神志无法保持清醒，以致不能正常处理日常政务。于是，杀了人的李皇后，反而大权在握了。

不久，因为册立皇太子的人选一事，在李皇后的直接导演下，已经生了病的宋光宗赵惇，又与自己的父亲、当时已退位为太上皇、尊称为"寿皇"的宋孝宗赵眘产生了巨大的矛盾："顷之，内宴，后请立嘉王扩为太子，寿皇不许。后曰：'妾六礼所聘，嘉王妾亲生也，何为不可？'寿皇大怒，后持嘉王泣诉于帝，谓寿皇有废立意，帝惑之，遂不朝太上。"从此，儿子宋光宗赵惇与自己的亲生父亲宋孝宗赵眘，就很少见面了。

而李皇后惹得宋孝宗赵眘大怒的这两句话，均有所指，"妾六礼所聘"，意思是说，李皇后自己是宋光宗赵惇明媒正娶的正宫，而宋孝宗赵眘此时的谢皇后系由嫔妃晋升；"嘉王妾亲生也"，意思是说，宋孝宗赵眘并非宋高宗赵构亲生儿子却得以继位，如今嘉王赵扩系宋光宗赵惇与李皇后亲生，为何反而不得立为太子？

李皇后说的都是实情，但作为儿媳妇，说话丝毫不留情面，字字揭短，句句打脸，条条伤心。公公宋孝宗赵昚和婆婆谢皇后，能不大怒吗？

常理而言，宋光宗赵惇和李皇后要立嘉王赵扩为太子的要求并不过分，因为他们夫妻俩只此一子。而宋孝宗赵昚作为爷爷，非要在孙子的事情上做主，甚至还有改立非宋光宗赵惇亲生的另一个孙子赵抦之意，不能不使儿子宋光宗赵惇和儿媳李皇后心生嫌隙。

从此，儿子宋光宗赵惇和儿媳李皇后就找出各种借口，长期不去重华宫看望公公宋孝宗赵昚和婆婆谢皇后了。要知道，宋朝以孝治天下。一举一动为天下法、万世法的现任皇帝夫妇，居然连起码的探视父母都不能做到，何以君临天下、抚御万邦？这可急坏了当时的大臣们。

在《历代名臣奏议》卷十一、卷十二的"孝亲"之中，收录了自绍熙二年（公元1191年）以来，包括大名人陆游、朱熹、周必大、赵汝愚、黄裳（就是金庸先生说写出了《九阴真经》的那位武林高手）等人的奏疏数十篇，全部是劝宋光宗赵惇这位有权任性的"爷"，去看看自己的亲爹的。

到了绍熙四年（公元1193年），余处恭调回京城，担任"同知枢密院事"这样的宰相之职时，面对的仍然是进一步恶化的政治局面：宋光宗赵惇以自己有病为由，一概拒绝看爹，引发朝野骚动。不孝之名，震惊天下。

宋孝宗赵昚不幸，垂暮之年逢此逆子，于绍熙五年（公元1194年）六月初九日，在郁闷中死去。亲生父亲去世，宋光宗赵惇再出惊人之举：他居然拒绝出面主持父亲的丧事，导致宋孝宗赵昚面临无法发丧的被动局面。

皇家出现如此乱局，导致国家政局也因此陷入一片混乱局面："中外讹言益甚，或言某将辄奔赴，或传某军私聚哭，大抵皆反矣。朝士潜遁者前后数人，私窃以家去者甚众，近幸富民，竞匿重器村舍中，都人朝夕不自聊。"朝野上下均已看出，宋孝宗赵昚死，宋光宗赵惇又无力领导国家，万一有小人趁乱而起，至少临安城马上就是大乱之局。所以，大臣中有人逃跑，富户也把金银财宝运出城外，藏于郊区农村之中，以备兵乱逃难之需。

关键时刻，重臣们也意见不一。首相留正认为"以上疾未克主丧，宜立皇太子监国，若丧尽未倦勤，当复辟"。他属意嘉王赵扩，并且留有丧事办完后宋光宗赵惇继续执政的尾巴。可是嘉王赵扩的问题在于，一是他此时并非皇太子，二是他年龄较小，缺少政治经验，在这种危疑时刻，只怕难以服众。

此时的同知枢密院事余处恭，则另有定见。正是他，首先倡议并且一锤定音："不有唐肃宗朝群臣发哀太极殿故事乎？今日之事，宜奏太皇太后，请代行祭奠之礼，以靖国人。"余处恭此议一出，马上得到了自己的直接上级——知枢密院事赵汝愚的赞同。

余处恭这个倡议最大的价值在于，在这个举国危疑的时刻，请出了当时南宋王朝的唯一一根"定海神针"——太皇太后吴氏，南宋第一位皇帝宋高宗赵构的皇后，中国史上唯一一位在位长达五十五年的皇后。

此时此刻，这位"超长待机王"皇后，以南宋第一位皇帝的皇后、宋孝宗赵昚养母的身份，出面主持他的葬礼，于情于礼，于国于家，都说得过去。何况，余处恭还提出了仿照唐肃宗朝群臣发哀太极殿故事，来处理宋光宗赵惇不愿出面主持父亲的丧事这个棘手问题。

所谓"唐肃宗朝群臣发哀太极殿故事"，是指唐玄宗李隆基于唐宝应元年（公元762年）四月五日驾崩，当时他的

儿子唐肃宗李亨也病得起不了床，无法主持父亲的丧事，于是用"上以寝疾，发哀于内殿，群臣发哀于太极殿"的办法，来作为变通。

同样是因病不能主持亲生父亲的丧事，宋光宗赵惇与唐肃宗李亨的区别在于：唐肃宗李亨是真病得起不了床，他在父亲去世十三天之后也去世了。宋光宗赵惇的病则在于精神疾病，而且还有清醒的时候；他之所以这么干，主要还是恨自己的父亲不让自己的儿子继承皇位。

无论如何，余处恭的倡议，一举解决了南宋王朝当时的一大难题。当然，他的这个倡议在具体执行上，稍稍变了个样，变成了南宋史上著名的"绍熙内禅"。

"绍熙内禅"，实际上就是"绍熙废立"。就是在余处恭和自己的直接上级知枢密院事赵汝愚的居中谋划下，在当时一个小官"知阁门事"、后来一代权相韩侂胄的奔走联络下，在南宋"定海神针"太皇太后吴氏的主持下，宋光宗赵惇被废，他的儿子嘉王赵扩直接继位，是为宋宁宗。

宋宁宗赵扩得以在父亲还在世时就继位，一个关键就是余处恭倡议请出了太皇太后吴氏，另一个关键就是韩侂胄以太皇太后吴氏亲外甥的身份上下联络、内外奔走。所以，宋宁宗给了韩侂胄和余处恭二人丰厚的回报。韩侂

胄由此成长为"一人之下，万人之上"的权相，而余处恭也"兼参知政事"，不久即迁"知枢密院事"，右丞相、左丞相。

余处恭在任宰相期间，虽然已开始逐步受到新近崛起权相韩侂胄的钳制，但史称他"唯以全护善类为急"。这其中，最大的一个"善类"，自然就是自己的好朋友杨万里。

金陵城一别之后，杨万里从"江东转运副使、权总领淮西江东军马钱粮"一职上归隐家乡，一隐就是十五年。然而，在这十五年里，杨万里人在家乡，所授官职倒是越来越多，爵位级别也越来越高，先是吉水县开国子，后是吉水县伯，最后竟然直接封侯了——庐陵郡侯，加食邑二百户。

杨万里能够做到"人在家中坐，侯爵天上来"，可以说主要来自老朋友余处恭的眷顾。这一点，杨万里心知肚明。

嘉泰元年（公元1201年），余处恭以小杨万里8岁的年纪，先杨万里五年而死，年仅67岁。

杨万里闻此噩耗，既感其知遇，又痛其早逝，所以写出来的挽诗，就一字一泪、哀婉动人："天下非无士，胸中自有人。如何初拜相，首荐一遗民？恩我丘山小，怀公骨肉亲。白头哭知己，东望独伤神。"

农历十月十五日，是"下元节"，又称"下元日""下元"。这是一个起源于道教的节日，盛行于宋朝，明清时依然流行，衰落于民国。

南宋吴自牧《梦粱录》载："十月十五日，水官解厄之日，宫观士庶，设斋建醮，或解厄，或荐亡。"同时，在这一天，宋朝还有不得执行死刑和禁屠的规定。《宋史·方伎传》载："上言三元日，上元天官，中元地官，下元水官，各主录人之善恶，皆不可以断极刑事。"

道教以正月十五日为上元节，纪念为人间赐福的天官；以七月十五日为中元节，纪念为人间赦罪的地官；以十月十五日为下元节，纪念为人间解厄的水官。

下元节的第一项节日风俗，是祭祀祖先、祈福家人。

这个风俗，杨万里在《下元日诣会庆节所道场，呈余处恭尚书》里面写得清楚，他一大早和余处恭一起赶到寺院，就是为了"自拈沈水祈天寿"，以祭祀祖先，向祖先的灵魂致敬。其最终目的，就是祈求祖先的在天之灵庇佑后代家人。

同时，杨万里在诗里说"已被新寒欺病骨"，是因为下元节之时，已属初冬时节，天气已经比较寒冷。在这样的气候特点下，有些地方在过下元节时，就有制作纸衣，然后在祭祀祖先时焚化的习俗，称为"送寒衣"。

下元节的第二项节日风俗，是点灯、赏灯。据洪迈记载："太平兴国五年十月下元，京城始张灯，如上元之夕。"可见，当时的下元节和上元节一样，也是张灯结彩的。

另外，从杨万里的诗来看，宋朝人在度过下元节时，似乎在节日当天都是很早就起床，前往附近的寺院，拜谒敬香的。

杨万里过下元节，就起得早。他在这首《下元日诣会庆节所道场，呈余处恭尚书》诗里写道："琳宫朝谒早追趋，漏尽铜壶杀点初。"还写到自己是在月光之下前往寺院的，"半缕碧云横界月"。

无独有偶，和杨万里也是好友的陆游，过下元节也起得早，五更就起了床——《下元日五更诣天庆观宝林寺》，杨万里看到了月亮，陆游则看见了星星，"楼外晓星犹磊落"。

下
元

转朱阁

低绮户

照无眠

不应有恨

何事长向别时圆

人有悲欢离合

月有阴晴圆缺

此事古难全

但愿人长久

明月几时有

把酒问青天

不知天上宫阙

今夕是何年

我欲乘风归去

又恐琼楼玉宇

高处不胜寒

起舞弄清影

何似在人间

腊八

藏在节日里的古诗词

古籍社

《腊八危家饷粥有感》

襄阳城外涨胡尘，
矢石丛中未死身。
不为主人供粥饷，
争知腊八是今辰。

《腊八危家饷粥有感》
襄阳城外涨胡尘，矢石丛中未死身。
不为主人供粥饷，争知腊八是今辰。

南宋开禧二年（公元1206年）十二月初八日，腊八节。临近春节的襄阳城，却没有"过了腊八就是年"的热闹节日气氛。因为此时此刻，襄阳正处于二十万金军的重重围困和日夜攻打之中。

金军是从这年十一月初，开始进围襄阳的，到腊八节这天，已经一月有余了。攻城以来，大战、小战不断，水战、陆战频仍，襄阳重镇无时无刻不处于危险之中。

这首《腊八危家饷粥有感》，是时任"襄阳制置司干办官"的赵万年，协助京西北路招抚使、知襄阳府赵淳，率领约万余守卒，在几乎天天接战、亲冒矢石、苦守孤城、九死一生的戎马倥偬之中写就的。

襄阳城外涨胡尘，矢石丛中未死身：今天的襄阳城外，弥漫着攻城的胡人兵马扬起的沙尘，战况异常惨烈。我在如雨的矢石之中，拼死战斗，九死一生。

不为主人供粥饷，争知腊八是今辰：如果不是有危姓人家馈赠腊八粥，我哪里会记得今天还是腊八节啊。

征战繁忙的赵万年，忘记了腊八节。可是，襄阳围城之中，仍然有人记得今天是腊八节。这位姓危的人家，在赵万年战斗的间隙，给他送来了一碗腊八粥。估计，赵万年在喝下这碗腊八粥时，身上的硝烟尚未散尽。可是，仗要打，节也要过。这样的城市，坚定、从容；这样的战士，淡定、乐观。

开禧二年（公元1206年）的赵万年，正值黄金年华的39岁。他生于乾道四年（公元1168年），名万年，字方叔，福建霞浦人。他在年轻时，曾远赴闽北，跟随朱熹学习。庆元二年（公元1196年）29岁时，赵万年以武举入仕，累迁至"襄阳制置司干办官"。

赵万年能以武举入仕，说明其武艺过人、胆识过人。这次金军大举攻城，襄阳守军仅万余人，赵万年的同僚官员纷纷逃遁，只有他不但不走，反而尽职尽责地修造武器，坚壁清野，储备粮食，还力劝刚刚由荆鄂都统制调任京西北路招抚使、知襄阳府的赵淳，死守襄阳。

赵万年文武兼资，《全宋诗》收录其诗13首，《全宋文》亦收录其文章。包括这首《腊八危家饷粥有感》在内，其在守城期间所写的直抒胸臆的抗敌诗歌，后来结集为《裨幄集》。就在这次襄阳守城期间，他还撰下《手板谕汉儿军》，分化、瓦解金军中的汉人军队；写下《勉诸司上幕协力与赵招抚守城》，勉励、鼓舞城中官员，协力守城，共克时艰。更为重要的是，关于这次死守襄阳，赵万年还留下了一部史料价值极高的《襄阳守城录》。清朝史学大师章学诚撰著《湖北通志·开禧守襄阳传》时，即主要取材于赵万年的这部《襄阳守城录》。

根据这部《襄阳守城录》，在这次死守襄阳的过程中，赵淳、赵万年别说腊八节了，就是除夕、元日，都是在战斗中度过的。

腊八节这天的战事，赵万年是这样记录的："八日，探得虏贼欲从江北渡过南岸，遂差裴显部官兵驾船迎杀之。"

除夕的前一天夜里，两军还在激烈交战："二十九日，夜遣廖彦忠、路世忠复将所部人出南门劫寨，杀伤甚多，一人就擒，防众追逐，遂斫首级而还。夺到鞍马弓枪刀甲及救回被掳老小六口。又遣排岸使臣张椿将十四人驾船往源漳滩，烧劫虏寨，夺到虏客船五只。又往万山烧寨，夺回被掳老小二十二口、衣甲等物。"

第二天是过年，也许两军都有默契吧，除夕无战事；但到了元日，战事又起："三年正月一日，夜遣旅世雄、张椿将水手三十五人驾船往源漳滩，劫烧虏寨，夺渡船三只。"

从上面赵万年作为当事人的第一手记录可见，这年年终的几个大节，赵淳、赵万年二人及襄阳守城全体将士，都是在"矢石丛中未死身"之中度过的。但好在，他们这次死守襄阳，结果是好的，取得了巨大的成功。

从开禧二年（1206年）十一月初到次年二月底，襄阳被围九十余日，以万余守卒，抵抗金人二十万大军，大战二十多次，水陆攻城三十四次，最终城得以全、围得以解，造就了一段南宋军事史上的传奇。

赵万年在写下《腊八危家饷粥有感》之时誓死守卫的襄阳，对于南宋王朝，有着灭国级的意义。换句话说：襄阳存，南宋存；襄阳亡，南宋亡。

众所周知，南宋的北部国防线，沿着秦岭、淮河一线展开。自西向东，并列着三大战区——川陕战区、荆襄战区、江淮战区。三大战区，是一个攻防兼备、相互依存的整体，也是一个彼此呼应、互相支援的体系。具体来讲，三者的关系可以用南宋著名史家李焘在《六朝通鉴博议》中的话来概括：

吴为天下之首，蜀为天下之尾，而荆楚为天下之中，击其首则尾至，击其尾则首至，击其中则首尾俱至。

这段话中，李焘把江淮战区简称为"吴"，把川陕战区简称为"蜀"，把荆襄战区简称为"荆楚"。名虽稍异，但言简意赅。

就实际战例而言，荆襄战区在三大战区中，处于左右逢源的中枢地位。如敌攻击江淮战区，则荆襄战区至少有三个救援方案，或取陈、蔡攻敌必救，或出蕲、黄抚敌之背，或直下东南救援临安；如敌攻击川陕战区，则荆襄战区可北出宛、洛，再趋商、虢，形成前后夹击之势；而如敌攻击荆襄战区，则江淮战区、川陕战区首尾俱至，可形成三面夹击之势。

襄阳，就是荆襄战区最核心的军事重镇。自古以来，此地就是东西南北的交通要冲，"北通汝洛，西带秦蜀，南遮湖广，东瞰吴越"，进之可以图西北，退之可以固东南。宋人徐梦莘在《三朝北盟会编》中如是认识襄阳："惟襄阳西接蜀汉，南引江淮，可以号令四方""控制南北，以图中原""襄阳上游，襟带吴蜀，我若得之，进可以蹙敌，退可以保境"。

南宋与金国，此时此刻所争的，就是天下。所以"以天下言之则重在襄阳"，得襄阳者得天下，失襄阳者失天下。

然而，偏安一隅的南宋，在建国之初，其国土范围，却并没有包括襄阳这个军事重镇。当时的襄阳，落在了金国扶持的刘豫伪齐政权手中。

对于襄阳不在南宋手中这一巨大的国防缺陷，一代名将岳飞看得最清楚。他屡次上书朝廷，要求出兵收复襄汉六郡，作为恢复中原的出发基地。而襄阳，正是在岳飞的手中收复的。这也是抗金一生的岳飞，留给南宋的最大一笔军事财富。

绍兴四年（公元1134年）四月，岳飞经鄂州北上，北伐襄阳。名将出手，自然是势如破竹，所向披靡。一日取郢州，分兵略随州，一战克襄阳。不到一个月的时间，岳飞就活生生打出了一个荆襄战区。

荆襄战区的恢复，不仅完善了南宋的国防防御体系，而且打通了由荆襄战区北上迂回敌人侧背的通道。这对于当时呈胶着状态的川陕战区和江淮战区，是一个重大利好。

宋高宗赵构不意一直只给自己带来绝望的宋军，在久败之后居然还能有如此作为，惊喜万分地说："朕素闻飞行军极有纪律，未知能破敌如此。"读史至此，实在是替赵构可惜，手中有如此战神、如此利刃，却不知善加利用，只知一味地猜忌、限制，活该他恢复不了北宋的疆域。

岳飞夺回襄阳以后，南宋从此加强了对襄阳的控制，"以襄阳府，随、郢、唐、邓州，信阳军六郡为襄阳府路"，由岳飞兼领其地。绍兴六年（公元1136年），宋高宗赵构更是命岳飞率军移防，亲自镇守襄阳。

岳飞移镇襄阳之后，一方面屯田以发展生产，一方面练兵以进窥中原。他把襄阳经营成了南宋抗击金军侵略的军事重镇，也变成了北伐进军的出发基地。绍兴十年（公元1140年）岳飞那次气势如虹的北伐，就是以襄阳为出发地的。

岳飞后来虽然含冤屈死，岳家军也被肢解调离，但襄阳的重要军事地位，无论是岳飞本人，还是后来镇守襄阳的人，都是知道的。所以，自宋金"绍兴和议"开始，襄阳就一直牢牢控制在南宋手中。

直到赵万年写下《腊八危家饷粥有感》的开禧二年（公元1206年），襄阳才再一次陷入战火之中。而这一次金军大举围攻襄阳城，和赵淳、赵万年的殊死力战，其实还有一个巨大的背景。

前面提及川陕战区、荆襄战区、江淮战区三大战区的关系时，曾有"荆楚为天下之中……击其中则首尾俱至"的说法。也就是说，在襄阳遭到攻击时，江淮战区和川陕战区的援军，应该首尾俱至，会同襄阳守军，对金军形成三面夹击。

理想很丰满，现实却很骨感。开禧二年的实际情况是，赵淳、赵万年在襄阳甫一被围时，即"募死士走间道、赏蜡弹，告急诸处乞救"，然而"凡三月，救兵竟无一至"。

此时此刻的江淮战区、川陕战区，之所以俱不救援襄阳，只是因为这两个战区已经被打残了。而它们之所以被打残，也是因为那个巨大的背景。

这个巨大的背景，就是南宋史上著名的"开禧北伐"。这是南宋权臣韩侂胄为求个人军功，未经充分准备就仓促进行的一次北伐。

"开禧北伐"的第一阶段，是宋军在川陕战区、荆襄战区、江淮战区的全面进攻。江淮战区是主战场，由京东招抚使郭倪攻宿州，建康府都统制李爽攻寿州；荆襄战区方面，由江陵府副都统制皇甫斌攻唐州，江州都统制王大节攻蔡州；川陕战区方面，由陕西河东招讨使吴曦北出河池，窥视关陇，以牵制金兵东调江淮战区。

然而，转眼而来的就是全面溃败。江淮战区虽有名将毕再遇连战连捷的昙花一现，却已难以挽回溃败大局；荆襄战区则是一再溃败，无一胜局；川陕战区则更加离谱，吴曦早已同金人暗通款曲，准备投降当金国的"蜀王"了。

在这样的情况下，"开禧北伐"开始转入第二阶段，金军开始在三大战区全面反攻。于是，赵淳、赵万年防守的襄阳，重新陷入战火之中，暴露在金军反攻的刀锋之下。所以，此时此刻的江淮战区、川陕战区，自顾尚且不暇，哪里还有余力救援襄阳？

关于这次"开禧北伐"，南宋人程珌在其《洺水集》中这样总结："百年养教之兵一日而溃，百年葺治之器一日而散，百年公私之盖藏一日而空，百年中原之人心一日而失。"反而，只有赵淳、赵万年苦苦守住的襄阳，成为"开禧北伐"中的最后一丝亮色，成为南宋国防体系中的最后一根救命稻草。

其实，就在赵万年写下《腊八危家饷粥有感》的这一年——开禧二年（公元1206年），在距离襄阳几千公里之外的斡难河畔，襄阳这座城池乃至南宋这个王朝的终结者，已经生成。吊诡的是，居然不是现在正和赵万年拼死厮杀的金国人。他的名字，叫铁木真。就在这一年，他被拥立为"成吉思汗"。

六十一年之后，南宋咸淳三年（公元1267年），成吉思汗的孙子忽必烈正式下令元军攻打襄阳。这一次，防守襄阳的，不再是早已逝去的赵淳和赵万年，也不是金庸先生虚构的郭靖、黄蓉夫妻俩，而是吕文德、吕文焕兄弟俩。

没有了赵淳和赵万年，襄阳再也没有了胜利之神的眷顾；而没有了郭靖和黄蓉，襄阳似乎连死守的底气都没有了。守将吕文德、吕文焕兄弟本为奸相贾似道亲信的出身，已经注定了襄阳此战的结局。咸淳九年（公元1273年）二月，襄阳陷落。

失襄阳者失天下。南宋灭亡的大门，就此打开。襄阳陷落三年之后，南宋首都临安失守；襄阳陷落六年之后，南宋王朝来到了崖山终点。

二赵时的襄阳存，于是南宋存；二吕时的襄阳亡，于是南宋亡。

十二月初八，是我国传统节日之一——"腊八节"。按照农历，每年十二月为"腊月"。《礼记·月令》孔颖达疏"腊，猎也。谓猎取禽兽以祭先祖五祀也"。一般认为，腊八节就是起源于古代腊月所举行的祭祀仪式，《荆楚岁时记》云："十二月八日为腊日……其日并以豚酒祭灶神。"此后，腊八节在一定程度上受到了佛教的影响，最终得以形成。

腊八节是一个非常重要的中国传统节日，在我们的实际经验中，是将其作为春节即将到来的标识之一的。这是因为，腊八节是进入腊月的第一个节日。这样一个节日的到来，使得我们无论是在日常生活中还是在心理期待上，都已经开始为春节做准备了。"小孩小孩你别馋，过了腊八就是年""喝了腊八粥，就把年来数"，都是在告诉我们，从腊八节开始，可以进入忙年、过年的状态了。

纵向地回顾腊八节的历史，腊八节孕育于先秦两汉，形成于魏晋南北朝，持续发展于唐宋，繁荣兴盛于明清，衰落于清末民国，直到今天仍然处于衰落状态。当然，在赵万年写《腊八危家馈粥有感》的宋朝，腊八节还是一个上至皇帝大臣、下至平民百姓都非常重视的节日。

腊八节的节日风俗，第一项当然是喝腊八粥。

今天，腊八粥已成为腊八节的主要标志。事实上，腊八粥并不是从一开始就是腊八节的习俗。腊八粥的兴起，比腊八节本身还要晚一些。

直到宋朝，腊八粥才成为腊八节的习俗，其文字记录也最早见于北宋时期。孟元老《东京梦华录·十二月》："初八日……诸大寺作浴佛会，并送七宝五味粥于门徒，谓之'腊八粥'。都人是日各家亦以果子杂料煮粥而食也。"周密的《武林旧事》也记载："八日，则寺院及人家用胡桃、松子、乳蕈、柿、栗之类作粥，谓之'腊八粥'。"

从以上的记录可知，由于深受佛教影响，最早的腊八粥应该是素粥。

腊八粥熬好之后，第一件事情，就是要用腊八粥祭祀祖先。

腊八节本就源于祭祀。在先秦时期，这样的祭祀分为两种——蜡祭、腊祭。

两者的区别，隋朝的杜台卿在《玉烛宝典》中分得清楚："腊者祭先祖，蜡者报百神，同日异祭也。"也就是说，腊祭是祭祀祖先，祭品为猎获的野兽，祭祀场合在宗庙；蜡祭则是祭祀神灵，其祭品为收获的五谷，祭祀场合在郊外。

但自秦汉以来，蜡祭与腊祭已经逐步合二为一，成为同一个祭祀活动了。到了今天，我们老百姓过腊八节，如果非要讲究一下仪式感，用腊八粥祭祀一下自己家的祖先，就可以了。

腊八粥还可以用来赠送亲朋好友、邻居乡亲。大诗人陆游晚年在家乡山阴闲居时，就曾经在腊八节接受过乡亲们馈赠的腊八粥，写有《十二月八日步至西村》："今朝佛粥更相馈，更觉江村节物新。"

在祭祀祖先、馈赠亲友之后，我们就可以全家人一起吃腊八粥、过腊八节了。

腊八节的节日风俗，第二项是互送腊药。

《武林旧事》记载：到了腊八节这天，"医家亦多合药剂，侑以虎头丹、八神、屠苏，贮以绛囊，馈遗大家，谓之'腊药'"。这是民间腊八节送腊药。在宋朝，每到腊八节，皇帝还会颁赐百官腊药："腊日赐宰执、亲王、三衙从官、内侍省官并外阃、前宰执等腊药，系和剂局造进及御药院特旨制造，银合各一百两以至五十两、三十两各有差。"这种腊药，应该是一种预防时疫的中药。

用今天的眼光来看，宋人还是颇具分享精神的：因为那时的腊八节，腊八粥要互相馈赠，腊药也要互相馈赠。而这种分享，也是颇具智慧的。要知道，这种节日标志物的互相馈赠，必然会带来节日习俗的互相影响，带来节日情绪的互相感染，带来节日心理的互相暗示，从而最终汇聚成热烈的腊八节节日氛围。

低绮户

照无眠

不应有恨

何事长向别时圆

人有悲欢离合

月有阴晴圆缺

此事古难全

但愿人长久

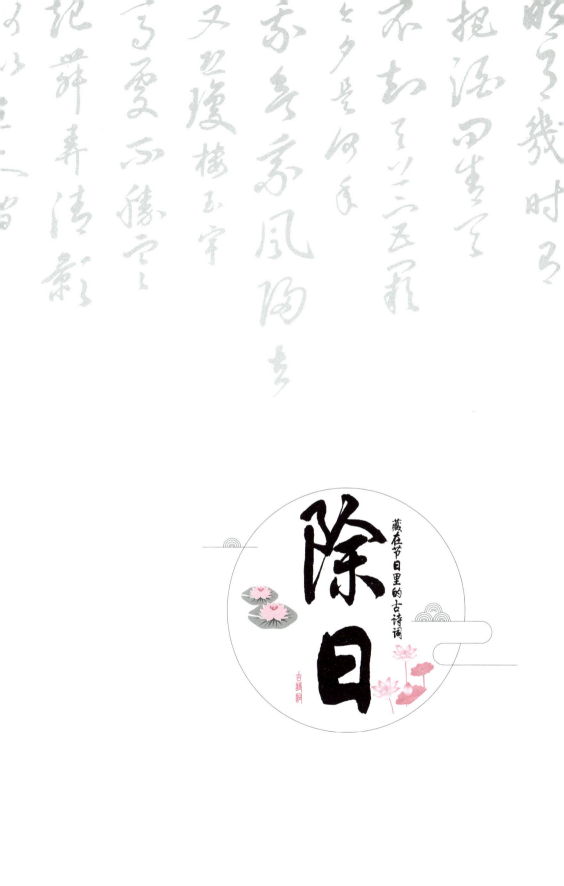

藏在节日里的古诗词

除日

古诗词

《 除日 》

爆竹声中一岁除，

春风送暖入屠苏。

千门万户瞳瞳日，

总把新桃换旧符。

《除日》
爆竹声中一岁除，春风送暖入屠苏。
千门万户瞳瞳日，总把新桃换旧符。

北宋熙宁四年（公元1071年）的除日，时任"同中书门下平章事"的帝国首相王安石，是在都城东京（今河南开封）度过的。

除日是一年一度的大节，既是除旧迎新、年岁相继的时候，也是总结去年、展望来年的时候。这一点，王安石虽然贵为首相，也未能免俗。

在这个一年终于忙到了头的时刻，他眼前是欢度佳节的热闹场景，脑中回想的却是自熙宁元年（公元1068年）以来变法面临的种种艰难险阻。目睹此情此景，他不禁吟诗一首。

爆竹声中一岁除：今天是除日，在阵阵轰鸣的爆竹声中，旧的一年已经过去了。

这一句，王安石提到了"爆竹"。那么，王安石那时候有像我们今天鞭炮一样的"爆竹"吗？有的。

"爆竹"一词，最早见于范蠡《陶朱公书》中的"除夜烧盆爆竹"。但是，范蠡和西施大美女当时能够听到的"爆竹"声，真的指的是"竹节在燃烧时爆破，噼啪作响的竹子"。直到唐朝，"爆竹"还是火烧真竹子所发出的声音。

史界公认的是，唐朝的炼丹家们发明了火药；但史界同时公认的是，唐朝的炼丹家只是把火药作为炼丹的副产品，甚至是容易引起火灾的危险副产品，在自己的著作中不厌其烦地谆谆告诫人们"仅供我们这些专业人士炼丹使用，请勿模仿，否则后果自负"等，从而妨碍了这一重大发明的推广和利用。

所以，唐人薛能《除夜作》中直接写到了除夜噼啪作响的竹子"兰萎残此夜，竹爆和诸邻"；所以，唐人来鹄在《早春》诗中，看到的是火烧真竹子留下的灰，而不是用纸、竹节或其他包裹材料包住火药，炸开之后在地上留下的碎屑，"新历才将半纸开，小庭犹聚爆竿灰"。

到了宋朝，就有真的"爆竹"了。宋人施宿在《会稽志》卷13中记载说："除夕爆竹相闻，亦或以硫磺作爆药，声尤震厉，谓之爆仗。"可见，宋朝的"爆竹"，已经开始在竹节中灌上"硫磺"了，这就已经无限接近于我们今天的鞭炮了。

王安石在这年除日佳节，听到的就是真"爆竹"的爆炸声，跟我们今天一样一样的啊。

春风送暖入屠苏：和煦的春风，把温暖送进了老百姓的草庵之中。

王安石在这句里提到的"春风"，是有其依据的。这一年的除日，正好又是立春节气。这从王安石在这年除日同一天，所作的另一首诗的诗题《次韵冲卿除日立春》，就可以看出来。

关键在于，这句里的"屠苏"，是个什么东西？

有人说是"屠苏酒"，即一种用大黄、桔梗、蜀椒等药材炮制的预防时疫的酒。这个"屠苏酒"，正好是除日、正月饮用的时令酒，而且还是一种讲究从一座之中最年少者开始喝的酒。

好吧，"屠苏酒"出现在除日，属于正常情况，绝无惊悚；可惊悚的是，除日时节的春风吹得再猛，是如何把温暖"入"到你手中端着的"屠苏酒"中的？你就说是咋"入"的？麻烦谁给"入"一个瞧瞧？这个说法，比较牵强。

第二种比较靠谱的说法："屠苏"本义指平屋或草庵，引申义指书斋或居所。依据是，《通俗文》说"屋平曰屠苏"，《广雅》也说"屠苏，庵也"。

而上面那个"屠苏酒"的说法，也由第二种说法而来。大诗人杜甫，在《槐叶冷淘》的诗注中指出："酒名屠苏，昔人居屠苏造酒，故名。"唐人韩鄂在《岁华纪丽》中写道："俗说屠苏乃草庵之名。昔有人居草庵之中，每岁除夜遗闾里一药贴，令囊浸井中，至元日取水，置于酒樽，合家饮之，不病瘟疫。今人得其方而不知姓名，但曰屠苏而已。"

这样一来，春风要把温暖吹进平屋、草庵、书斋、居所，就不需要咋个使劲儿了，就可以"入"了。这就不惊悚了，这就没毛病了。

千门万户曈曈日：初升的太阳照耀着千家万户。

总把新桃换旧符：人们正在忙着把旧的桃符取下，换上新的桃符。

"桃符"，本义指桃人及神像，这里指的是书写在桃木板上的春联。为什么要写在桃木板而不是其他木板上呢？

桃木可以祛邪避鬼，是国人自古以来的信仰。最早的记载，在《山海经》里："沧海之中，有度朔之山，山上有大桃木，其屈蟠三千里，其枝间东北曰鬼门，万鬼所出入也。上有二神人：一曰神荼，二曰郁垒，主阅领万鬼。恶害之鬼，执以苇索，而以食虎。于是黄帝乃作礼，以时驱之。立大桃人，门户画神荼郁垒与虎，悬苇索以御凶。"

从这个最早记载里面可以知道，黄帝他老人家发明的驱鬼办法，是削桃木为人形，再在门户之上画上神荼、郁垒和虎。这个办法管用可能是管用，就是有点复杂。削桃人，本就是比较高难的手工活；画神荼、郁垒和虎，那还得会画画啊。呃，无论是手工活还是画画，兄弟我都不会，太费事了。

所以，从汉朝至魏晋南北朝以后，人们总算想出了省事儿的办法：削桃人不会？那直接削块桃木板吧。画画不会？那直接在桃木上写"神荼""郁垒""虎"字吧。这，就叫"桃符"。

到了五代时期的后蜀，人们在"桃符"上已不再满足于只写几个简单的字儿，他们开始写更多的字儿、更多的祈求吉祥的字儿。比如，后蜀末代皇帝孟昶，就提笔在"桃符"上写下了史上第一副春联——"新年纳余庆，嘉节号长春"。

能够写这么多字儿的"桃符"，就比较大了。陈元靓在《岁时广记》卷五中，记录了王安石所在的北宋时期的"桃符"大小及制作方法：

"桃符之制，以薄木板长二、三尺，大四、五寸，上画神像狻猊、白泽之属，下书左郁垒、右神荼，或写春词，或书祝祷之语，岁旦则更之。"长两至三尺、宽四至五寸的"桃符"，这么大的位置，写个春联，足够了。

需要指出的是，在"桃符"上写字儿，发展到今天，就是春联；在"桃符"上画像，发展到今天，就是门神、年画。

写到这里，估计有人会指出，这首诗的诗题，是不是搞错了？这首诗在网上一搜，是叫《元日》，不叫《除日》。王安石这首诗是在明天正月初一才写的，不是在今天大年三十写的。

然而，这首诗的题目真的就是《除日》。我有证据，而且还有三四条证据。

首先是该诗本身的证据。诗的首句"爆竹声中一岁除"，本就有个"除"

字，显然此句是在说新年旧岁的交替时刻。只有写在除日才是"一岁除"的交替时刻，写在元日则已是新的一年，没有了年岁交替的意义。

第二条证据，来自陕西人民出版社于1987年9月出版的、李德身著的《王安石诗文系年》一书。这本书直接将该诗题目署为《除日》，并将其系于北宋熙宁四年（公元1071年）。

还不信？那我放大招了啊。

向子諲，是北宋南宋交替之际的名臣，累官至户部侍郎。向子諲在晚年退隐时，曾写过一首《浣溪沙》，并在诗前加了一个长长的注释。正是这个注释，为我们提供了王安石《除日》诗题的最直接证据。如下：

荆公除日诗云："爆竹声中一岁除，东风送暖入屠苏。千门万户瞳瞳日，争插新桃换旧符。"东坡诗云："老去怕看新历日，退归拟学旧桃符。"古今绝唱也。吕居仁诗有"画角声中一岁除，平明更饮屠苏酒"之句，政用以为故事耳。芗林退居之十年，戏集两公诗，辄以鄙意足成浣溪沙，因书以遗灵照。

爆竹声中一岁除，东风送暖入屠苏。瞳瞳晓色上林庐，老去怕看新历日。退归拟学旧桃符，青春不染白髭须。

相信诸君已经注意到了，向子諲注释的第一句就是"荆公除日诗云"，简单直接地提供了诗题的证据。美中不足的是，他写下的这四句诗，与我们现在看到的四句诗，文字上颇有出入。但仍然可以断定，两者是同一首诗。

这个向子諲，出生于王安石去世前一年的公元1085年。也就是说，向子諲呱呱坠地时，王安石也还是个在喘气儿的大活人。两个人虽然互不相识，但仍然在同一个历史时空里，共存了近一年时间。

所以，向子諲的这个注释，是一个最接近于王安石时空的宋朝人为我们提供的一个最直接的证据，也是一个最靠谱的证据。

还有一条来自南宋年间的证据。在南宋高宗绍兴十七年（公元1147

年）左右，著名文学家蒲积中编辑了一本收诗2749首的《古今岁时杂咏》。在这本后来成为《全唐诗》《全宋诗》编纂渊源之一的《古今岁时杂咏》中，蒲积中直接把王安石这首诗的题目署为《除日》。这又是一个距离王安石时空较近的人为我们提供的直接证据。

所以，从这首诗中，我们所看到的，确实是熙宁四年（公元1071年）除日当天，北宋东京城中，那一派喜气洋洋过大年的景象。

嗯，诗题是《除日》；嗯，诗人在欢度除日佳节。鉴定完毕。

可是，难道王安石在这首《除日》之中，所要表达的意思，所要传递的信息，仅仅如此而已吗？

引起我注意的，是本诗的最后一句——"总把新桃换旧符"。特别是，这句中的"新""旧"两个字。

要知道，王安石这一生，都在"新""旧"这两个字中纠结。

从熙宁元年（公元1068年）四月被召到京师"奉诏越次入对"之时起，他开始提出"新"的政治主张，抨击"旧"的政治主张；他推行"新"法，废除"旧"法；他任用"新"人，罢斥"旧"人；他逐渐成为北宋政坛"新"

党的党魁，而且把所有反对的人甚至好心建议的人列为"旧"党。

四年来，他"总把新桃换旧符"：在变法上，他破旧立新，革新变旧，铸新淘旧；在用人上，他喜新厌旧，得新忘旧，笃新怠旧。

到了熙宁四年（公元1071年）的除日，到了一年一度除旧迎新的大节日，写下这首《除日》诗的王安石，正处于自己一生中最为春风得意的时刻。

还有比这更惬意的人生吗？短短四年，在皇帝的支持下，自己就由"知江宁军府事"，而"翰林学士"，而"参知政事"，而"同中书门下平章事"，一跃成为位极人臣的帝国首相。

同时，自己的"新"政治主张成为朝廷的主流施政纲领，自己的"新"法一一颁布实施，自己想用的"新"人布列要津、站满朝堂，自己不想用的"旧"人一一罢斥、贬谪远方。

总之，春风得意，顺风顺水。

在这样的视野下，再来审视这首《除日》诗，另一层意思就完全出来了：

"春风"这么美好的词儿，肯定要象征"新法"才好啊；同理，"曈曈日"这么美好的词儿，肯定要献给年轻有为的宋神宗才完美啊。然后，再把这首诗完整地翻译一遍：

到了今年爆竹声声的除日，新法实施带来的温暖，已像春风一样吹进了老百姓的草庵；在像初升太阳一样的皇帝主持下，朝廷一直在推行新法、废除旧法，任用新党、贬谪旧党。

这，才是打开王安石这首《除日》诗的正确姿势。

《千家诗》也是这样认为的："此诗自况其初拜相时，得君行政，除旧布新，而始行己之政令也。"

在历史上，王安石是赫赫有名的"唐宋八大家"之一。"唐宋八大家"这个惯用词，容易给今天的我们一个错觉，那就是：似乎他和另外那七大家，特别是宋朝那五大家，是一伙的。

其实，他们只是文学主张、文学成就是一伙的。如果说到政治主张，王安石只怕是"唐宋八大家"之中最为孤立的那一个。与王安石并非同时的唐朝韩愈、柳宗元不说了，他俩当然无法关公战秦琼。史实是，在变法这个问题上，宋朝除王安石以外的五家，都跟王安石尿不到一个壶里去。

苏轼、苏辙、曾巩、欧阳修，都曾先后反对王安石的变法。苏洵倒是没有反对过变法，但那只是因为他在变法之前就去世了。如果王安石变法时苏洵还在世，就凭他那两个乖儿子苏轼、苏辙都反对新法，并且因此而贬斥远方，你说他本人反对还是不反对？

因此，在王安石的眼中，"唐宋八大家"中的苏洵、苏轼、苏辙、曾巩、欧阳修，都是"旧符"。

尤其是苏轼、苏辙兄弟，更是叫他惋惜。一开始，王安石本来还以为这二位是可以挽救的同志，是把他们当作"新桃"看待的。

熙宁二年（公元1069年）二月，王安石刚刚就任副宰相"参知政事"，在中央设置变法的指挥中心——"制置三司条例司"的时候，在新法颁布、实施急需大量人才的时候，就以吕惠卿、苏辙为条例司检详文字，章惇为三司条例官，以曾布简正中书五房公事。

可见，变法伊始，作为王安石的第一批"新桃"，苏辙赫然在列。这批"新桃"之中虽然没有苏轼的名字，但任用其弟，显然有引其兄为同志之意。

结果，这两兄弟辜负了王安石的期望，没有经受住考验，由"新桃"而腐败变质，直接堕落成了"旧符"。

从熙宁二年（公元1069年）五月起，随着王安石的贡举法、均输法、青苗法等一系列新法的颁布实施，苏轼连续上奏《议学校贡举状》《上神宗皇帝书》《再上皇帝书》，旗帜鲜明地反对新法。

这样的"旧符"，就必须换掉了，先从弟弟下手。熙宁二年（公元1069年）八月，王安石把仅仅任职半年就渐有离心倾向的苏辙，出为河南府推官；然后，在写下这首《除日》诗的八个月前，即熙宁四年（公元1071年）四月，贬苏轼为杭州通判。

给脸不要脸，鲜美多汁、人见人爱的"新桃"你不当，偏偏去当腐败变质、臭气熏天的"旧符"，该。

作为王安石的第一批"新桃"，曾布也赫然在列。曾布的哥哥，叫曾巩。曾巩与王安石既是同乡，此前还是挚友，并且两家还是姻亲。

于是，等到王安石开始变法，曾巩就直接尴尬了。反对吧，太熟了，不好意思下手；赞成吧，又大违自己的本心。左右为难的"旧符"曾巩，只好于熙宁二年（公元1069年）变法开始后不久，自请外任，出任越州通判，从此开始了自己长达十二年、转徙六州的外官生涯。

在王安石眼中，欧阳修是"唐宋八大家"之中最大的那个"旧符"。

因为欧阳修之于王安石，不仅在年龄上是大他15岁的老大哥，而且在政坛资历上也是标标准准的老前辈。欧阳修是完全可以怒斥王安石"小孩子家家，瞎折腾个啥"的大咖级牛人。

好在，这样的牛人早在熙宁元年（公元1068年）就离开京师，出任知青州、京东东路安抚使去了。等到变法开始后，大咖级"旧符"虽然曾经上书反对过青苗法，但这对于正在变法兴头上的宋神宗和王安石来说，只是相当于蚊子哼哼罢了。

大咖级"旧符"欧阳修对王安石的最大威胁，出现在熙宁三年（公元1070年）。这一年，"公初有太原之命，令赴阙朝见。中外之望，皆谓朝廷方虚相位以待公。公六上章，坚辞不拜，而请知蔡州，天下莫不叹公之高节"。

其实，不是欧阳修"高节"，而是欧阳修"高明"。他看透了朝廷新旧两党争斗的复杂情势，看穿了与政见不合的皇帝和副宰相王安石共事的悲观前景，这才拒绝了首相的任命。

这样，最大的"旧符"不来，最大的"新桃"王安石才在这年十二月就任"同中书门下平章事"。

无论是欧阳修这样的政坛前辈，还是曾巩这样的姻亲挚友，还是苏轼、苏辙这样的天下高才，只要反对新法，只要成为"旧符"，王安石是一定要"总把新桃换旧符"的。

这样大范围地得罪人，当然是需要勇气的，也当然是需要付出代价的。

所以，南宋以来，王安石在士大夫的主流话语体系里，一直就是个乱臣贼子、奸诈小人。

宋朝大儒朱熹评价王安石："感乱神祖之聪明而变移其心术，使不能遂其大有为之志，而反为一世祸败之原。"

宋人罗大经认为，王安石是和秦桧一样的大奸臣："国家一统之业，其合而遂裂者，王安石之罪也。其裂而不复合者，秦桧之罪也。渡江以前，王安石之说浸渍士大夫之肺肠不可得而洗涤；渡江以后，秦桧之说沦浃士大夫之骨髓不可得而针砭。"

明朝文学家杨慎认为，王安石是导致宋室南迁的罪魁祸首："一言丧邦，安石之谓也。慎按安石之恶，流祸后世有如此。宋之南迁，安石为罪之魁。求之前古奸臣，未有其比。"

在明末清初大思想家王夫之那里，王安石甚至比蔡京、贾似道更奸更恶："或曰：'安石而为小人，何以处夫黩货擅权导淫迷乱之蔡京、贾似道者？'夫京、似道能乱昏荒之主，而不能乱英察之君。使遇神宗，驱逐久矣。安石唯人如彼，而祸乃益烈。"

处在这样的负面评价之下，神奇的是，王安石付出的代价却并不太大，居然还成为我国古代大改革家群体中下场最好的一个。

相比商鞅车裂而死、王莽国灭被杀和张居正死后抄家，王安石即使在改革全面倒退的情况下，也依然得以"荆国公""特进司空、观文殿大学士、集禧观使"这样的荣衔，退居金陵，颐养天年。

事后来看，王安石能够有一个好的下场，除了北宋王朝一贯就有优待士大夫的祖宗家法以外，还与他的个人私德几乎无懈可击有关。

比如，在变法问题上，王安石一贯以"拗相公"著称，一贯地固执己见，一贯地听不进不同意见，而且逮着一个"旧符"就换掉一个。但他无论是"居庙堂之高"还是"处江湖之远"，对于与自己政见不合的"旧符"的处理，都有着自己的底线和原则：

不使政敌掌权即可，不使政敌成为新法实施的障碍即可，而不以消灭政敌的生命为目的。"总把新桃换旧符"，"换"掉即可，而不用"杀"掉。

典型的例子，就是在元丰二年（公元1079年）苏轼"乌台诗案"中王安石的态度。此案中，面对因反对新法而可能招致杀身之祸的"旧符"苏轼，当时已经退居金陵的王安石，完全可以不管这倒霉孩子的生死。

但已经在野的王安石，仍然坚持了自己的底线和原则。在朝野上下人人皆曰可杀的时候，他上书宋神宗："安有圣世而杀才士者乎？"就此一锤定音，救了"旧符"苏轼一条性命。

此时，王安石在江宁的退休生活是闲适而又清苦的："平日乘一驴，从数僮游诸山寺。欲入城则乘小舫泛潮以行。盖未尝乘马与肩舆也。所居之地，四无人家。其宅仅避风雨，又不设垣墙，望之若逆旅之舍。"直到元祐元年（公元1086年）四月六日，他在病中默默地离去，享年66岁。

他去后，"盖当时士大夫道金陵，未有不上荆公坟者。五十年前彼之士子，节序亦有往致奠者。时之风俗如此"。同为宋人的周煇，在他的笔记《清波杂志》中，如是记录。

除日，又称"除夕""除夜""岁暮""岁除"，号称"百节之首"，是中国人最为重要的一个节日。除日是年岁交替的时刻，既是旧年的最后一天，也是新年的前一天，所以兼具"除旧"与"迎新"的双重意义。

今天，除日仍然是我们节日中的大日子，又叫"过年"。什么叫"年"？"年"，《说文解字》说"谷熟也"，《穀梁传》说"五谷皆熟为有年。五谷皆大熟为大有年"。

既然"五谷皆熟"，甚至"五谷皆大熟"，在农耕社会就是天大的喜事啊，而且冬天气候这么冷，也不可能从事啥生产活动，大家闲着也是闲着，干脆自己找点乐子，过个节，好好庆祝一下？

事实上，早在西周初年，先民们就开始一年一度的庆丰收活动了。也是从那时起，"年"字就开始频繁使用了，《尔雅》说："夏曰岁，商曰祀，周曰年。"但西周的"年"，还指的是谷物生长的周期，按照春种、夏长、秋收、冬藏的规律，谷物一年一熟，年节也就一年一次。

显而易见，先民们一年一度，在冬季农耕活动暂告结束之时，在谷物丰收之后，用新米做饭、酿酒，来祭祀神灵、祖先，再举行一些约定俗成的庆祝仪式，以祈求来年再获丰收的活动，已是今天春节的雏形。

到了汉朝，司马迁等人创设"太初历"，确定正月为岁首，十二月为岁末，将年终岁首确定于立春前后的农闲时节，便于人们举行各种庆贺活动，因而年节的日期也得以固定。从此，一年一度的春节基本定型。

所以，除日、春节，作为节日，萌芽于先秦，定型于汉朝，是中华文明数千年积累而来的传统，是中华民族祖先传承下来的文化。换句话说，我们过的不是年，我们过的是传统，过的是文化。

到了王安石所在的宋朝，除日、春节的活动，承汉唐余绪，就过得非常有传统，过得非常有文化。

在《除日》诗里，王安石已经写到了北宋过年的节日风俗，一是"爆竹"，二是"桃符"。其实，除了这两项以外，还有很多节俗活动，比如今天已经消失了的"驱傩"。

"驱傩"怎么玩儿？北宋孟元老《东京梦华录》卷十有记录："至除日，禁中呈大傩仪，并用皇城亲事官、诸班直戴假面，绣画色衣，执金枪龙旗。教坊使孟景初身品魁伟，贯全副金镀铜甲，装将军。用镇殿将军二人，亦介胄装门神。教坊南河炭丑恶魁肥，装判官，又装钟馗、小妹、土地、灶神之类，共千余人，自禁中'驱祟'，出南薰门外转龙湾，谓之'埋祟'而罢。"

"驱傩"最初的目的，是驱鬼逐疫；发展到后来，已演变成为一项群众性的娱乐活动，主要就是大伙儿在一起，图个热闹，图一乐。

至于回到家里的过年节庆活动，宋人吴自牧在《梦粱录》中说："（除夜）士庶家不以大小，家俱洒扫门闾，去尘秽，净庭户，换门神，挂钟馗，钉桃符，贴春牌，祭祀祖宗。遇夜则备迎神香花供物，以祈新岁之安。"

接下来，就是一家人围坐家中，吃吃吃，喝喝喝，玩玩玩，守岁了。还是《东京梦华录》的记录："是夜禁中爆竹山呼，声闻于外。士庶之家，围炉团坐，达旦不寐，谓之'守岁'。"

吃吃吃，守岁吃什么？王安石会说，吃"消夜果儿"啊。

《西湖老人繁胜录》载："守岁饮酒，须要消夜果儿，每用头合底板，簇诸般彩果、斗叶、头子、萁豆市食之类。"

《梦粱录·除夜》也载："十二月尽，俗云'月穷岁尽之日'，谓之'除夜'……进呈精巧消夜果子合，合内簇诸般细果、时果、蜜煎、糖煎及市食，如十般糖、澄沙团、韵果、蜜姜豉、皂儿糕、蜜酥、小蚫螺酥、市糕、五色萁豆、炒槌栗、银杏等品，及排小巧玩具头儿、牌儿、贴儿。"

《武林旧事》同样记载："后苑修内司各进消夜果儿，以大合簇钉凡百余种，如蜜煎珍果，下至花饧、萁豆，以至玉杯宝器、珠翠花朵、犀象博戏之具，销金斗叶、诸色戏弄之物，无不备

具，皆极小巧。"

从上述记载分析，"消夜果儿"是由上百种干果、水果、糖果、点心组成的豪华版零食大杂烩。遥想王安石老爷子当年，面对"消夜果儿"，想吃咸的就吃咸的，想吃甜的就吃甜的，还可以一个吃掉、一个扔掉，多么有钱任性。

喝喝喝，守岁喝什么？王安石当然会说，喝"屠苏酒"啊。

玩玩玩，守岁玩什么？就是上面记录中的"玉杯宝器、珠翠花朵、犀象博戏之具，销金斗叶、诸色戏弄之物"，"排小巧玩具头儿、牌儿、贴儿"，大约就相当于我们今天的扑克和麻将。冬夜守岁，又没有春晚可看，再不打个牌，玩起来、闹起来，可咋个过法？

大人们吃吃吃、喝喝喝，对于宋朝的小朋友们而言，则主要就是玩玩玩了，"小儿女终夕博戏不寐，谓之'守岁'"。可爱的千年前的小家伙们，到了除日，终于可以名正言顺地玩个通宵了。

直到今年的除日，写下这篇文字的我，仍然可以想象：北宋开封城中"小儿女"们在"终夕博戏不寐"时，那一张张小脸儿上，次第绽放的灿烂笑容。说到底，北宋王安石们的变法图强，如今我们的一年辛苦，不就是为了小朋友们脸上的灿烂笑容吗？